U0024659

風雲時代

風雲時代

馬踏天下

卷9

驚天大局

槍手一號 著

目錄 CONTENTS

第一章
大楚之魂

夜深人靜，龍先生孤零零地矗立在月下，仰頭看著一輪殘月，喃喃自語著：「李清，你也想躍馬中原麼？你是想重塑大楚之魂，還是想另起灶爐，再立門戶呢？」

殘月無聲，幽然隱於雲後，只留給他一片黑暗和無邊的寂靜。

五月，並州正始納入李清治下，吳則成心不甘情不願地率領著他龐大的車隊，攜帶著十數年來在並州搜刮的財富，一步三回頭地離開了曾經屬於他的地盤。

為了補償吳則成的巨大損失，蕭浩然控制下的洛陽中樞加封吳則成為大義侯，官封兵部尚書，從地方諸侯轉換身分，成了京城掌控實權的大員，當然，私下裡，蕭浩然也向他許諾，當大事既成的一天，並州還將成為他吳則成的世襲領地。

既然加入了蕭浩然的陣營，吳則成也只能接受，好在蕭浩然很是大器，讓他也沒有什麼好說的，只能憧憬著未來的那一天，當然，吳則成也不是省油的燈，我可以走，但你李清也別想這麼順順當當地接管並州。

從外表上看起來，吳則成走得很乾脆，地方官府依舊辦公，並州軍隊仍然坐鎮並州，但這卻是李清入主並州的最大麻煩，**能否成功地解決這些吳則成麾下的官僚體系和軍隊，將再一次考驗定州的智力**，解決得好，並州和平過渡；解決得不好，這些人就是禍亂根源。這些舊官僚和軍隊都是定州本地人，在本地有著相當大的號召力和聲望，如果李清蠻幹的話，並州極有可能陷入混亂。

新任知州揭偉帶著家人，由兩名護衛護送，笑眯眯地進了並州首府安德，兩名護衛之中，居然還有一個只有一隻手臂，對於豪華的並州知州府第，他這幾個人住進去，便如同在池塘中扔了一顆小石子，連一點浪花也激不起來。

並州的官員們大大地鬆了一口氣，揭偉隻身上任，便代表著李清並不想對並州官僚體系大動干戈，他們仍然將保住自己的位置，繼續他們在並州的特權。

老百姓們冷眼旁觀，對他們來說，只不過是頭上的大老爺換了一個人而已，他們仍然是種田，納稅，過日子，並州是糧食產區，雖然賦稅很重，但也不至於過不下去日子，老百姓們最怕的便是打仗，一旦打仗，則朝不保夕了。

對並州納入到李清治下，最為興奮的便是並州的商人，他們是消息最為靈通的一批人，對定州商業政策有一定的瞭解。

在定州，商人並不像大楚其他地方那樣地位較低，反而占了舉足輕重的地位，李清入主，如果定州商業政策能夠擴展到並州的話，那麼他們的地位將大大改善，雖然定州的商稅極重，但對並州的這些商人來說，商稅再重也不會比他們給官老爺們行賄來得多，更何況相對於積累更多的財富而言，他們最為盼望的便是社會地位的提高。社會地位提高，將進一步降低他們經商的成本，商人們對這一點是看得最清楚的。

然而，他們的興奮並沒有持續多長時間，便當頭被澆了一盆涼水，因為緊隨著開張的第二個部門，赫然是鼎鼎大名的統計調查司。

老百姓對這個只在在大門外掛了一塊牌子的衙門並不瞭解，只覺得他們那身黑色的制服頗為好看，官員們則不同，統計調查司是幹什麼的，他們可是一清二楚。

紀思塵坐在由原先的客房改成的辦公房大案後，心裡著實一陣興奮，自己終於主政一方了，以前在統計調查司本部，雖然也是主持一個部門，但時時刻刻都處在清風那雙銳利的眼睛下，讓他無時無刻不感到重重的壓力，不敢稍有放鬆。現在則不同，雖然還兼著分析與策劃署的署長職位，但畢竟是一方主官，很多事情自己便可以作主。

紀思塵對清風任用自己，一直心存疑惑，與統計調查司其他中層人員不同，紀思塵更有自己的想法，對於一個中途加入統計調查司的人，而且一去就占據高位，紀思塵一直是小心翼翼的，不僅對以前那些調查司官員，便是一個普通的調查人員，他也一直是和顏悅色，誰知道這些人當中哪一個能上達天聽，能直接站到清風的辦公桌前呢？

在統計調查司越久，紀思塵便越小心，在他看來，統計調查司完全是一架結構精密的機器，一個齒輪咬著一個齒輪，互相牽制，互相扶助，誰也不可能離開誰，而能統一掌管這架機器的，便只有清風司長一個人。

而清風對他卻表現出了異乎尋常的信任，不僅將原分析策劃署署長周立龍調離，讓自己掌管這個核心部門，現在更是讓自己出任一方諸侯，要知道，這可是統計調查司破天荒第一次呢，即便是復州，也只不過派駐了一個臨時機構在那裡。

難道清風想扶持自己作為她的接班人？這個念頭不是沒有在紀思塵腦子裡閃過，但馬上便被他否決掉了，清風沒有理由這麼做，先不說她自己風華正茂，年紀比自己輕得多，便是以後她更進一步成了大帥的側室，也不可能讓自己做統計調查司的主人，無論是鍾靜，還是王琦，抑或是外情署、內情署的那幾個頭頭，都比自己更有可能。

也許她看中的是自己的才華，對於這一點，紀思塵還頗為自信的，在統計調查司這個龐大的部門中，除了清風本人，紀思塵認為在頭腦上，自己要略勝一籌。

「扶持不得志的，拉攏騎牆派，打擊既得利益者，同時對既得利益者又要分門別類，哪些是可以利用的，哪些是一定要打倒的：同時依靠商人商業網絡，迅速在並州擴充調查司人脈，**將並州置於調查司的有效監控之下**，為完全接管並州打下堅實基礎。」這是在定州本部，紀思塵與清風商議數天後訂下的策略。

拋開心中的雜念，紀思塵從案頭拉過厚厚的文件檔案，開始一頁一頁的閱

讀，他要儘快地做出一個簡報，然後將這份簡報上呈到並州州府揭偉那裡，想必一身瀟灑、表情恬然的揭偉，比自己更要心急！作為一個超拔使用的官員，揭偉更急於在並州做出一番成績，來證明大帥對自己的簡拔是慧眼識珠。

紀思塵咧開嘴笑了笑，叫道：「來人，給我泡一杯濃茶來，我今天要熬夜。」

並州在進行一場沒有硝煙的戰爭，而此時的秦州，則全面陷入了戰爭的泥沼之中，從蕭遠山率領洛陽左大營三萬兵力抵達秦州之後，先前勢如破竹的南方軍隊的勢頭便被蕭遠山遏制，在秦州以西百里的成豐縣，雙方軍隊陷入了僵局。

呂小波、張偉擁有十萬軍隊，在他們的對面，蕭遠山卻只有三萬精銳，但南方在長達一月的時間裡，始終無法突破蕭遠山的防線，幾次冒險出擊，都被蕭遠山準確地抓住破綻，斬斷了一切可能，這讓呂小波與張偉心急如焚。

此刻，在南方軍隊的軍營中，一員鬚髮皆白的老將正俯身在一張地圖上，手指不停地畫來畫去，最後終於重重地停在一個小黑點上。

「呂總管，張副總管，我們要想奪得成豐縣，必須先奪取這個地方，臨溪鎮！」老將看向正在一邊大碗喝酒的呂小波與張偉。

「胡老將軍！」呂小波與張偉站了起來，端著酒碗走到地圖前，看著他所指著的這個地方。

胡澤全，寧王麾下一位經驗卓著的老將，論起資歷，他並不比蕭遠山差，只不過沒有對方的那種家世，是以職位一直停留在副將的位置，寧王將他派來協助呂小波與張偉。

呂小波與張偉被寧王招攬後，分別被封為行軍總管和副總管，從昔日的亂匪一躍成為高官顯貴，兩人顯然極為滿足現在這種生活。

兩位總管大人級別比他大了數級，如果是在自己軍營中，有人敢在這個時候喝酒，他會毫不猶豫地把他們拉出去重重地打上一頓板子，現在，他也只能腹黑一番，對寧王招攬這些人頗為不滿，幾次出擊都鎩羽而歸，沒有將失敗的根子找出來，居然還有心情大碗喝酒，大塊吃肉！

胡澤全搖搖頭，十萬軍隊雖然經過了整訓，被安插進了大量的南方軍官，但想在短時間內徹底根除這些人的舊習是不可能的，這樣的軍隊打順風仗或許勇不可擋，但要是碰上了實力強勁的對手，一旦陷入苦戰，絕對撐不了多長時間的。所以他們看似擁有十萬軍隊，對方只有三萬，但蕭遠山的那三萬人可是精銳的京師左大營官兵，在胡澤全看來，己方的實力還稍微弱了些。

不能硬碰硬地與對手打，這是胡澤全抵達成豐縣十數天，親眼目睹兩軍一次

小規模的交鋒之後得出的結論。**一群羊是不可能幹得過一隻獅子的。**

又看了一眼兩位滿面紅光的總管，胡澤全心裡忽然冒出一個想法，**寧王該不會是利用這個機會消耗一些垃圾吧**，十萬人啊，即便在秦州暫時吃了敗仗，蕭遠山總也要崩掉幾顆牙，而殘留下來的這些人經過整編，戰鬥力反而會上升。

胡澤全打了個寒顫，如果真是這樣的話，那自己的未來就很悲劇了。不行！**自己得想辦法打贏這一仗，否則鐵定會成為替罪羊。**

「臨溪鎮？」

呂小波瞧了眼胡澤全指的那個黑點，仰頭喝光碗中的酒，隨口道：「我也知道要拔了這顆釘子，但這裡不好打啊！地勢險要不說，那個狗日的蕭天賜帶著一個營的御林軍守在那裡，還將穿過臨溪鎮的那條小河給截了流，蓄積了大量的水，如果貿然攻擊，我們會吃虧的。」

張波輕蔑地道：「狗日的這個小白臉，不，現在已經不是小白臉了，打仗不行，搞這些歪門邪道倒是門門在行，我們只要擊敗了面前的這股敵軍，臨溪鎮就會被我們關門打狗，何必冒著風險去臨溪鎮。」

胡澤全知道蕭天賜因為當年在洛陽挑釁李清，被李清手下大將唐虎在臉上生生咬去一塊肉，留下塊疤，破了相的事，但蕭天賜敗在李清手下，並不代表這個人沒有才能啊，蕭遠山帶到秦州的精銳只有三萬人，駐守成豐縣不過萬餘人，統兵大將便是蕭天賜，只看此人將一萬餘人頂在前面，自己只率了一支偏師，卻恰恰駐紮在臨溪鎮這個要害所在，便可以看出此人絕不是酒囊飯袋，而是頗有才能之輩。

「兩位大人，我們雖然在秦州有十萬大軍，但真正能拿出來攻擊成豐縣的，最多只有一半，對面的敵軍雖然只有一萬餘人，卻是精銳的京師左大營，硬攻我們沒有把握，更何況有臨溪鎮的三千敵軍，我們不可能放心攻打成豐，前幾次兩位總管大人失利，便是被此人威脅到後路而不得不撤，所以，想要拿下成豐，首先便要攻下臨溪，只要打下臨溪，成豐便不在話下，只要打下成豐縣，秦州的西大門就向我們敞開了。」胡澤全耐心地解說著。

呂小波與張偉的臉沉了下來，胡澤全的說法，便等於公開地說他們前期的戰術是失敗的，要不是對方是寧王派來的，兩人便要破口大罵了。

「當年蓋興青三州十數萬官兵都在我們手下吃敗仗，區區萬餘人便想擋住我們的去路麼?!胡將軍便請放寬心吧，用不了幾天，我們便能擊敗成豐的左大營軍隊了。」呂小波放下酒碗，不以為意地道。

胡澤全一陣氣苦，心裡吐嘈道：你們以前擊敗的都是些什麼軍隊啊，現在擋在你們前面的又是什麼軍隊，兩者完全不是一個檔次上的嘛，如果你們真有能耐，當年便不會被打得落花流水，窮途末路了。

「請兩位總管給我一萬人，我去拿下臨溪！」胡澤全堅持他的主張。

呂小波陡然警惕起來，自己與張偉能在寧王麾下立足，靠的便是十萬軍隊，寧王向軍隊裡塞進了大批的南方軍官，已經讓兩人相當地不快，要不是這些人只限於最基層的軍官，兩人早就被架空了，沒了這些軍隊，自己在寧王那裡只怕連個屁也算不上，現在這老傢伙一開口便要一萬人，想幹什麼？想將老子的軍隊拖走麼？想也別想！

但這話卻不能放在明面上說，於是換了副笑臉，道：「些許小事，何勞胡老將軍出馬，不就是先打臨溪麼！好，我派一員將領帶一萬人去。」

胡澤全搖頭道：「蕭天賜頗有才能，總管大人，還是讓我去吧，換別人去，我不放心啊。」

呂小波向張偉使了個眼色，張偉心領神會，附和道：「就不必辛苦老將軍了，這樣吧，我親自帶兵去，老將軍可以放心了吧？」

胡澤全張了張嘴，將到了嗓子邊的話又咽了回去，如果再堅持由自己去，那不啻是打張偉的臉，說他也不行了。

但看張偉那副滿不在乎的神情，他又放心不下。他決定回去後，馬上修書向寧王彙報，必須要將自己的責任先摘出去，以免到那時跟著吃掛落，不管怎麼說，自己已盡到了提醒的職責，到時候寧王便不能因此發落自己。

臨溪鎮。

蕭天賜剛剛視察完防務，回到臨時徵來的住房中。

作為一個大家族大力培養的後起之秀，蕭天賜雖然傲，卻不蠢，李清給了他重重一擊，讓他從高高的雲端重重地落了下來，雖然自己被唐虎擊敗，但**在他看來，唐虎只不過是一條狗，李清才是那條狗的主人，被狗咬了，仇當然要記在主人身上，總不能自己也去咬狗一口**，當然，能順便殺了那條狗也是很解氣的。

李清近年如同火箭般在大楚中竄起，所取得的成績令各大世家瞠目結舌，更讓他望塵莫及，憤怒的蕭天賜始終認為：「世無英雄，遂使豎子成名！」如果自己有這種機會，能做出來的成績絕不會比李清差，所以秦州戰事一起，他便要求到一線作戰。

蕭浩然也有意磨練一下這個蕭家的第三代後輩，殘酷的戰場是最有效的一把磨刀石，會將那些外強中乾的人統統淘汰，能夠存活下來，笑到最後的，都將成就一番大業，眼下的蕭天賜還顯得太浮躁，讓他去歷練一番也不是什麼壞事，如果這把刀磨斷了，自己也還有時間磨第二把，第三把。大家族從來不缺看起來很優秀的年輕人。

一個月來，蕭天賜很爭氣地憑著萬餘人，便將呂小波和張偉牢牢地擋在成豐縣外，侄子在成豐縣的表現，讓蕭遠山相當欣慰，但仍然不忘去信提醒他，臨溪鎮是守住成豐的關鍵。

對於這一點，蕭天賜當然很清楚，他從小熟讀兵書，又耳濡目染，在蕭浩然、蕭遠山等人的薰陶下，這點軍事素養還是有的。

憑藉臨溪鎮的險要地勢，自己進可攻，退可守，進退自如。

看著對面，蕭天賜揚頭瞟了一眼，兩個土匪而已！自己一定會成就一番大事業，蕭天賜堅信！而自己走出的第一步，就是在這裡，從擊敗呂小波，張偉開始。

臨溪鎮並不大，只有千餘戶人家，數千人口，蕭天賜到了這裡後，徵用了這個鎮的所有人，迅速構建起防守陣地，截斷穿過這個小鎮的一條無名小河，現在這條小河已蓄集了足夠的水，這便是懸在進攻者頭上的一把利劍。

「將軍，宵夜的東西已準備好了。」一名親兵走了過來，問道：「將軍，您要喝一杯麼？」

蕭天賜板著臉斥責道：「到臨溪鎮的第一天，本將軍就頒下了禁酒令，凡軍隊無論將官士兵皆不得飲酒，你忘了麼，還是需要我用板子來提醒你一番？」

親兵嚇得吐了吐舌頭，心裡道：將軍自從吃了那李清的虧後，性格可真是大變了，再也不敢吱聲，等蕭天賜進了屋，飛快地端上幾盤小菜，伺候著他喝了一碗粥，便退出房去。蕭天賜再看了一會兒兵書，便衣不解帶，合衣躺在一張硬板床上，不一會兒便鼾聲如雷。

臨溪鎮陷入了安靜之中，偶爾有帶甲的巡邏兵列隊走過，引起角落中的狗一陣狂吠。狹小的石板街道上一個人也看不見。

與秦州比鄰而居的興州，被呂小波、張偉軍隊占據了一半，另一半卻落在自京城被貶來的原御林軍大統領屈勇傑的手中。

屈勇傑以原興蓋青三州的豪紳武裝和鎮軍為基礎，組建了現在的興州軍，總共三萬餘人，在退到興州城之後，站穩了腳跟，數次擊敗呂張二人的軍隊後，終於讓對方占據興州全境的野心消失，而寧王發動全面戰爭之後，對於態度曖昧的興州，更是默認了屈勇傑擁有一半興州的統治權。

這讓屈勇傑有了喘氣的機會，趁著這個難得機會，他開始大力整編興州軍，從京城跟隨他而來的千多名原御林軍，成了現在的興州軍的骨幹，在原三州的豪紳和官僚體系被嚴重削弱的情況下，成功地將興州軍從內到外改造了一番，如今的這支軍隊，可以說是脫胎換骨，煥然一新。

取得初步成效之後，屈勇傑立即出兵，將呂小波與張偉的留守軍隊完全逐出了興州，但很微妙地僅僅限於此，既沒有出境追擊痛打落水狗，乘機收覆蓋州和青州，甚至還釋放了被俘的對方軍官，這讓本來準備大力反擊的寧王停下了腳步，改為招撫的方法，**對寧王而言，屈勇傑是可以被招攬的對象。**

身在洛陽的蕭浩然更是不會放過這樣的機會，當屈勇傑收復全部興州，蕭浩然便立即派出使者，以皇帝的名義對他大加褒揚，不僅封屈勇傑為興州統帥，更是加封其為忠勇侯。

對於來自洛陽的封賞，屈勇傑理所當然的笑納，卻不肯對蕭浩然承諾一個字，對寧王的使者也是語焉不詳，**遊走在兩大勢力之間，左右逢源，一副公然坐山觀虎鬥的姿態。**兩大勢力對這種現象除了心裡恨得牙癢癢之外，卻也無法可施，總不能將其逼到對方陣營中去啊。

屈勇傑站在大門口，仰著脖子，看著一眾人將紅底金字的忠勇侯府的牌匾掛在門楣上，一張國字臉上卻看不出喜怒之色，只是淡淡地站在那裡，若有所思地看著那閃閃發亮的四個金字。

「恭喜侯爺！」家人親兵們都一一上前來給老爺賀喜，在大楚，一旦封侯是可以世襲一代的，屈勇傑被封了忠勇侯，那他的兒子屈平，不管將來有沒有出息，都可以繼承侯爺的爵位。

屈平一臉的喜色，從懷裡掏出紅包，給家人們一一發賞。

站在新晉侯爺身側的，是年後才被屈勇傑聘請來的一位先生，姓龍，且一來就被尊為軍師，相當地看重，府內府外都稱其為龍先生。

屈勇傑在侯府裡單闢了一個院子讓這位龍先生居住，撥了好幾個丫頭老媽子過去伺候，這位龍先生也不推辭，大咧咧地收了下來，平常對屈勇傑看起來也沒有什麼尊敬之意，對屈平更是經常直呼其名。

屈平心裡很看不得這張死人臉，逮著機會刁難了這位龍先生幾次，龍先生倒是好脾氣，吃了屈平的捉弄，也懶得聲張，似是自認倒楣，但不久，屈勇傑從丫頭嘴裡知道了兒子捉弄龍先生的事，暴跳如雷地將屈平一頓好打，連屈夫人跪地哭求丈夫手下留情也不管用，最後要不是龍先生親自出面替屈平討饒，屈平最輕

也得在床上躺上好幾個月。

有了這次的教訓，屈平在這位龍先生面前算是徹底老實了，府裡其他的下人更是畢恭畢敬，想想大少爺得罪了龍先生都被打得死去活來，要是這個人是自己，恐怕家人只能去亂葬崗才能尋得到自己了。

但接下來，屈平倒是見識了這位龍先生的能力，**也不知龍先生是如何操作的，自從他來了之後，便有源源不斷的金銀流入到屈勇傑這裡，連軍器盔甲也弄來不少，極大地緩解了屈勇傑軍中盔甲武器落後的局面**，幾個月時間，興州軍全軍上下煥然一新，士氣大振，在軍中統帶一個營的屈平也躍躍欲試，如今正是群雄亂戰，想要占便宜，便得打出去。

屈勇傑自然沒有兒子這麼衝動，自家人知道自家事，帶了一輩子兵的屈勇傑很清楚眼下的興州兵也就是看起來光鮮，距離強軍的距離還差得很遠，勉強對付呂小波、張偉的流民軍綽綽有餘，真要同天下有名的強軍比起來，那還真不夠看。

「東家得封侯爺之位，如今已是大楚頂級權貴，為何看起來不很高興啊？」龍先生聲音低沉地問道。

屈勇傑微微一笑，道：「要是以前太平年節，封侯自是高興得很，起碼得擺上幾天酒席，遍邀好友來慶祝一番，但現在天下大亂，群雄並起，烽火處處，有何值得高興之處？」

龍先生微微昂起頭，「聽東家的意思，倒是在抱怨故天子對你不夠恩寵啊，你辛苦數十載，也沒有換來一個侯爺之位，只不過一敗於李清之手，便被罰出京城，險些做了流民軍的刀下冤魂。也是，換作是我，恐怕也是心有不甘。」

聽到龍先生略帶嘲諷的話，屈勇傑臉色一正，向洛陽方向一抱拳，正色道：「龍先生錯了，故天子對屈某恩寵有加，一向信任，當時某家敗於李清之後，不，是輸在他的部下，一個名不見經傳的將領之手，大損御林軍威名，丟了天子臉面，的確已無顏再在京城待下去，天子體諒某家心情，讓某家來南方平叛，若非天子此舉，何有今日之屈勇傑！」

龍先生微微點頭，「你倒是念舊。」

屈勇傑微笑，伸手一請，「龍先生，如今秦州戰事正酣，某家還有許多事要請教龍先生，咱們書房裡坐吧！」

龍先生點點頭，「東家先請。」

進了書房，分賓主坐下，跟著進來的屈平便成了伺候的小廝，忙前忙後的替兩人泡好茶水，這才垂手站在父親身邊。

「秦州之戰，你怎麼看？」龍先生問。

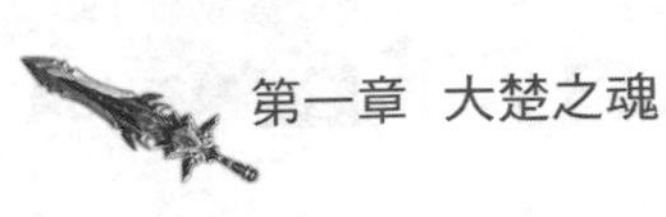

屈勇傑沉吟了一下，道：「寧王的心思實在難以琢磨，照理說，呂小波與張偉投靠他時間也不短了，對這二人的才能應當有充分的瞭解，此二人是斷然難以同蕭遠山對抗的，而寧王部下並不缺能征善戰的名將可以同屈勇傑對壘，如果寧王派出這些人物來，以秦州的十萬南軍而言，至少可以占到上風，但眼下卻是蕭遠山穩穩地占據著主動權，實在讓人看不明白。」

龍先生笑道：「有何不明白的，呂小波張偉聚集而起的流民軍，寧王並沒有完全掌握，這兩個流匪手中尚有實力，既然如此，便讓他們去碰碰蕭遠山，打贏了，寧王當然是樂得其所；打輸了，消耗的是這兩個傢伙的人馬，寧王的精銳絲毫無損，甚至可以趁著此二人大敗虧輸的機會，將剩餘的流民軍徹底握在手中。你沒有看到前幾天彙集過來的情報麼，胡澤全已經到了呂張二人軍中，我敢斷言，如果呂張二人大大地吃上一個敗仗，軍事指揮權便會落入胡澤全之手，先前寧王往流民軍中塞進來的大量基層軍官只怕便在等著這一天吧！」

屈勇傑悚然而驚，「這些流民軍只需多加磨練便會成為一支強軍，寧王用蕭遠山來消耗他們，未免是自折其翼吧！」

「精銳如果不能掌握在自己手中，那還不如沒有！」龍先生冷笑道：「看著吧，**等胡澤全全面接管了這支軍隊的指揮權，蕭遠山才會迎來真正的挑戰。**」

「胡澤全老當益壯，軍略極佳，如果讓他指揮，秦州之戰倒還頗有看頭。」屈勇傑興致盎然地道：「蕭遠山也是老將，他們兩個碰在一起，倒是針尖對麥芒。」

「秦州之戰暫時還不會有什麼結果。」龍先生分析道：「蕭浩然與寧王兩個人都是老謀深算，籌劃了數十年，一朝發動，豈是三五日便能見到結果的，我們便高臥一側，讓他們先打個你死我活吧！」

屈勇傑大笑，「龍先生說得極是，看戲不怕臺高，他們打得越厲害，於我們便越有好處。」

兩人正說著，外面突地走進一個人來，看樣子在屈府內地位也不低，徑直便進了書房，坐著的兩人都對他點頭示意，屈平則迎上去，恭敬地叫了聲：「袁叔！」

剛剛跨進書房來的，是原朝廷職方司的指揮使**袁方**，**整個大楚的特務頭子**，當年遭到副手丁玉的暗算，險些一命嗚呼，得到安國公李懷遠派人將他救了出來，一直隱藏在翼州，安國公本意是想讓袁方加入李氏的「暗影」，或者是去定州幫助李清，但養好身體的袁方斷然拒絕。

「統計調查司聲震天下，白狐能力卓絕，李氏『暗影』更是老牌的諜報組織，其首領李宗華與我當世並稱，我不論是加入統計調查司還是『暗影』，都是去給他們打下手，安國公，您是瞭解我個性的，我豈是屈居人下之人？」袁方如是說。

安國公李懷遠對袁方的態度表示理解，便任由袁方來去自由，不加干涉，後來當屈勇傑在興州崛起，袁方便有意來投奔這個舊時友人，李懷遠不僅同意放行，更是讓李宗華策劃，由「暗影」將袁方親自送到屈勇傑處。

「國公對袁某的滔天之恩，袁某銘記在心，來日必有回報！」袁方臨別時，對李懷遠說了這麼一句便揚長而去，李懷遠灑然一笑，倒是將李氏三侯氣得夠嗆。

袁方來投屈勇傑，屈勇傑自然是倒履相迎，喜出望外，當即讓袁方全權負責興州的情報事宜，並授予他便宜行事的特權。而袁方來到這裡後，沒有費多大功夫，便將散佈在大楚各地的原職方司拉過來大半，是以屈勇傑的情報系統雖然算是後起之秀，但規模之大，絲毫不遜色於其他各大組織，如此人物，屈平安敢不恭恭敬敬?!

「袁叔喝茶！」屈平將茶杯雙手奉上，袁方卻不似龍先生那般覺得理所當然，站了起來，接過茶杯，微微點頭表示謝意：「有勞小侯爺了！」

「什麼勞不勞的！」屈勇傑笑道：「小兒輩服侍袁兄，是理所當然，也是他的福分。對了袁兄，今日前來，莫非又有什麼新情況？」

袁方放下茶杯，點頭道：「不錯，的確有新情況，卻是關於定州李清的。」

「李清？」房內二人皆為之動容。

「李清剛剛平定草原，實力想必損耗很大，難道這個時候他也想進兵中原，來插上一腳麼？」龍先生問。

袁方搖頭道：「他倒是插了一腳，**卻不是進兵中原，而是自海路開始支持東方曾氏**，這是我剛剛接獲的情報，李清的水師十天前從復州海陵港口出發了。」

屈勇傑接過袁方手裡的情報，看了一眼，讚道：「袁兄真是好本事，這份情報只怕來自對方水師內部吧，否則怎麼會如此詳細？」

袁方微微一笑，沒有回答屈勇傑的話，而是道：「李清自平定草原，又在草原一戰之後，背後下陰手，將盟友室韋人狠狠捅了一刀，如今不僅是草原，便連室韋人的地盤也落入他之手，年後他設立西域東西都護府，正式將這些地盤納入到自己的統制之下了。」

「此子雄才大略，心狠手黑，一戰而定草原及室韋人，非大謀略者很難做到，雖說此子將大楚數百年之痛一朝解決，但他也不讓人省心啊！」龍先生嘆道：「**治世之能臣，亂世之梟雄**，當年首輔陳西言老大人一語中的啊！」

屈勇傑也是無言，對於李清，他可是有著切膚之痛。

「龍先生說得不錯，如果現在是大治之世，那麼憑李清的才能，自然成為大

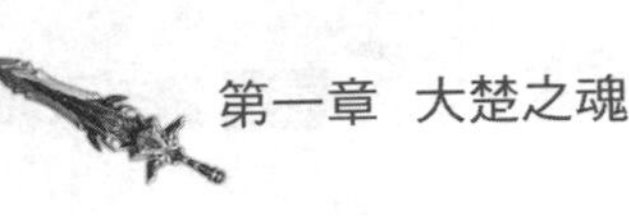

楚的西域屏障，就算他遠征西域，再為大楚開疆拓土也不稀奇，但現在，**他明顯已將目光轉到中原，開始他的布局了。**」

袁方點點頭，「不錯，此人野心極大，單看他能夠放下與蕭氏仇恨和蕭氏結盟，借機謀得並州，與呂氏簽定互不侵犯條約，卻又占據著盧州的長琦、羅豐兩地，並派水師暗助曾氏，便可知道他打的是什麼主意。」

龍先生搖頭道：「**李清與寧王一樣，都是打著遠交近攻的主意**，寧王助呂氏攻擊曾氏，李清便暗助曾氏對抗呂氏，兩家拖的時間越長，對李清便越有利，呂氏如果被曾氏拖垮，那定州鐵騎會毫不猶豫地自並州而入，全面占領呂氏領地，而他的水師又在曾氏領地之內，到那時，水陸並進，曾氏除了向他低頭，還真沒有第二條路可走。」

屈勇傑打仗是把好手，對這些彎彎繞繞的謀略布局卻有些遲鈍，聽到龍先生一番分析，不由倒吸一口涼氣，「龍先生，如你所言成真，那李清的勢力豈不是無法遏制了？那時，就是他進兵中原的時候了。」

龍先生嘆道：「就是這樣，李清**這是正大光明的陽謀，便算你知道又如何，**局勢所迫，你仍然只能看著他一步步走來，呂氏希望迅速擊敗曾氏，再掉轉頭對付李清，但李清豈會讓他如願！如果曾氏當真不敵，我料李清就算沒有準備好，也會悍然出兵，攻擊呂氏，使其陷入兩面作戰。」

「**難道沒有破解之策麼？**」屈勇傑問。

龍先生微微一笑，「也不是沒有，其一就是呂氏在極短的時間內擊敗曾氏，但這顯然不太現實，其二便是寧王出兵曾氏，與呂氏兩面夾擊，迫使曾氏投降，然後呂氏回身對付李清，將李清拖住。但這要有一個條件，便是寧王首先要取得秦州之戰的全面勝利，才有機會騰出兵力對付曾氏。」

屈勇傑搖頭道：「秦州之戰，寧王哪有可能輕鬆獲勝，如今看來，倒是寧王要先敗上一場。」

「還有一個機會。」龍先生道。

屈勇傑精神一振，道：「願聞其詳。」

「**翼州！**」龍先生語出驚人地道：「翼州是李清家族所在地，如果中原勢力中有任何一方突然進攻翼州，翼州危急，李氏肯定要命令李清提前入關參戰，這樣也可能打破李清的戰略布署。」

袁方搖搖頭，「這不大可能，蕭氏如今不會與定州起衝突，寧王更不會在這個時候主動挑起與李清的戰爭，如果激怒李清，徹底與蕭氏結盟，定州鐵騎跨入中原，寧王便要敗了。」

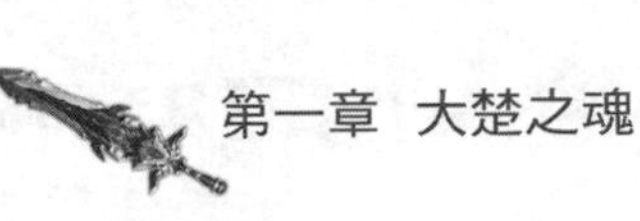

「如果我們去攻擊翼州呢？」屈平忽然插話道。

房內三人都笑了起來。

「小子不懂就不要胡說八道。」屈勇傑責備道：「寧王與蕭氏都有實力對翼州動手，卻不敢去捅這個馬蜂窩，而我們，是既無實力，也不需要去捅馬蜂窩。」

「父親大人也太小看我們定州軍了，據我所知，翼州也只有二三萬人馬，而且還有五千精騎去了定州，在兵力上，反而是我們占優勢，為什麼我們就沒有實力呢？」

龍先生耐心地說道：「屈平，你先去看看地圖吧，我們與翼州的接壤之地，只有一條狹窄的通道，而翼州自從李清崛起之後，便抱定了堅守的策略，翼州各險要重鎮，均是遍築堡壘，聽袁方說，這些堡壘都是李清在定州首創的稜堡，極難攻打，當年完顏不魯六萬大軍都沒能打下撫遠，你想想，我們這點人馬當真去攻打翼州，只怕還沒有深入翼州本土，便給消耗完了，到那時候，興州還能保嗎？我們身邊的兩頭猛虎會一頭撲上來，將我們血淋淋撕碎的。」

「如此說來，李清便沒有辦法遏制麼？」屈平不服氣地道。

「所以龍先生剛剛說李清所行乃是陽謀，他光明正大地布下局來，如何破局，不僅是我們要想的事，蕭氏、寧王、呂氏等人又豈會看不出來?!但謀事在人，成事在天，李清即便一環扣一環地布下局來，世事又豈能盡如他意！逐鹿中原，如果有這麼簡單，那蕭浩然與寧王又何必苦苦籌劃數十年？」屈勇傑笑道。

「你父親說得不錯，如今我們只能走一步看一步，隨機應變而已，但當務之急，卻是我們興州自身的實力需要迅速提高。屈兄，情報我來負責，軍餉龍先生為你籌劃，戰略布局、外交溝通也是龍先生為你辦了，你所要做的便只有一件事。」袁方意氣風發地道。

「**軍隊！**」屈勇傑站了起來，「龍先生和袁兄放心，有一年時間，我便能將眼下三萬興州兵練成精銳，兩年，我可以練出五萬兵，如果有三年時間，只要餉銀保證，後勤無虞，我便可練出十萬兵來。」

龍先生笑道：「可別又練出的是當年御林軍那般模樣的精銳，被李清定州兵一擊而潰。」

被龍先毫不留情地揭了老底，屈勇傑雖然老臉泛紅，但對龍先生的嘲諷倒是毫不生氣，很是虛心地道：「龍先生所言極是，當年與定州兵一戰，對我而言如同當頭棒喝，將我徹底打醒了，李清說得對，沒有上過戰場的兵永遠也稱不上精銳，當年的御林軍只能算是好看的軍隊，而定州兵才是能打仗的軍隊，但眼下中原亂戰，想必我們興州兵是不會缺仗打的。」

袁方失笑道：「你也想步李清後塵，來一招瘋狗精神麼？」

「只要能打贏，別說是瘋狗，便是瘋牛，我也認了。」屈勇傑哈哈大笑。

「雖說我不喜歡李清，但此人練兵確實厲害。」

屈平怪道：「父親，您不是才說我們實力不夠，不能招惹翼州，但您剛剛又說我們興州不缺仗打，那我們能去打誰？翼州都不能打，那左近便只有寧王與蕭氏了，他們更強大啊！」

龍先生笑道：「我們不打翼州，是不想讓蕭氏或者寧王撿便宜，但蕭氏或者是寧王，我們並不是沒有機會去敲打一番的。」

「這話如何說？」屈平大惑不解。

「這就要看時機了，對我們興州，**只要拿捏好時機，便能謀取最大的利益。**」龍先生道：「**興州的策略，便是無論什麼時候都要讓蕭氏與寧王保持均勢**，簡單地說，便是我們看誰要輸了，落了下風，我們便去幫誰。總之，讓他們打得越慘越好，這個時候，即便我們去占了某些人的便宜，他也不敢發脾氣，還得來我們這裡陪著小心，希望能將我們再拉過去。」

「這，這不是兩面三刀麼？」屈平咋舌道。

「孩子，這就是政治！」袁方意味深長地道：「**軍事從來都只是政治的輔助**

手段，為了達到政治上的目的才採取的手段。」

屈平似懂不懂地點點頭。

「李清能從區區一個校尉數年之內經營出偌大的勢力，東家，你如今的底子可比他當年要強上太多，你能做出他這番事業來麼？」龍先生喝了口茶，道。

屈勇傑站了起來，意氣風發地說：「有龍先生的運籌帷幄和袁兄的鼎力相助，屈某當然有信心重塑大楚威信，將這些亂臣賊子統統斬於馬下。」

「還有我！」屈平揮舞著拳頭，大發豪語地說：「兒子別的本事沒有，帶兵打仗，衝鋒在前絕不落於人後。」

室內諸人都是大笑起來。

夜深人靜，龍先生孤零零地矗立在月下，仰頭看著一輪殘月，喃喃自語著：「李清，你也想躍馬中原麼？你是想重塑大楚之魂，還是想另起灶爐，再立門戶呢？」

殘月無聲，幽然隱於雲後，只留給他一片黑暗和無邊的寂靜。

臨溪鎮，一場大戰正在激烈地進行著。

張偉率領著一萬南軍，正猛攻著蕭天賜率領的一個營的御林軍，雙方在臨溪鎮外圍展開了激烈的爭奪戰。

為了防止蕭天賜決堤放水，張偉每一次只投入一到兩個營的兵力，張偉打的主意便是消耗戰，你想放水？行啊！那也只能淹我前鋒，只要水一放，我後軍猛撲上來，你就無計可施了。兩軍膠著在一起，在臨溪鎮互相纏鬥。

「將軍，怎麼辦，現在部隊傷亡很大，要不要將外面的兄弟撤進鎮來，然後傳令放水？」

一名御林軍官焦急地問蕭天賜。

蕭天賜嘿嘿一笑，「不慌，這些狗東西，我要慢慢將他們引進鎮裡來，咱們則悄悄地撤向山神廟，我給張偉一個機會，讓他包圍我。」

「將軍，鎮裡還有數千老百姓呢！」御林軍官聞言臉色大變。

蕭天賜冷冷地道：「我知道。」

駐守在臨溪鎮的蕭天賜，手中只有三千多御林軍，布置在外圍的只不過一千不到，張偉將手下軍隊分成了數個波次，每個波次兩千人，輪番進攻數次之後，外圍防線終於告破，殘餘的數百名御林軍狼狽回到鎮中，緊緊咬住他們尾巴的南軍緊跟著便追了上來，兩軍開始展開巷戰。

御林軍精銳甲冑精良，武器鋒利，而南軍卻是勝在人多，雖然損失較大，但仍然將御林軍逼得步步後退。鎮中不時地從一些小巷道中鑽出小股的御林軍加入戰團，使擋在南軍前方的人數始終保持在數百人左右，且戰且退。

聽到前鋒的回報，張偉大笑，回顧左右，「這個蕭天賜將軍出身，名氣挺大，想不到卻是個銀樣蠟槍頭，中看不中用，如果他狠下心來，犧牲他的外圍守軍，放水下來，倒是能吃掉我的前軍，但現在兩軍膠著在一處，都已擁入到了鎮中，我倒要看看他會不會放水將自己也淹了?!現在他居然使出這種愚蠢的添油戰術，除了替我的軍功簿上多加一些功勞之外，還有何用？」

伺候左右的一名軍官附和道：「那是自然，聽聞這個蕭天賜在京城時，曾被李清的一個侍衛打輸，連臉也破相了，既不中看又不中用，哪裡是您的對手！副總管，那我們現在怎麼辦？是不是全軍撲上去支援前面的弟兄，一舉奪下臨溪鎮？」

張偉哈哈一笑，「等一等，再派三千人上去試試。」小心無大錯，張偉經歷了前一次的大敗，現在已是沉穩多了。

鎮中南軍人數越來越多，從小巷道中不時鑽出來的南軍，將御林軍截成數段，傷亡越來越大。

「蕭將軍，前鋒頂不住了。」一名御林軍官叫了起來，站在他們這個位置，恰好可以看見前方激烈的戰況。

「邊打邊撤，再頂頂，張偉還沒有過來。」蕭天賜咬著牙道。

「將軍，再不將前鋒撤下來，他們就會拼完了！」軍官的話裡帶著哭音，看著朝夕相處的弟兄一個接一個地倒下，心急如焚。

思索片刻，蕭天賜忽地拔出腰中鋼刀，說道：「我去擋一陣，你留在這裡接應。」

軍官大驚，「將軍，你是一軍之主，怎麼能隨意離開，末將去吧。」

蕭天賜搖頭，「你功夫不及我，去了可能就回不來了。我去！記住，當我們退到離這裡還有一箭之地的時候，你馬上放信號給上游放水。」

「是！」軍官點頭道。

「殺！」蕭天賜舉起鋼刀，帶著幾個貼身護衛，一頭衝了下去。

這幾個人武功皆是上上之選，一加入戰團，立即便將最前面的數十名南軍斬殺刺倒，一時間讓他們殺出去數十米，又救出了一股被圍困的御林軍。

看到主將親自前來救援，御林軍士氣大振，狂喝聲中，渾身似有用不完的力氣，刀槍並舉，開始了反攻。

第二章
海盜黑鷹

遠處，掛著一隻黑鷹的海盜船，是盤踞在黑水洋中一個名叫「連山島」的匪夥，今日傾巢出動，不想卻有意外之喜，這夥海盜的頭子就叫黑鷹，因為此人養著一隻黑鷹而得名，商船會被發現，就是得力於這隻訓練有素的黑鷹。

「副總管，敵將蕭天賜親自衝鋒，已將我軍擊退，現正準備反攻。」

張偉聽著軍情回報，哼了聲道：「黔驢技窮！傳令，全軍給我衝入鎮中，既然蕭天賜想要表現他的勇氣，那我就成全他。」

張偉全軍出動，蕭天賜頓時抵擋不住，與幾名護衛親自斷後，且戰且退，一步一步地向鎮西退去，而他們的身後，全是黑壓壓看不到頭的南軍，要不是鎮中巷道狹隘，眼下他們就要陷入重重的包圍之中了。

蕭天賜汗濕重衣，手砍得有些發軟，心中卻是暗喜，臨溪鎮只有一條主街，其餘皆是一些極窄的巷子，兵力根本不可能展開，這條獨街卻是一道極平緩的上坡，走在街上，不用心根本感覺不出來，而幾里長的街道走完，上下的落差竟有數十米之多。

蓄水之前，蕭天賜精心地計算過，只要己方退到鎮西山神廟附近，水沖下來，就不會淹到自己，張偉以為與自己膠著在一塊，自己就不會放水，那可就錯了。

南軍遲遲不能打開局面，軍中的張偉不由心頭火起，看到蕭天賜幾人有如無人之境，將自己的前軍一一斬殺在陣前，不由氣得七竅生煙，大吼道：「滾開，讓我來收拾他們。」

南軍擠在一起，給張偉留出一條通道，騎在馬上的張偉揮舞著手裡的熟銅鐧，大吼著衝了過來，一鐧便向蕭天賜當頭打下。

蕭天賜手裡鋼刀上揮，一碰一拖，想要使卸字訣卸開對方的力道，卻不想自己激戰半晌，力氣已是不夠，這一碰之下，手腕劇震，鋼刀呼的一聲飛了個無影無蹤，張偉的熟銅鐧卻又橫掃過來。

眼見張偉便要將蕭天賜擊倒，斜刺裡一支長矛飛來，噹的一聲擋住張偉，另一人則是舞著鐵棍下掃張偉的馬蹄，只要掃實，張偉就會栽下馬來，無奈之下，張偉只能策馬後退。蕭天賜僥倖逃過一劫，身後撲出兩人，一個挾著他一隻手臂，將他拖入御林軍中。

眼見蕭天賜從自己手下逃生，張偉遺憾地咂吧了一下嘴巴。

頭上冷汗直冒的蕭天賜看著騎在馬上正瞪視著自己的張偉，嘴角露出猙獰的笑容，**是時候了**，果然，御林軍的身後，一支鳴鏑帶著尖銳的嘯聲直沖上天，遠遠飛上高空。

這明顯是一個信號，張偉不由一怔，**對方在玩什麼花樣？難道還有什麼伏兵不成**，不由地回頭一望。

這一望不要緊，張偉立時嚇得魂飛天外。剛才他只顧著向前督戰，卻不想此時一回頭，居然清楚地看到鎮的另一頭，這代表著什麼，代表他現在所處的位置比鎮的另一頭要高得多，看到身後如同螞蟻般的手下，張偉大驚失色地喊道：

「撤退，撤退！」

一眾士兵莫名其妙地看著主將，正在占上風，眼看就要大獲全勝的時候，為什麼要撤退呢？

張偉想走，但狹窄的街道上盡是自己的士兵，堵得嚴嚴實實，又能跑到哪裡去！耳朵聽著隆隆之聲傳來，張偉臉如死灰。

蓄積多日的洪水一瀉如注，奔騰著橫掃前面的一切，整個臨溪鎮除了鎮西山神廟一塊極小的區域外，全部被洪水掃蕩一空，單薄的牆壁根本無法阻擋狂暴的水流，如同紙糊般被沖倒，擠在鎮裡的上萬南軍，除了少部分逃到高地，或是僥倖衝出小鎮，逃出生天外，其餘的人都葬身魚腹，還有不少人被河水中的石塊、木料擊中，鮮血染紅水流。

大水並沒有持續多長時間，但足以讓張偉的南軍遭遇滅頂之災，河水過後，整個鎮已面目全非，一尺多厚的泥漿鋪滿了街道，被沖毀的牆頭轉角，死屍層層疊疊堆在一起，有南軍，也有當地居民。

張偉臉色蒼白，望著轉瞬間變成人間地獄的臨溪鎮，自己的上萬軍隊就這樣煙消雲散了，更可怕的是，他們的身後，御林軍整整齊齊地排成橫隊，弓弩齊張，正穩穩地瞄準他們。此時，他身邊只有不到百多人的士兵，面色蒼白地看著他。

蕭天賜得意非常，雖然自己冒了大險，不惜以身為餌，險些命喪張偉之手，但對比眼前取得的戰果卻是相當值得的。

看著絕望的對手，蕭天賜哈哈大笑，嘲諷道：「張偉，還想負隅頑抗嗎，快棄械投降，我放你一條生路。」

張偉緊緊地握著手裡的熟銅鐧，臉色難看至極，從大勝到大敗，幾乎就在須臾之間，**這一刻，他後悔極了，早知如此，就讓那個胡澤全來就好了，自己何苦自陷絕地?!**

看著對方密密麻麻閃著寒光的弓箭，張偉心裡最後一點抵抗意志也消失殆盡，媽的，反正老子是造反才當的這官，給寧王當還是給朝廷當，又有什麼區別呢，關鍵是先要把命保住才是正經。

想到這裡，他跨出幾步，扔掉了手中的武器，屈膝跪倒，道：「張偉願意投降，蕭小將軍饒命！」

有張偉領頭，一百多南軍立馬也扔掉手中的武器，在張偉身後跪滿一地，亂七八糟地喊道：「我們願意投降，蕭將軍饒命！」

看著跪倒在自己面前的張偉，蕭天賜得意地露出一絲冷笑，大喝道：「放箭！將這些反賊給我殺光！」

弓弩手們聽到命令，不假思索地鬆開手中的弓弦，張偉愕然抬起頭來，眼前已是一片箭雨。

慘叫聲中，最前面的張偉被射成了刺蝟，一百多名降軍頃刻間便做了箭下亡魂。

半夜時分，胡澤全躺在床上，卻是難以入睡。

他始終放心不下張偉率軍去攻打臨溪鎮，蕭天賜並不是不學無術之徒，當初在京師也是以文武雙全而著稱，只是敗於李清侍衛之手後，這才聲名大跌，世人為此而看輕他。但像胡澤全這樣久歷世事之人，自然不會被這些表象所迷惑，蕭家世代將門，精心培養的後代又會差到哪裡去！

睡不著，他索性穿了衣服起床，決定去軍營中轉一轉，順便巡視一番。

剛剛走出帳門，便聽轅門處傳來陣陣喧嘩，胡澤全一驚，伸手招來一名親兵，囑咐他去打探一下情況。

親兵走後，胡澤全不由焦慮不安起來，心裡一種不祥的預感揮之不去。

等待許久，親兵還沒有回來，卻看到呂小波的傳令官一臉驚慌地跑了過來，心裡咯登一下，已是知道大事不妙。

「是不是張副總管那邊出事了？」胡澤全一把抓住那名傳令官，喝問道。

傳令官一臉的驚慌失措，低聲道：「胡將軍，大事不好了，張總管在臨溪鎮中了蕭天賜的計，全軍覆滅，只有殘餘的少數人逃了回來。」

「張總管人呢？」胡澤全問。

傳令官搖搖頭，「不知道，據逃回來的士兵說，張副總管當時所處的位置應當不會被水淹到，不過他們先逃了，後來的事情亦不清楚。」

胡澤全一把甩開傳令官，大步向呂小波的中軍大帳跑去。

跑到一半，轅門口又傳來一陣騷動，胡澤全抬眼望去，一支南軍裝束的軍隊拖著旗幟，正狼狽地向這邊奔來。

傳令官眼尖，驚喜地道：「胡將軍，打頭那人好像是張副總管，對，肯定是他，張副總管喜穿紅甲，這人一身紅甲，肯定是張副總管脫險回來了。」

胡澤全哼了聲，臨行前，自己還給他提了醒，叫他千萬不要輕敵，居然大敗

虧輸，還有臉回來?!

沉著臉，瞄了眼已靠近轅門的殘軍，一看之下，胡澤全的眼睛立時瞪圓，一跳而起，大聲道：「**關門，關門，這是敵人！敵襲，發警報！**」拔出鋼刀，趕忙向轅門狂奔而去。

傳令官莫名其妙，這明明是張副總管，怎麼成了敵了？但馬上，他的眼睛也瞪圓了，大張著嘴，就見那名身著紅甲的人騎著馬到了轅門口，卻是左右開弓，將守在大營門口的士兵砍倒，接著縱馬踐踏而過，在他身後，本來垂頭喪氣的士兵發一聲喊，突然間龍精虎猛起來，潮水般地湧進營中，將守在營門的士兵砍殺殆盡。

眼見敵軍在瞬息間占領了轅門，胡澤全一跺腳，轉身跑向呂小波的大帳，來的敵軍並不多，如果能迅速組織人馬反擊，將這支軍隊攔在大營之中，將之全殲也不是不可能的，此時最怕的就是炸營，正值深夜，敵情不明，一旦炸營，便是神仙也挽回不了敗局。

此時，呂小波正在詳細地詢問張偉的下落，相對於萬多人的損失，呂小波更擔心張偉的死活，畢竟是一起出生入死多年的老夥伴了，聽聞張偉不會被水沖走，正鬆了口氣的呂小波便聽到猛烈的喊殺聲，立馬衝出營帳，見胡澤全急匆匆地奔來。

「張總管，馬上下令集結軍隊，將這支敵軍全殲在大營內。」胡澤全急道。

「有多少人來襲？」呂小波問。

「不多，最多兩三千人！」胡澤全道：「事不宜遲，這蕭天賜膽大包天，居然想來襲營，正好關門打狗。」

呂小波眼光看向遠處，瞳孔縮了縮，道：「來不及了，對方的援軍到了，你看！」

胡澤全驚訝回頭，不遠處，一個個火把如同天上的繁星，一支接著一支亮了起來，心裡不由倒抽一口冷氣，粗粗一看，只怕京城左大營在臨豐的駐軍已是傾巢出動了。

此時，大營之中火光沖天，蕭天賜部在大營內縱橫無敵，大部分還在睡夢中的南軍不是倒在鐵蹄之下，便是被活活燒死在帳篷裡，僥倖逃出來，又要面對敵人的狂砍亂殺，一時間，大營內亂成一團。

「撤退，退軍！」呂小波大叫道，翻身跨上侍衛牽來的戰馬，對胡澤全道：「胡將軍，來不及了，便是我們現在將軍隊集結起來，也不是對方的對手，馬上撤退，到後方集結。」

胡澤全嘆了口氣，看著亂成團的大營，無奈地爬上戰馬。

呂小波這一跑，大營內更是亂成一團，南軍終於炸了營，四處亂竄，逃向黑暗之中。

對逃走的敵軍，蕭天賜一概不予攔截，只是縱馬衝向那些勉強收攏了一些部眾的敵軍，幾次下來，南軍終於明白，如果隻身逃走，敵人反而不會追來，自然作鳥獸散。

看著如預期中亂成一團的大營，穿著紅色衣甲的蕭天賜滿意地點點頭。

在他身後，那密如星火的火把並不是左大營的援軍，而是他安排了百多名士兵，將火把或綁在樹上，或綁上木桿插到地上，等這邊攻擊一起，立即便依次點燃，而百多名士兵則一人手持兩支火把，在這些火把中跑動，造成一種大軍來援的假象，而此時左大營派駐成豐的一萬多軍隊至少還要一個時辰才能趕到。

蕭天賜要全功，所以在他出發後，才將情況通報給臨豐。**他的冒險再一次取得了巨大的成功**，不明真相的南軍終於被他成功地逼得炸了營！哼哼，上萬隻兔子又如何是自己這三千虎狼的對手?!

他收起兵器，也用不著他親自出手了，部下們正在營內肆意獵取著戰果，秦州之戰，將因為自己這兩戰的勝利而出現轉折。

「李清，我一點也不比你差，只不過你的運氣比我好一點，如果當年是我在定州，哪有你囂張的份！」蕭天賜憤憤不平地想道。

一個時辰之後，左大營副統領田豐率軍趕到，目瞪口呆地看著兩三千御林軍正看守著比他們多得多的俘虜，這一仗，在大獲全勝的情況下結束了，自己統兵急趕半日，只是來收拾一個爛攤子而已。

看著得意洋洋向自己走來的蕭天賜，田豐的心裡忽然湧起一陣不安，眼前對陣的是南軍中戰力最差的呂小波、張偉集團，天賜可以輕鬆獲勝，如果碰上強手，他這般冒險，只怕會吃大虧。最保險的，應是與自己會合之後再行進攻，會有更大的把握獲勝。

但這個想法，田豐只能壓在心底，不能說出來，雖然蕭天賜尊稱自己一聲叔叔，但**從他的行事風格來看，明顯是要獨得全功，如果自己直指他的冒進，只怕會引起他的誤會**，以為自己是想搶功才指責他。

不過，這種險可冒其一，決不能冒第二次，以後敵人恐怕不會有這麼好對付了，田豐決定這事回去之後，一定要與蕭大將軍談一談。

但無論如何，能獲勝總是好的，這一仗畢竟打出了朝廷的威風，秦州的局勢也得到了極大的緩解，如果經營得當，收復全部秦州也不是不可能的。

想到這裡，田豐笑著迎了上去。

呂小波狂奔數十里，直到天明時分才停了下來，收拾兵馬，兩個時辰後，勉強有一萬餘人重新集結到他的旗下。

後來趕到的人也讓呂小波搞清楚了情況，來襲營的其實只有兩三千人，呂小波又羞又惱，當場便要下令殺回去，將這幾千敵人斬盡殺絕。

「夠了！」胡澤全終於忍耐不住了，「這個時候回去，除了找死還有別的出路嗎？如果先前只有三千敵軍襲營的話，那麼我敢肯定，這時候在那裡候著我們的必定超過數萬敵人，難道成豐的京師左大營是擺設嗎？」

被胡澤全一頓喝斥，呂小波又羞又惱，卻無言以對，只得含羞帶愧，帶著一萬多丟失了全部輜重的軍隊退出了成豐縣。

成豐大敗的後果，便是南軍開始在秦州收縮戰線，退出了大半個秦州，只在秦州保留幾個險關城鎮作為據點和橋頭堡。

大敗而回的呂小波被狂怒的寧王斬首示眾，連胡澤全也被打了數十板子，呂小波、張偉死後，留下來的五六萬流民軍重新整編，胡澤全成了這支重新整編的軍隊的統領。

呈半月月形環抱著大楚的黑水洋廣闊無邊，從來沒有人試圖去黑水洋的另一邊看一看那裡到底有些什麼。

整個大楚共有四支水師，以前的復州水師落到向顯鶴手中，完全成了他走私私鹽、聚斂財富的工具，十幾年下來，一支好好的水師被敗壞得不成模樣，直到李清入主，復州水師這才得以翻身，不論是在船隊規模還是戰鬥力，都上了幾個臺階。

而在南方，寧王則控制著大楚另外的三支水師，分別是登州水師，臨州水師，勃州水師，單從某一支水師來講，他們比起復州水師都要弱，但三支加在一起，卻又遠遠地強過了復州水師。

大楚的水師從來沒有遠征黑水洋的計畫，他們的巡航半徑最遠只到過距離大楚兩百海里處，做出這一創舉的，是當時**大楚資格最老的水師將領龐軍**。

他不敢帶著這支耗盡了他一生心血的水師部隊去冒險，即便是復州水師，在平定蠻族的過程中曾在海上航行了一個月之久，也只是貼著近岸航行，不曾深入過如此遠的地方。

在這無邊無際的大洋上，倒是被官軍打得無路可逃的海盜們不得不揚帆遠走，遁入到黑水洋的深處，以逃過官兵的圍剿，如果說他們對黑水洋的瞭解，那絕對要比官兵們高上好幾個檔次。

奉命遠航支援曾氏的鄧鵬，看著自己「劈波號」身後那支遮天蔽日，浩浩蕩蕩的船隊，驕傲的同時，又在犯難著：如此規模的船隊，即便遁入遠海，只怕也難以瞞過南方的耳目，而此行他卻絕不願意讓對方知道，假如南方調集起三支水師同時對付他，那剛剛籌建不久的復州水師便要煙消雲散了。

然而若是分散而行，整個水師船隊中包括自己，從來沒有深入黑水洋如此之深。大海的可怕，作為一名水師將領，與之打了半輩子交道的鄧鵬自然是深有體會，那碧波如鏡的水面下，不知暗藏了多少陷阱，隨時會將疏忽大意者吞噬，連骨頭也不會剩下一根的。

大海是美麗的，大海也是可怕的。思索良久，鄧鵬終是不敢冒險，他知道這支水師傾注了大帥太多的心血，耗費了定復兩州大量的財力，絕不能輕易斷送。

他決定先派出一支探險隊，先去摸索出航道。只要摸出了航道，那復州水師就不會再是盲人摸象，便可以分成若干小隊，神不知鬼不覺地潛行到東方。

鄭之元便是這支先遣探險隊的統兵將領。他率領著一支由一艘五千料戰船、兩艘三千料戰船和五條千料戰船組成的先遣隊，提前一個月率先出發。

鄭之元所在的旗艦「出雲號」，除了在船上裝載著大量的軍械之外，另外搭載了兩百名水師陸戰隊，再加上三百名水兵兼船員，共有五百人：三千料的戰船上只有二百名水兵，千料戰船上僅僅只有一百多名水兵，多餘的地方都裝載著補充物資。

七條戰船組成的船隊先駛向黑水洋深處，再折向東，如此是為了避免被岸上的人發現這幾條戰船的航向。整個定復兩州知道他們真正目的地的人並不多，大多數的人只以為這是水師的例行出海訓練而已。

在海上走了半個月，一直風平浪靜，天氣極好，便是鄭之元也不得不感嘆自己的運氣還算不錯，時已五月，正是陽光明媚，春風習習之際，天氣好時，站在「出雲號」的頂樓，凝視著大海，看著水鳥起起落落，或在海面掠食，或從天空俯衝，別有一番樂趣。

這些水鳥不太避人，偶而有幾隻還會停在「出雲號」的艦體上，甚至在甲板上踱著四方步，悠然自得。在大海上航行的人都不會去傷害海鳥，有的水手甚至會拿些小魚小蝦去餵食牠們。

艦隊航行的速度並不快，鄭之元估計，現在已超過兩百海里的警戒線，南方

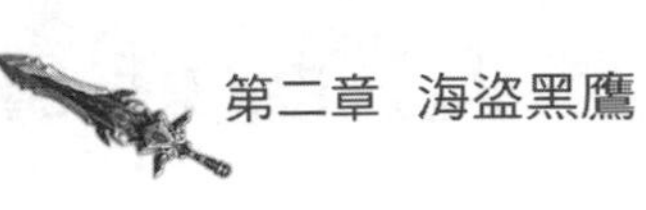

水師應當不會發現自己，只是對於航道的陌生，讓他們如履薄冰，每走一步都是小心翼翼。

在船隊前方數海里處，一艘千料戰船正在探路。「出雲號」上，書記官將海圖鋪在桌面上，仔細地在走過的航道上標上記號。

其餘陸戰隊員無所事事，每日除了擦拭刀劍，整理盔甲，閒得蛋疼。也有隊員耐不住寂寞，跑上甲板或者底艙去充當水手，鄭之元對於這一明顯違反規定的行為便也睜一隻眼閉一隻眼，畢竟在大海上太寂寞了。

水師是嚴禁官兵間互相賭博的，除了一些已玩膩了的遊戲，這些人委實找不出什麼新花樣了。

這兩百名水師陸戰隊的隊長，自己的親弟弟鄭之強的表現，倒是讓鄭之元異常欣喜，經過幾年的磨礪，這個原來性子浮躁的弟弟如今已是穩重許多，看他現在這個樣子，誰會知道幾年前這小子還是街道上一個聲名狼藉的小混混?!也不枉自己在成立陸戰隊之時托人說情，又搭上了自己的這張臉皮，才勉強讓水師負責陸戰隊的將領同意接受這傢伙。

但鄭之元安逸的日子很快便結束了，又走了兩三天後，天氣陡變，看著黑沉沉如同要壓下來的烏雲，鄭之元啐了一口，這時節也會有這樣的天氣麼，大海還真是孩子的臉，說變就變啊！

一邊召回前面探路的戰船，再將整支船隊盡可能地聚集在一起，所有的水兵都忙碌起來，五千料戰船的風帆趕緊放了下來，船上能移動的物體都用繩索緊緊地綁牢加固，以免風暴來時移動傷人，此時，便連陸戰隊員也動員加入到忙碌的隊伍中。

夜幕快要降臨時，**如臨大敵的船隊終於迎來了他們遠航後的第一場暴風雨**。

首先是風，不像在陸上，風來時，總是先小後大，逐漸加強，在海上，風一起，便是劈頭蓋臉掀起數米高的大浪，重重地擊在船上，將「出雲號」擊得平移了數米，其他的船隻更是不堪。

雖然是水師，見慣了風浪，但那都是在近海，現在極目望去，除了波濤洶湧的水浪一波接著一波的湧來，目光所及之處一無所有。

本來應當還有一個時辰才會入夜，此刻天色已是模糊不清，鄭之元大聲令道：「給各船發燈光信號，小心應付，緊跟『出雲號』。」

風浪愈來愈大，站在「出雲號」的甲板上，十數層樓高的浪頭從天上潑下，嘩啦一聲傾灑在甲板上，水兵們將自己固定在操作崗位上，只在水浪襲來時低頭略避一下，大多數時間都是睜大了眼，張開耳朵，仔細傾聽著長官發出的號令操作。

「出雲號」此時便像一艘玩具船一般，被洶湧的風浪時而高高托起，如同騰雲駕霧，時而又重重地落入谷底，如墜萬丈深淵，看到兩側那遠遠高出船體的風浪，不是久在大海上討生活的人真會被嚇著。

此時甲板上，除了必要的操作人員，其餘的人都回到艙中，鄭之強坐在門邊，一條強索環過腰際，將他牢牢地綁在艙壁，手裡卻還是緊緊地握著他的戰刀，目光炯炯地看著他的隊員，很好，除了個別的人臉色有些蒼白之外，大多數人都是臉色如常，有幾個甚至還在大聲地開著玩笑。

「出雲號」已是如此，其他比「出雲號」小的戰船境況更是堪憂，剛開始時，船隊間還互相可以用燈光聯繫，到了後來，各船之間已完全失去消息，再也沒有聯繫。

風浪持續了大半夜才停歇，風浪既去，船上的水兵已累成一灘軟泥，一個個軟倒在崗位上，此時，在艙內避風浪的人員趕忙衝出來，將這些累了半夜的水兵們扶下來，自己則替換上去。

水兵們完成任務可以去休息，但艦隊指揮鄭之元卻無法休息，雖然他也是精疲力竭，卻不得不強打起精神，因為他發現，這艘船的周圍已沒有一艘戰船，兩艘三千料戰船和五艘千料戰船都無影無蹤，不知被吹到了什麼地方。

天色漸明，在原地下錨等待船隻歸來的「出雲號」一直等到日上三竿，也沒有等到一艘船歸來。

風雨過後，一輪驕陽躍出水平面，千道霞光映照在「出雲號」上，將船隻照得金燦燦一片，不知從哪裡飛來的水鳥停在桅杆頂上，好奇地看著刁斗裡正在瞭望的水兵。

鄭之元的臉色難看之極，什麼都能預料，什麼都能防備，唯獨老天爺無法估計，一場突如其來的暴風雨，將水師先遣隊的所有計劃打成了泡影，看著形單影隻的「出雲號」，鄭之元的心情複雜無比。

「怎麼辦，大哥？」鄭之強走到大哥身邊，看著不住詛咒天氣的大哥，小聲問道。

聽到鄭之強的話，鄭之元猛的省悟過來，自己是這支船隊的主心骨，如果自己露出頹喪的神情，只怕會影響到艦上所有官兵。

「什麼怎麼辦？」鄭之元露出笑容，看似一派輕鬆地說。

他的反應，讓鄭之強嚇了一跳，心道莫非大哥受此打擊，腦袋有些失常了麼，這時候怎麼還笑得出來?!

「你沒事吧？大哥？」鄭之強擔心地問道。

「我能有什麼事？」鄭之元伸手敲了他一個暴栗，道：「有什麼好擔心的，雖然船隊失散了，但以他們的水上功夫，怎麼也不至於傾覆在海裡，只是暫時失散罷了，我們慢慢向前走，一邊探路，一邊等著他們，興許沒走上多遠，就能找到他們。」

看到大哥分析事情有條有理，鄭之強放下心來，點頭道：「也是。」

「所有士兵各就各位，『出雲號』啟航！」鄭之元強打精神，下達著命令。

看著碧波萬里的大海，鄭之元心裡卻滿是憂慮，根據昨天風暴的方向，只會將這些船隻吹向更深的大海深處，最怕這些船隻傾覆，隨著洋流，船隻殘骸和士兵屍體流向海岸，一旦殘骸被發現，定州繞海路支援曾氏的戰略意圖將因此曝光。

「老天保佑！」回到指揮室，鄭之元雙手合什，向剛剛還在痛罵的老天爺誠心祈禱著。

雖然船上數百名士兵在鄭之元的帶動下，恢復了該有的運作，但上千戰友和數艘戰船下落不明，仍然讓戰士們心裡蒙上一層陰影，昨天的那種風浪，連「出雲號」這樣的五千料大船都如同玩具，可想而知那些千料小船的處境。

「出雲號」在一片壓抑的情緒中緩緩向前行駛，刁斗上，瞭望的士兵睜大眼睛，想要在水天相接之處看到幾片帆影，但直到中午，仍然令人失望。視線所及之處，除了水還是水。

到了開飯時間，廚子弄好飯菜，送上甲板，卻沒有人有心情吃飯。

鄭之元從指揮室裡走出來，拿過一副碗筷，走到廚子面前，讓廚子給自己舀上一碗，大口大口地扒起來，邊扒邊含糊不清地道：「吃飯了，兄弟們，不吃飯怎麼有力氣趕路，怎麼有力氣去找戰友們，吃，都來吃！」

鄭之強第一個走了上去，緊接著陸戰隊員們排著隊，依次走了上去。

雖然食難下嚥，但士兵們仍然拼命往嘴裡塞著飯，將軍說得對，只有吃飽了，才有力氣去找弟兄們。

「船！我看到船了！」

刁斗上，瞭望的士兵驚喜地大叫起來，在水天相接之處，幾片帆影出現在他的視野中，大約有兩艘的樣子，看船隻的大小，應該就是失散的那兩艘三千料戰船。

聽到瞭望士兵的叫聲，士兵們一聲歡呼，丟掉手中的飯碗，撲到甲板上，果然在視野中出現了幾個黑點。

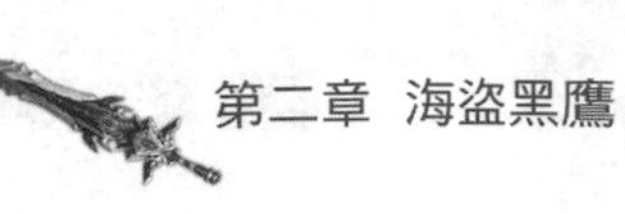

「肯定是他們了，在黑水洋如此深處，應當不會有其他船隻。」鄭之強興奮地道。

鄭之元點點頭，壓住心頭的興奮，一口將飯扒到嘴裡，這分沉靜，讓鄭之強佩服不已。

「不是我們的人！」刁斗上那名士兵又喊了起來。

鄭之元心底一沉，手一抖，險些將飯碗掉在甲板上，抬頭喝道：「是什麼人，看清楚了嗎？」

「**是海盜！**」士兵驚叫起來。

鄭之元一躍而起，丟掉手中的飯碗，立即下令道：「準備戰鬥！」

士兵們迅速放下手中的飯碗，廚師快手快腳地將殘局收拾乾淨。

鄭之元臉上露出一抹笑容，甲板上堆積如山的軍械都被雨布蒙著，整艘船隻看起來似一般的商船。

此時，那兩艘海盜船已是清晰可見，看樣子，對方是誤會這是一艘商船，準備上來打劫一番了，在黑水洋上，經常有水師船隻幹著走私的活，像向顯鶴就是這方面的行家，也許這些海盜曾打劫過這種模樣的船隻，是以有恃無恐地向這邊駛來。

按照常理，一般官軍的水師不會單船出來巡邏，而且還深入黑水洋如此之遠，只有走私的船隻才會為了避開官兵的打擊，繞行如此之遠。

「饒你奸似鬼，今日也好好地吃我一頓洗腳水。」鄭之元冷笑起來，伸手招來幾名軍官，低聲吩咐了一番。

軍官臉上露出笑容，會意地連連點頭，趕緊分頭去安排。

遠處，掛著一隻黑鷹的海盜船，是盤踞在黑水洋中一個名叫「連山島」島嶼的匪夥，規模不大，僅有兩艘三千料船隻，距這裡只有一兩百海里水路，今日傾巢出動，不想卻有意外之喜，居然發現了一艘走私的商船。

這夥海盜的頭子就叫黑鷹，因為此人養著一隻黑鷹而得名，這艘商船會被發現，就是得力於這隻訓練有素的黑鷹。

看著距離自己越來越近的那艘商船，黑鷹的嘴角不禁露出猙獰的笑容，自從被南方水師給趕進黑水洋深處後，日子很不好過，只能偶而偷偷摸摸地出海，運氣好，能碰上幾艘商船；運氣不好，則只好餓著肚子，不比那些規模很大的海盜集團，可以遠渡黑水洋的另一邊，做著沒本錢的買賣，日子過得有滋有味，他們卻只能吃糠咽菜，這海盜當得也著實氣悶。

「弟兄們，看到了嗎，對面那艘船上堆積如山的東西，這一次全要便宜我們

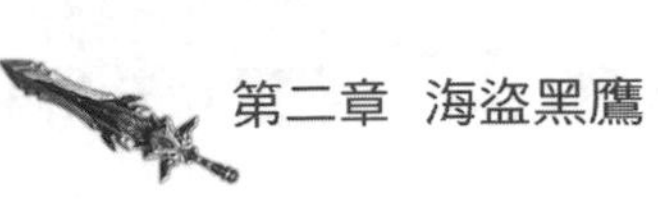

了，我們要發啦。」黑鷹哈哈大笑地道。

一群海盜個個都面露興奮之色，好久沒有開葷了，今天總算可以大撈一把，看那船隻極人，甲板上堆積如山的物資，都是舔著嘴唇，在船上又吼又叫，調整風帆，對準「出雲號」直駛而來。

此時，他們看到在對面的船隻上，有不少商人模樣的人正驚慌地跑來跑去，似乎在張嘴大喊著什麼。

「肥羊們，爺爺來了！」黑鷹大笑，揮舞著鋼刀吼道：「進攻！近舷攻擊。」兩艘海盜船一左一右，向「出雲號」的左右舷夾攻而來。

指揮室內，鄭之元臉露冷笑，在蒙著的雨布下，兩舷布置了幾台百發弩和八牛弩，樓船上，陸戰隊的隊員們張開一品弓，蓄勢待發。

「來吧，讓你們嘗嘗什麼叫做箭如雨下。」鄭之元心裡了樂開了花，「出雲號」與其他船隻失散，連後勤補給都成了問題，這些海盜既然來這裡，就說明他們盤踞的地方離此不遠，正好去匪窩補充一番。

「想搶老子？還不知是誰搶誰呢！」

兩艘海盜船上大概各有三百名海匪，此時，除了必要的操縱船隻的人之外，其餘的海盜都提著長矛，斧頭，大刀擠在船舷邊，邊吹著口哨，邊看著船上那幾個面帶絕望的商人。

幾個力氣大的海匪將鐵錨抓在手裡舞著圈子，瞧準時機，大喝一聲，猛力揮出，幾道黑影越過兩船之間的間隔，鏗鏘有聲地落在這邊的甲板上，將鐵錨之間的鐵鍊迅速收緊，兩船被連在一起，海盜們叫著，只等兩船接舷，便爬上對面的大船，大肆劫掠一番，「出雲號」比對方的船隻要高大不少，海盜們都擠在第二層的船舷邊，只等兩船接舷，便要跳過去大快朵頤。

砰的一聲，左邊的船隻先撞了上來，一聲巨響，兩船擠在一起，「出雲號」向右邊猛力一蕩，恰好此時右邊的海盜船也擠了過來，「出雲號」頓時被夾在中間，船身一陣劇震，鄭之元緊緊抓住船幫，目不轉睛地瞧著對面，眼見時機已到，大喝道：

「動手！」

蒙著的雨布猛的被掀開，展現在海盜們面前的是一台台的百發弩，沒等海盜們反應過來，一支支黑色箭雨撲天蓋地射了過來，一時之間，海盜的眼前除了弩箭，還是弩箭。

海盜船上，正準備開搶的黑鷹，大得足以塞進一個雞蛋的嘴巴卻發不出一點聲音，因為他完全被震呆了。他親眼目睹對面的肥羊船隻露出一台台奇怪的武器，只一次齊射，擠在船舷邊的弟兄們便如割韭菜一般齊唰唰地倒了下去。

黑鷹見機極快，只一眨眼功夫，便知道今天踢到了鐵板上，這哪裡是什麼肥羊，分明就是索命的修羅，狗日的官兵！喬裝打扮來矇騙老子，這下子可栽到陰溝裡了。

「斬錨，風緊，扯呼！」黑鷹大吼道。

其實不用他吩咐，下面的海盜們也知道今天糟糕了，早有幾個人搶上前去，掄動大刀斧頭去砍鐵鍊，先前唯恐鐵鍊不結實，這時候卻恨不得這鏈子是紙糊的就好。

火星四濺之中，鐵錨斷開，船身一晃，與「出雲號」拉開了一小段距離，黑鷹長舒了一口氣，只要拉開與對方的距離，自己立馬就可以開溜，這裡的水道他熟得很，逃跑是沒有問題的。

但他的笑容很快便凝結在臉上，對面的船上傳來陣陣尖嘯聲，那是八牛弩！

這東西黑鷹認得，自己的船上也配備了有，只不過年代久遠，失修成了擺設，但眼前的八牛弩與自己常見的又不太一樣，竟然一射便是四支長弩；更讓他膽寒的是，那些長弩的後面居然拖著長長的繩子。

奪奪的聲音一連串響起，帶著長繩的八牛弩箭扎進海盜船上，將剛剛脫舷的海盜船又牢牢地困住了。

「斬斷繩索！」有人在大聲吆喝著，但對面的樓船上，垛碟之後，一排排手執長弓，全身頂盔帶甲的士兵站了起來，閃著寒光的利箭遙遙對準海盜們。

一名海盜不知死活，縱身上前想砍斷繩索，嗖的一聲，一支利箭立即將他穿胸而過。對面，對方將領帶著冷笑，兩根手指捻起一支羽箭，又搭上了弓弦。

「投降免死！」雷鳴般的吼聲響起，隨著喊聲，一排排全副武裝的水兵出現在「出雲號」的甲板上。

第三章
項莊舞劍

對峙數天之後，田豐看對方沒有硬攻的意思，奇怪之餘，忽的想起蕭天賜，頓時冷汗直流，項莊舞劍，意在沛公，只怕胡澤全攻成豐是假，誘使蕭天賜從臨溪鎮打出來才是真，想來胡澤必然已布置好一個圈套在等著蕭天賜。

看到對方的人數，再看看對手的武器，黑鷹臉若死灰，這是從哪裡蹦出來的神仙啊，一條船上居然有好幾百人。

「出雲號」上不僅是陸戰士兵，便是連水兵也是武裝到了牙齒，為了適應水上作戰顛簸不停的特點，李清要求匠作營專門為他們設計了帶有鐵釘的鞋子，這樣便於士兵在作戰時不至於腳下因打滑而失手。這種釘鞋，不僅水兵，水師陸戰隊，便連定州的特種兵也都裝備上了，以便在特殊情況下使用。

看到對方那一台台裝滿了粗如兒臂的八牛弩箭，和比自己要多上近一倍的戰士，再看看對方的甲冑，回頭瞄瞄自己的手下如同乞丐的裝束，黑鷹無奈地嘆了口氣，**他明白，自己的海盜生涯就此結束了。**

爽快地扔掉了手中的鋼刀，黑鷹高舉著雙手走出指揮室，站在舷旁大聲道：「不要打了，我們投降！」

隨著黑鷹的認命，殘餘的一兩百名海盜扔掉了手中的武器，抱頭蹲在船上，鄭之強的水師陸戰隊收起弓箭，拔出鋼刀，躍到對面的船上，將海盜們像串肉串似的捆在一起。

鄭之強走到黑鷹面前，知道他就是這群海盜的頭子，很是不滿地道：「喂，你這傢伙，太沒骨氣了吧，怎地老子一喊你就投降了，再怎麼樣也要頑抗一下，讓老子過過癮再投降嘛！」

鄭之強心裡頗為惱火，好不容易碰上一場真正的戰鬥，才射了一箭，戰事便告結束了。

黑鷹翻了個白眼，心裡腹誹道：你過了癮，老子們就會死光光啦！奇怪了，這是哪來的傢伙，看裝束不像是南方水師啊，難道是那幾個稱霸黑水洋的海盜集團？不對啊，沒聽說他們有這樣的裝備啊，不！肯定不是，如果那些傢伙有這樣的裝備，早就衝上岸去大搶特搶了。

黑鷹被帶到了鄭之元的指揮艙內，他那頭訓練有素的黑鷹倒是不離不棄，跟著飛到「出雲號」上，停在指揮艙外的船欄上，一雙小眼睛透過窗子注視著自己的主人。

「你叫什麼名字？」

「元剛，匪號黑鷹！」黑鷹老實地蹲坐在艙板上，回答道。

黑鷹？鄭之元看了眼停在船欄上的那隻神峻的黑鷹，「你會馴鷹？」

「祖上傳的玩意兒，不敢說懂，略通皮毛！」元剛謙遜地道，眼神裡卻透著驕傲。

「就是這鷹發現了我們，你們才趕過來的？」鄭之元有些好笑地問道。

「是啊，就是牠發現的，可是牠只能告訴我有幾條船，不能告訴我船上有你們這樣的軍隊啊，否則打死我，我也不會來的。」元剛有些委屈地道。

真是**成也黑鷹，敗也黑鷹，往常黑鷹給自己帶來的財富，是美女，今天帶來的卻是死神**。

鄭之元哈哈一笑，「你們有多少人，老窩在哪裡？」

黑鷹眼神閃爍地道：「這位將軍，我們就這兩條船，所有的家當、人員都在這船上，四海為家，走到哪裡算哪裡罷了。」

鄭之元嘴角微微牽了一下，冷冷地道：「元剛，我今天心情很不好，不喜歡聽廢話，更不想聽謊話，如果你認為我是可欺的話，不妨再說幾句這樣的話給我聽聽。」

配合著鄭之元的話，鄭之強唰地一聲抽出鋼刀，道：「這位老兄，你便硬氣一點，頂撞我們家將軍一次，我正好可以與你較量一番，放心，我給你機會，讓你和我公平決鬥可好？」

元剛眼睛一亮：「是不是我打贏了，你就放我走？」

「呸！」鄭之強呸了一口，「就你這貨也想贏我，嗯，這也說不定啊，你打贏了我，我還有兩百個弟兄呢，他們一個個的上，你將他們全部打倒，就能走了！」

元剛臉上的肌肉抽動著，原以為自己夠無恥了，與眼前這位比起來，還差得遠了。

鄭之元瞄了眼弟弟，鄭之強一縮脖子，不敢再多說話。

「我再給你一次機會，記住，最後一次機會，老實交代，否則我就將你宰了，再去審問你的手下，看看他們是不是和你一樣硬氣！我倒想看看，你們幾百個人中有多少硬氣的。」

黑鷹看鄭之元嚴肅的表情，意識到對方不是在說笑，正色道：「這位將軍，我們所有能打的人真的全在這裡，這兩條戰船也是我們的全部身家，至於將軍所說的老巢，那裡只有一些老弱婦孺而已。將軍去了又有何用？」

鄭之元一聽果然如此，這傢伙的老巢離此一定不遠，便問：「你們的據點離這裡有多遠？帶我們過去。」

元剛臉色大變，「這位將軍，殺人不過頭點地，我們已是你們的俘虜，根據海上的規矩，要殺要剮，悉聽尊便，那是我們有眼無珠，技不如人，但那些老弱婦孺與此無關，難道將軍您要趕盡殺絕麼，這麼做可是壞了規矩，黑水洋上十萬水上弟兄個個都會與你們為敵。」

鄭之強看到元剛的神態，剛剛已蔫了的傢伙居然瞬間硬氣起來，看來這些婦孺老弱在此人心目中地位不低啊。

「誰說我要殺他們？」鄭之元反問道。

「那將軍打聽我們的老窩在哪裡幹什麼，將軍如果不想殺我們，而是想要贖金的話，我黑鷹雖窮，但也能湊出幾萬兩銀子來，將軍只要放一艘船回去，一定能替將軍將銀子拿回來贖取我們的性命。」元剛道。他以為對方打聽自己的老窩在哪裡是為了劫財。

「你瞧瞧我們像缺錢的人嗎，還需要綁票勒索？」鄭之元好氣又好笑地道：「不要囉嗦了，實話告訴你，我們昨天遭了風暴，補給船走丟了，到你們的據點去，只是為了補充一些物資罷了，我要銀子有什麼用，能吃能喝麼？」

一聽對方是這個打算，元剛總算是鬆了口氣，但聽說對方的補給船走丟了，又不禁在心裡暗悔，如果自己找上的不是這艘猛獸，而是那幾條補給船，自己現在早就在老窩裡喝慶功酒了，現在倒好，偷雞不著蝕把米，連老本也賠進去了。

「將軍真是不要為了趕盡殺絕嗎？」元剛半信半疑地問道。

「你當我是殘忍好殺之徒麼？」鄭之元陡地惱火起來，「再推三阻四，就將你綁了鐵塊沉到黑水洋裡去！你的老窩離這裡應該不過一兩百海里，當老子找不到麼？如果是老子自己找到的，你們可就沒這麼好運氣了，給你戴罪立功的機會你不要，可不要怪老子心狠手辣！」

元剛一跳而起，「別，別，將軍，我帶路，我帶路！這一帶的水路我熟得很，用不了多長時間，就能回到我家裡。」

被俘的海盜被囚禁到底艙，「出雲號」分出一部人去駕駛兩艘海盜船，好在水師陸戰隊的士兵個個可充作水手，人手倒是不缺，三條船排成一條直線，向著黑水洋的深處駛去。

黃昏時分，眾人的視野中，出現了一條黑線，再走得近些，便可以看出是一個方圓數十公里的島，但出乎所有人意料的是，島上居然濃煙滾滾，一側停著好幾條戰船，正在攻打這個島。

看到島上冒起濃煙，元剛大驚失色，島上只有數十名守衛，其餘皆是老弱婦孺，看停在碼頭上的幾條戰船，最少也能搭載上千士兵，這下休矣，島上的家人肯定全完了。

「將軍救命啊！」元剛一個轉身，噗通一聲跪倒在鄭之元面前，大聲哀求道，也許憑藉著這條船上精良的裝備，能擊敗攻擊島的幾條船。

鄭之強神色卻有些疑惑，「大哥，怎麼像是我們的戰船啊？」

鄭之元一聽，又驚又喜，等再走一截路程，出現在視野中的，果然是在風雨中走失的兩艘三千料戰船和三艘千料戰船，還有兩艘千料戰船不見影蹤，鄭之元心裡又是一沉，那兩艘船只怕是凶多吉少了。

「出雲號」和駕駛另兩艘海盜船的水師士兵們都大聲歡呼起來，他們也看到了攻擊這個島的居然是失散的戰友。

聽到對方的歡呼，元剛一屁股坐在地上，完了，全完了，原本還指望著這些凶神來救島上的家人，可他們竟然是一夥的。

此時，另一邊也發現了他們，一艘三千料戰船向這邊快速行來。

「將軍！」這艘船的指揮官宋發明神情激動，「可算找著您了。」

鄭之元一把抓住宋發明的肩膀，神情激動地問道：「弟兄們都還好吧，還有兩艘船呢？」

宋發明神色黯然地道：「將軍，那兩艘船沒能經住風浪，已經沉沒了，船上的弟兄一個也沒有救起來。我們等風暴過去之後，在附近海域找到了大部分弟兄的遺體，還有一些弟兄連屍體都沒有看到。」

鄭之元默然半晌，黯然道：「罷了，將軍難免百戰死，他們死在大海，也算死得其所了。對了，你們怎麼在攻擊這個島啊？」

宋發明道：「我們失去了將軍的消息，收殮死難弟兄的遺體後，便一路向東航行，心想將軍也是向這個方向，說不定還會碰上，可巧，在前進的途中發現了這個小島，本來大家也沒有想攻擊這個島，哪知道這個島上的人一看見我們，立即燃起了烽火，更縱火焚燒碼頭，我們一看，就知道這個島上一定是海盜窩，大家夥兒一合計，準備收拾了他們再趕路，誰知攻上島一看，根本就是一群老弱婦孺，現在大夥兒正為難呢，不知道怎麼處理才好。」

元剛聽了，跳起來急急問道：「你們殺死了多少人？」

宋發明瞧了他一眼，心中奇怪這傢伙是從哪裡蹦出來的，順口回道：「殺什麼啊！一群連大刀長矛都舞不起來的老弱，只是將他們看管起來而已。對了，你是誰啊？」

鄭之強大笑：「宋大人，這傢伙便是這島的主人，海盜頭目元剛，匪號『黑鷹』，領著兩條船去打我們的主意，結果反被我們收拾了，喏，現在是我們的俘虜。」

宋發明一聽，怒道：「敢打我們艦隊的主意，你真是壽星公上吊，嫌命長啊，將軍，現在怎麼辦？」

鄭之元一揮手：「先上島，大家在海上漂了這麼久，正好上島去休整一下。」

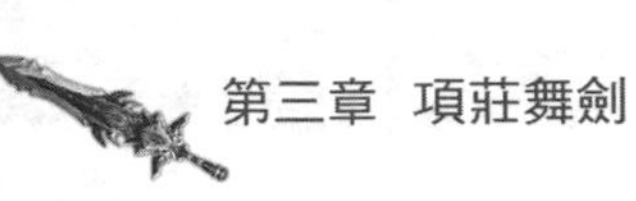

連山島，方圓約四十公里，沿岸大都是陡峭的山崖，唯有一面較為平坦，元剛的碼頭便修建在這裡。

島上兩座山峰聳立，中間是一道較為低矮的小梁，將兩座山峰連接在一起，山上鬱鬱蔥蔥，沿著山坡往上，在向陽的一面可以看見一些用木料搭建的房屋，此時，在碼頭上，上千婦孺正目光呆滯地圍坐在沙灘上，全副武裝的先遣隊水兵正在看守著他們。

鄭之元掃了一眼，這些人以婦女孩子居多，老人很少，還有不少缺胳膊少腿的殘廢，可能是在以往的海匪生涯中受了傷而致殘的，看到被串成一串的海盜們被押著魚貫而出，這些人臉上更是露出絕望的神色，人群之中隱隱傳來啜泣聲。

元剛眼角忍不住掃視著這些人，似乎是看到了什麼，微微搖頭。看到鄭之強的目光看過來，趕緊低下頭，對鄭之元道：「鄭將軍，這碼頭和前面的那些木屋都是下面人的住所，我住的地方還在半山腰呢，我領將軍過去，元某雖然不富，但好歹幾萬兩銀子的身家還是有的，這就取了給將軍送來。」

鄭之元正想說話，人群中，一個五六歲的小孩忽然掙脫一個女人的手，向這邊跑來，邊跑邊喊道：「爹爹，你回來了。爹爹，抱！」

元剛臉色大變。

鄭之元看那小孩正向自己這邊跑來，身後的女人跌跌撞撞地追著，小孩跑到元剛面前，伸出手，奶聲奶氣地道：「爹，抱抱！」

元剛臉上冷汗直流。

鄭之元微微一笑，俯身將小孩抱了起來，看著元剛道：「你兒子？」

元剛想伸手去搶過孩子，看到鄭之元臉上的微笑，又驚慌地收了回去，語氣乾澀地道：「是，正是犬子，今年剛滿五歲！」

小男孩被一個陌生人抱在懷裡，爹爹卻不肯抱自己，嘴巴一咧便大哭起來，元剛生怕小孩惹惱了鄭之元，緊張地伸出手護著，想防止鄭之元將小孩摔在地上。

那女子也趕了過來，哭喊道：「亮兒，亮兒！」

鄭之元一笑，將小孩遞給了婦人，「元剛，這是你夫人？」

元剛看到兒子回到母親手上，總算鬆了口氣，忙道：「正是拙荊。」

鄭之元點點頭，「嗯，先找個地方，我們歇一歇吧。大夥也累了。」

水兵們大都宿在船上，只有水師陸戰隊和部分水兵上了岸，島上的老弱早已被放了，只不過她們的男人們卻還被囚禁著。

鄭之元在一間木屋內安頓下來，稍事休息了一下，便在一張簡易的桌子上打開了海圖，在其中的一個地方重重地標明了連山島的位置。

看了連山島的地理位置，再想想這島的大小和險峻程度，鄭之元腦子裡不由冒出一個想法，鄧統領不是說要在遠海建立一個島鏈，用來鎖住南方水師麼，這個連山島是自己出海後所遇到的第一個適宜修駐要塞的大島，而且可以作為一個補給點。

可是如果要在連山島修駐要塞，那元剛這一幫人怎麼辦呢？鄭之元不由犯起了難，總不能都殺了！

這些人大部分都是老弱婦幼，殺之有違天和，自己也下不了這手。

他在屋裡轉了幾圈，腦子裡忽地閃過那個小孩的面孔，眼睛不由一亮，對啊，這個元剛如果利用得當，將會成為自己得力的幫手，這廝在黑水洋深處混了這麼久，對這一帶的水道肯定十分熟悉，有他幫助，自己的探險便能少費許多功夫。

不過這傢伙當海盜久了，肯定不習慣軍中的紀律，必須找個東西束縛住他，讓他心甘情願地為復州水師效力。

鄭之元嘴角露出笑容，伸了個懶腰，今天可累壞了，先好好地睡上一覺，明天再找這個黑鷹好好談談。

離鄭之元住所不遠的地方，便是元剛的家。比起普通海盜的家，元剛的住所也好不了多少，只是更大一些，屋裡的罷設更講究一些而已。

元剛的女人抱著兒子，緊張地問元剛，「當家的，現在怎麼辦啊，他們會殺了我們嗎？」

元剛瞄了眼門外站著的警衛，搖搖頭，「不會，他們只是過路客，我運氣不好，撞上了他們，損兵折將，聽那位主事的將軍說，他們在島上補充一些物資便會離開。」

婦人長舒了口氣，「那就好，明天他們要什麼，我們就給什麼，總之，早些將他們打發走是正經。」

元剛苦笑道：「這由得了我們嗎，如果他們真的只是補充一些物資就走，難不成我要財不要命?!只是我有一個不好的預感，不會這麼簡單。」

兩人相對無語，今年真是流年不利，碰上了這等煞神。

第二天，忐忑不安，一夜無眠的元剛被帶到了鄭之元面前，鄭之元正俯身瞧著海圖，見到元剛進來，招呼道：「元剛，坐！」

元剛乾笑了一聲，「鄭將軍，你們不是要補充物資麼，我吩咐他們都準備好了，水，糧食，肉脯，總之，只要島上有的，我全都拿出來了。」

鄭之元似笑非笑地看了他一眼，「你就這麼著急趕我走？」

元剛趕緊擺手道：「不，不是的，只要將軍願意，在這裡留多久就行。」

話一出口，自己也覺得太過生硬，明顯地口不對心，不由尷尬地住了嘴。

「坐吧！」鄭之元伸手指了指自己對面的椅子，「元剛，你知道我們是誰麼？」

元剛茫然地搖搖頭，「將軍，看你們的裝束和行事，應當是朝廷的水師，可南方那三支水師我們很清楚，並沒有像你們這樣的啊。」

鄭之元點點頭，「這就對了，知道定州李清李大帥麼？」

元剛悚然一驚，「你是說滅了草原的定州李清！你是他的人！我曾聽人說過李大帥是了不起的英雄人物，對了，你們是復州水師！怎麼會出現在這裡呢？」

鄭之元道：「不錯，我們正是復州水師，我們為什麼出現在這裡，這是軍事機密，不過我現在要告訴你一件事，恐怕會讓你很失望，**我們準備在連山島修建一座基地，暫時不會離開這裡了！**」

元剛呆坐在那裡，臉色有些蒼白，心裡不祥的預感此時得到了驗證，這些瘟神要在這裡紮下根來，所謂請神容易送神難，偏生還是自己主動招惹來的。

「鄭將軍，你們是官兵，是朝廷水師，大楚有的是富饒的土地和優良的港口，你們為什麼要來到黑水洋深處，來霸占我們的家呢？」元剛語氣乾澀地道。

鄭之元嘴角微牽了一下，「你們的家？率土之濱，莫非王土，難道這裡就不是大楚的地方了嗎？元剛，你是不是海盜當太久了，連自己是大楚的子民也忘記了！」

元剛苦笑道：「我們還算是大楚的子民嗎？將軍，你們繞行大半個大楚，深入黑水洋，其意不言自明，元剛雖是海盜，卻也不是耳目閉塞，不通消息之輩，這幾年，我也打劫過一些走私的商船，從那些商人那裡知道一些大楚的事，我們只是些小毛賊，只想過簡單的生活，不想捲進你們的大事中去。還請將軍大發慈悲，放過我們吧！」

鄭之元目不轉睛地看著元剛，對方的回話倒是出乎他的意料之外，「你知道些什麼？不要信口開河。」

元剛深吸了口氣，道：「將軍，你們的大帥有意爭奪天下，你們深入黑水洋，要在這裡建立基地，是想對付登州、臨州還有勃州的水師對不對？這樣的事情不是我們這種小毛賊做得來的，一旦失敗，便是禍及九族的罪行，我做海盜，即便失手，也不會讓妻兒老小跟著掉腦袋。」

鄭之元冷笑一聲道：「元剛，你想得未免也太簡單了，實話告訴你，自從你決定打劫我的艦隊開始，你便已捲了進來，而且無法脫身了。你想做個單純的海盜？當真是笑話，**當我們深入黑水洋之時，整個黑水洋都將成為戰場，你也好，其他的海盜也好，都只能選擇一邊站隊，不站隊就是自取滅亡**，站錯了隊，將來也是死亡，元剛，我現在是在給你一個機會讓你站隊！當然，你沒得選擇。」

元剛緊緊閉著嘴，垂著頭，一言不發。

「你以為當海盜很簡單是吧，你老了，讓你的兒子繼續當海盜，繼續提著腦袋在海上幹這些殺人越貨的勾當？元剛，你沒有這個機會，其他的海盜也沒有這個機會了，連山島將成為我們復州水師在黑水洋上的第一座基地，爾後，會有越來越多的基地在黑水洋上建立起來。做為第一個投靠我們的海盜，我想你的前程會很光明的，而且借此機會抹掉你以前的案底，成為大楚一名正式的海軍軍官，讓你的妻兒有一個正正當當，清清白白的身分，難道你還不滿意嗎？」鄭之元厲聲道。

元剛心裡很清楚，**鄭之元說得沒錯，擺在自己面前根本沒有第二條路**，如果拒絕，那迎接自己的絕對是毫不留情的殺戮，而自己一死，島上其他的人也根本沒有活命的機會。

他哀嘆道：「事已至此，夫復何言?!我一個殺人如麻、手上血債累累的海盜，將軍不也必矇騙我什麼前程遠大，能讓妻兒老小活命就很不錯了，你說得不錯，我的確沒的選擇。」

鄭之元笑道：「**誰說海盜就沒有前程**？元剛，你知道我復州大將過山風，過大將軍麼？」

元剛搖搖頭，「不知道。」

「過大將軍是我復州三大主力師之一移山師的統兵大將，當年也是一介山匪，還打劫了我們大帥，殺了我們不少士兵，但現在看看他，可是位高權重，一言九鼎之人！元剛，在我定州，升官發財從來不看出身，只要你有才能，便有出頭之日。」

聽到鄭之元的話，元剛精神稍微好了點，隨口道：「過將軍是你家大帥還沒有發跡之前就跟隨了吧，與我可大有分別。」

鄭之元神秘地道：「元剛，你剛剛不是還說我家大帥所謀之事麼，一旦大帥成功，不，我家大帥肯定會成功，到時候，你可是從龍之功，這份功勞不小吧，至少可以讓你蔭及子孫數輩。」

元剛反駁道：「如果失敗了呢，那可是九族皆滅。」

「呸！」鄭之元啐了一口，「元剛，你沒見過我家大帥，沒見過定復兩州的氣象，我決定原諒你剛才說的話。好了，不要廢話了，告訴我你的決定。」

「將軍，這還要我告訴你嗎，你不是都已經替我決定了嘛，難道我還有第二條路可選？」元剛無奈地道。

「當然，你自己決定，那是主動投靠，與我強迫你，在性質上大大不同，元剛，這可是我給你的機會，你不要就這樣放過了。」鄭之元好言相勸。

「好！我願意加入復州水師，將軍，你說吧，要我做什麼？」元剛爽快地道。

「第一步當然是安撫人心，勸說你的手下加入我復州水師，嗯，不願參加也可以，那就在這島上安居下來，但不得離島一步，反正我們馬上要在島上大興土木，有的是事給他們做。」鄭之元道。

「將軍放心吧，我會勸他們都加入復州水師的。」元剛站了起來，「現在我就去嗎？」

鄭之元道：「不忙，不忙，既然你已決定加入我們，那就是自己人了，我還有事和你商量。對了，元剛，我只是個小小的參將，不能給你封官許願，但我馬上派人回定州去，他們回來的時候，應當就會帶著你的任命狀了。」

「多謝將軍！」元剛抱拳道謝，一想到自己突然成為一名朝廷水師，心裡總覺得彆扭至極，靦腆地問道：「不知道將軍還要和我商量什麼？」

鄭之元指著海圖，道：「你瞧瞧這張圖，我們一路行來，航道也就到連山島為止，你熟悉這一帶，應當可以為我們再向前標注一段吧？」

元剛點點頭，「嗯，從連山島再向前四五百海里的水道我很熟悉。」

鄭之元大喜，將筆墨遞給他，「那就有勞你了！」

元剛提起筆，在海圖上描繪起來，趁著這個空檔，鄭之元派親兵招來了宋發明。

兩人等元剛描完，仔細核對一番，皆是面露喜色。

鄭之元捲起圖紙，道：「以後大家都是同僚了，我給你介紹一下，這是復州水師振武校尉宋發明，是我這支先遣隊中『出塵號』的指揮官，這是元剛，以後就是『黑鷹號』的指揮官了，元剛，你的座船以後就叫『黑鷹號』。」

「多謝將軍賜名。」元剛道。

「我準備派宋校尉回復州向統領報信，並送回這張海圖，而且我們要在連山島修建基地，需要大量的輜重。」鄭之元拍拍元剛的肩膀又道：「對了，連山島馬上會成為一個軍事基地，可是這裡還有不少老弱婦孺，留在這裡不太妥當，讓發明把他們都帶回定州去，那裡一來安全，他們不用再提心吊膽地過日子；二來，去了之後，因為他們是軍屬，定州會劃分土地給他們，也不用發愁生計。再說了，我看這裡小孩子不少，像你的兒子也到了該啟蒙的時候了，在連山島，連個教書先生都沒有，豈不耽擱孩子的學習！」

「多謝將軍！」元剛沉默了一陣，順從地道：「我明白了，將軍，我會讓這些人馬上收拾東西，隨宋校尉去定州。」

鄭之元很滿意元剛的識趣，「大帥會感謝你的。」

看著元剛離去的背影，宋發明懷疑地道：「將軍，這人可信麼？」

「可信不可信，用了才知道。」鄭之元道：「我們在黑水洋上是初來乍到，他們則是地頭蛇，如果我們將他們一殺了之，那以後再碰上海盜怎麼辦，都殺了？發明，黑水洋上號稱十萬海盜，這些人中不乏英勇善戰之輩，能拉來一個，我們的敵人就少一個，相對的，我們的戰力就強一分，何況元剛和他的手下、家小都在定州，他們還能翻天不成?!」

「將軍深謀遠慮，末將佩服。」宋發明道。

鄭之元哈哈一笑，「自家兄弟，你用得著拍我馬屁麼！」

宋發明也笑了起來。

元剛的家。

元剛默然無語地坐在桌邊，他的渾家則擁著兒子，嚶嚶地哭泣著。

「不要哭了！」元剛心煩意亂地道：「能留下一條命來就不錯了，你們這次去定州，雖然人生地不熟，有以你們為人質的意思，但說不定是個機會，聽說那裡人生活都不錯，至少兒子可以上學了，跟著我在島上，難不成當真如那個將軍說的那般，以後也做海盜麼？好歹現在我也是朝廷軍官，如果真有那麼一天，你和亮兒也可以跟著我享享福。」

「我這不是擔心你嘛！」女人哭道。

「有什麼好擔心的！」元剛揮揮手：「以前幹海盜，風險不是更大嗎，現在算是有個靠山，我看這復州水師裝備極其精良，比我以前見過的南方三支水師強多了，你把兒子照顧好就行了。」

宋發明帶著鄭之元的信件，航道圖，以及島上數百名老弱婦孺，登上他的「出塵號」，與另兩艘千料戰船踏上返航的路途。

碼頭上，元剛和他的下屬雖然心不甘情不願，也只能眼巴巴地看著「出塵

號」帶著他們的親眷揚帆遠去。

當「出塵號」消失在眾人的視野中後，元剛等人轉過頭來看著鄭之元，眼裡除了敬畏，還有一絲隱藏起來的怒火。

鄭之元很明白這些人的心情，也知道他們對自己恨之入骨，但他不在乎，當這些人的家屬在定州落戶生根，過上了以前他們想都不敢想的安穩生活的訊息傳回來時，他們不但不會再恨自己，反而會感謝自己給他們指了一條光明大道。

現在他們恨自己又能怎樣呢，只要在現階段他們乖乖地聽話就好，時間會解決一切，當連山島基地初具規模後，自己甚至可以派他們中的一部分人親自到定州去看一看，親自體會一下定州的生活，到那時候，他們自然會死心塌地為大帥的大業而奮鬥的。

水師先遣隊這一次在風暴中損失了兩艘千料戰船，水兵減員兩百餘人，宋發明等人搜尋也只找到一百來具遺體，送走了宋發明等人，為這些死去的士兵造的墳墓也完工了，鄭之元帶著所有的戰士以及元剛等人，為他的弟兄們送行。

連山島兩座山峰相連之間，有一座天然生成的湖泊，湖泊的一邊，一排排整齊的墳塋已挖好，刻好的墓碑整齊地碼放在一側。

「弟兄們，一路走好，我不能拯救你們的生命，只能為你們找一個好地方下葬了。」鄭之元向著面前一排排用粗樹杆釘起來的簡易棺材行了個軍禮。

千餘名復州水師官兵啪的一聲立正，軍旗平放，魂兮歸來的呼喚又一次響起。

看著復州水師整齊畫一的動作，現場瀰漫著的莊嚴與悲傷的氣氛，讓元剛等人也受到了感染，元剛甚至想，如果有一天自己死時，能有這麼一個葬禮也算是死得其所了。

「元剛！」鄭之元朝他招招手。

走到鄭之元身邊，元剛問道：「將軍，有什麼事請吩咐！」

鄭之元搖搖頭，「上次你襲擊我們時，也死了不少弟兄吧？」

元剛臉色一黯，「是，將軍神武，元剛手下的弟兄死了一百多人。」

鄭之元點點頭，「沒有他們的死，我們也不會來到連山島上，便將他們也以復州水師士兵的身分安葬吧，我在信件中已經向我家大帥稟明，他們這些人，凡是有家屬的，也按軍屬對待，如果這些死去的人中沒有親眷去定州，但還有人在島上的，也按我復州水師陣亡士兵的待遇予以撫恤。」

元剛微微一怔，他還在擔心鄭之元會不會秋後算帳，想不到是這樣的結果，當下感激地道：「將軍寬宏大量，元剛感同身受，在這裡先替他們多謝了。」

鄭之元意味深長地看了他一眼，「元剛，也許現在你心裡還有些怨我，但我

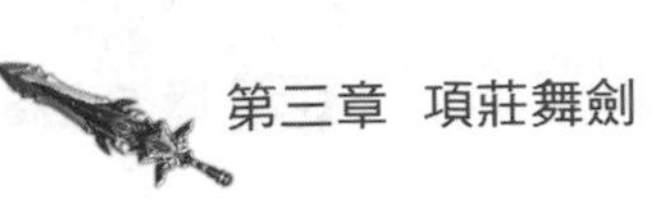

相信，過一段時間以後，你會感激我的。咱們不妨打開天窗說亮話，我不管你們心裡是怎麼想的，但我們已在一條船上是不爭的事實，要想過得好，要想有一個好前程，我們的心就要往一塊想，事也要一齊出力做。我醜話也說在前頭，你不要以為我是一個心慈手軟的人，該硬的時候，我會比誰都硬，要是在這島上有人想扯後腿，胳膊肘兒往外拐的話，這些人可以來試試我的刀利不利。」

元剛垂首道：「將軍多慮了，連山島自元剛以下，心甘情願為將軍效勞，赴湯蹈火在所不惜。」

「你說錯了，我們都是為大帥效力。為大帥赴湯蹈火。」

「為將軍效力，也就是為大帥效力了！」元剛笑道。

鄭之元笑道：「也罷，隨你怎麼想吧。元剛，我已在信中推薦你為振武校尉，想必鄧統領和大帥都會給我這個面子，振武校尉離將軍只有一步之遙，從現在起，你和你的『黑鷹號』只要盡心辦差，你的夫人和兒子在定州就會過得很風光的。」

鄭之元又打又拉，加上數百人質在手，很快便將連山島上一千海盜收拾得服服貼貼，再也生不起半點反抗之心。

連山島上雖然人手不夠，不能夠大規模的興建基地，但一些基礎的工程卻是可以做的，最先動工的便是船塢和要塞，一來是為了後續的船隻有地方停靠，二來也是為了遇敵時有險可守。

除了這些，便是整訓連山島的海盜，這些人水上功夫極佳，比起復州水兵們，水上的技巧要強得多，但卻散漫慣了，要想成為一個合格的戰士還需要一段時間敲打。

就在鄭之元大力興建連山島基地的時候，在秦州對峙的南軍與洛陽左大營之間的戰局卻起了重大變化。

胡澤全在挨了寧王一頓板子之後，卻又被委以前軍行軍總管一職，負責整訓呂小波、張偉在秦州的數萬殘軍。

當他被用擔架抬進呂小波的大營時，心中所擔心的事情並沒有發生，一來，這些軍隊中被安插了大量的南方基層軍官，能有效地控制部分軍隊；二來，胡澤全也算是與呂小波等共患難過，呂小波雖然被寧王一刀砍了，但他如此模樣進了大營，讓原先憤憤不平的呂小波餘部心氣稍微平了一些。

看到這一切，胡澤全恍然大悟，為什麼寧王要打自己一頓板子了，如果自己好端端地跑來接收呂小波的遺產，說不定其中某些傢伙就會藉此生出事端來。

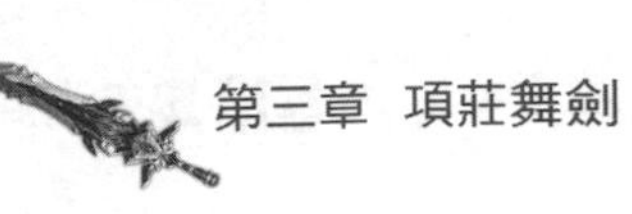

這頓板子挨得值啊！胡澤全雖然嘴裡哼哼唧唧，心裡卻著實樂開了花，**自己總算是能獨立掌握一支部隊了**，想到一生的心願居然快年到花甲時候才實現，遺憾之餘卻也生出時不我待之心，亂世出英雄，自己雖然年老，但也要在有生之年做出一番事業來，青史留名也並不是奢望。如果寧王大業得成，自己今日的功勞必將蔭及子孫。

顧不得屁股上火辣辣地疼痛，胡澤全就這樣歪躺在擔架上開始發號施令。經過近半個月的整訓，這支剛剛大敗過的部隊終於又重新煥發了生機，面貌一新，這個時候，寧王的後勤補給也忽然慷慨起來，大批的物資運進了大營。

胡澤全屁股剛剛能落座，**便將目光瞄向了駐守臨溪鎮的蕭天賜**。

想打成豐，就必須先拔臨溪鎮，但怎麼拔，卻需要費一番心思，像張偉那般去攻打，根本是奏不了效的，苦思冥想數日之後，胡澤全拿出了一個計畫。

剛剛停息不久的秦州戰火重新燃起。

胡澤全大軍直逼成豐，數萬大軍停在離成豐不到十里之處，由於胡澤全兵力上的優勢過大，成豐守軍放棄了野戰，縮回成豐城，準備據城而守，伺機出擊。

成豐守將田豐對自己手下這一萬多名左大營士兵的戰鬥力還是相當自信的，雖然對方換了主將，但士兵卻換不了，短時間內，對方這數萬士兵在精銳度上是不可能與自己相比的。而且自己守，對方攻，優勢更為明顯。五倍圍城，十倍攻城，胡澤全以四五萬兵力便妄想打下成豐，那是在做夢。

胡澤全將大軍拉到離成豐僅有十多里地，他的後勤補給線便完全暴露在臨溪鎮蕭天賜的攻擊範圍之內，為了保護脆弱的補給線，胡澤全的輜重車隊動輒至少是二到三千人的軍隊押送物資到城下的大營，以確保蕭天賜不可能偷襲成功。

蕭天賜確實在瞄著對方的後勤線，如此誘人的果實放在眼前，他怎麼可能忍得住不去偷上一嘴呢！更何況，剛剛獲得大勝的蕭天賜並沒有將胡澤全放在眼裡，胡澤全以前不過是呂小波與張偉的下屬，難道比他們兩人還要高明麼？

蕭天賜這些天一直在等待機會，準備給胡澤全重重一擊，雖然對方每次都有兩到三千人的軍隊護送，自己只有三千人，但只要抓住時機，並不是不能再打上一個大大的勝仗。更關鍵的是，打掉了對方的後勤補給，對方大軍必將不戰自潰，那時候田豐乘勢出擊，全殲胡澤全所部大有可能，**這破敵首功非自己莫屬**。

蕭天賜心癢癢的。

田豐在與胡澤全對峙數天之後，看到對方沒有硬攻成豐的意思，奇怪之餘，忽的想起臨溪鎮的蕭天賜，頓時冷汗直流。**項莊舞劍，意在沛公**，只怕胡澤全攻成豐是假，誘使蕭天賜從臨溪鎮打出來才是真，如果真是這樣，可以想到胡澤全**必然已布置好了一個大大的圈套在等著蕭天賜**。

「來人！」田豐大叫道。

亡羊補牢，為時未晚，問題是，現在成豐被胡澤全圍得跟鐵桶似的，自己的信使能突圍出去麼?!田豐焦慮地想著，現在已顧不那麼多了，只能多派人出去，只要能突出去一個便行了。

他給蕭天賜的口信只有一個，「**千萬千萬不要走出臨溪鎮。**」

第四章 作媒

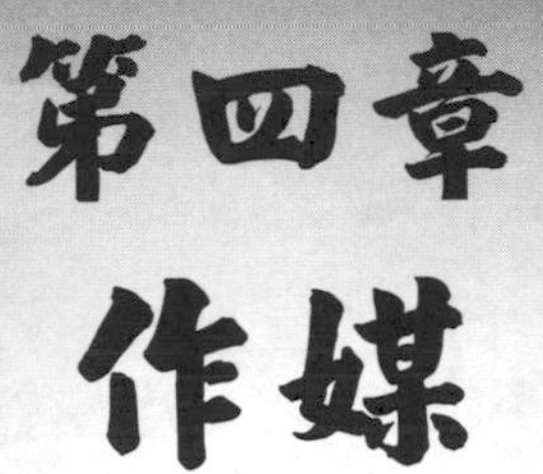

李清大笑：「虎子，要不你也找個媳婦算了，你如果成親，我送你大大一份禮如何？對了，你成天跟著我，有沒有意中人啊，如果有的話，我來給你作這個媒，不管你看上了哪一個，有我做媒人，對方總得給我三分薄面吧？」

田豐派出去的數撥人中，其中一隊是由他的親侄子田新宇領隊。田新宇正當壯年，有萬夫不當之勇，如果不是蕭天賜是蕭氏嫡親，田豐是斷然不會派他出去自蹈死地的，但田豐遍觀身邊諸將，也只有田新宇方有可能殺透重圍，去給蕭天賜報信。

如果蕭天賜真的被胡澤全給殺了，田豐相信齊國公蕭浩然一定會遷怒於自己，雖說自己也算是他的親信，但再親能親過他自己的孫兒麼？

數撥人分別向四個不同的方向突圍，田新宇不負田豐所託，在其他幾股信使全軍覆滅的時候，血透重甲的他在折損了大部分士兵後，終於成功地突出重圍，狂奔十數里地，擺脫追兵，迅速折向臨溪鎮方向。

田新宇知道，**他現在是在與胡澤全搶時間**。

天快亮時，田新宇的戰馬倒斃在臨溪鎮外，田新宇顧不得心痛跟隨自己數年，心意相通的愛馬活活累斃，從馬上一躍而起，狂奔進了臨溪鎮。

但讓他心中一片冰涼的是，蕭天賜已在昨晚下半夜率軍出擊了，此刻臨溪鎮中僅僅只有兩百名留守的士兵。

絕望的田新宇顧不得解釋什麼，大聲喝令所有留守士兵備好戰馬，隨自己出擊，他希望能在蕭天賜中圈套前將他攔住。

兩百名騎兵風一般地疾馳著，狂奔追向蕭天賜離去的方向。

兩個時辰後，田新宇停在一個山頭上，從山頭向下看去，激烈的戰場就在眼下，蕭天賜的三千御林軍陷入了重重包圍，正被南軍抽絲剝繭一般，一層層地剝去外衣，陣中，蕭天賜的身影顯得格外突出。

「田將軍，我們殺下去，救出蕭將軍吧！」一名御林軍大聲道。

田新宇痛苦地閉上眼睛，「對方起碼有兩萬人，我們便是去了又能起什麼作用，徒然為對方的功勞簿添上一筆而已。走，隨我殺回成豐去。」

成豐城下。

胡澤全正就著一碟花生米，悠閒地喝著小酒，不時有斥候將前線戰況傳過來，圍剿蕭天賜的戰場離這裡只有不到二十里。

「胡總管，那蕭天賜窮途末路了，眼下已損失了一半人馬。」胡澤全的副將艾家新興沖沖跑來，興奮地道：「將軍，下令總攻吧，他可是蕭浩然的親孫子，拿下他，可以極大地打擊對方的士氣。」

胡澤全慢悠悠地品了口酒，「慌什麼，叫兒郎們悠著點，慢慢打，不著急。」

艾家新奇怪地道：「胡總管，這是為什麼，我們在成豐城下耗了這麼多天，不就是為了吃掉他麼？」

胡澤全冷笑道：「小艾，你以為我大費周章，想白了頭髮，就是為了蕭天賜這個狂妄自大的小兒嗎？你錯了，**他只是開胃小菜，我在等田豐**。你去傳令，圍剿蕭天賜的部隊給我調一萬回來，蕭天賜那邊慢慢打，我要在這邊再給田豐布個口袋，**我倒想瞧瞧，田豐會不會出城來?!**」

艾家新恍然大悟，「胡總管，原來你想一箭雙鵰？」

胡澤全大笑，「**蕭天賜充其量只能算是一隻小鳥，田豐才是鵰**，我們這一仗如果能吃掉田豐一部，那才算是大獲全勝。我就怕田豐頭一縮，那可就沒辦法了。」

艾家新接口道：「蕭天賜身分特殊，被我們圍在這裡，田豐是蕭浩然親兵出身，算是蕭氏家將，只怕明知是圈套，也要跳下來，將他的小主子救回去。」

「但願如此！」

兩人正說著，一名親兵快步跑了進來，報告道：「總管大人，昨夜殺出城去的那員敵將又殺回來了，想突進城去。」

胡澤全道：「他想殺回去，就讓他殺回去，也好替我們給田豐報個信，嗯，戲要做得逼真一點，小艾，你親自去指揮，讓那員將領感到自己是僥倖才殺回去的，明白了麽？」

艾家新呵呵一笑，「我明白了，總管！」

田新宇領著兩百多名騎兵，覷準了對方圍城的一個薄弱地帶，突然發起了攻擊，很快就衝進了對方的大營。

但隨著前進的步伐，阻力也越來越大，身邊的士兵越來越少，一天一夜不眠不休的他，再勇武也架不住了，只覺得平時得心應手的長矛在手中越來越沉，幾乎揮舞不動，心裡只想著停下來吧，休息一下。但理智告訴他，此時只要自己稍微慢上一步，就將死無葬身之地了。

猛咬舌尖，劇痛讓他清醒過來，鼓起餘勇，大吼著向前，終於，面前一空，再無一員敵將擋路，不遠處，城門大開，一彪騎兵正狂衝而來，那是來接應他的。

艾家新驅兵追趕了一程，見到城中救兵已至，城上弩箭閃閃發亮，自己再追便要進入對方的射程了，當下一揮手，大叫道：「讓他去吧，鳴金收兵。」

衝入自家軍中的田新宇再也支持不住，眼前一黑，便栽下馬來。

等他悠悠醒轉時，人已在城中，眼前是叔叔田豐關切的眼光。

他一下子跳了起來，叫道：「叔叔，快去救蕭將軍，他被圍在三十里開外的草山，快要堅持不住了。」

田豐默然無語，顧左右而言他，「新宇，你還好吧，沒什麼事吧？」

田新宇急道：「叔叔，我沒事，只是脫力而已，你快發兵去救蕭將軍吧，再晚就來不及了。」

跟隨田新宇殺進城來，僥倖生還的數十名御林軍齊齊跪倒在田豐面前哀求道：「請田將將速速發兵。」

田豐在堂中走了幾步，忽地回過頭來，看著田新宇，問道：「新宇，你也與對方的部隊打了好幾仗了，你說，對方戰力如何？」

田新宇遲疑了一下，道：「叔叔，對方的戰鬥力比以前要強得多，而且指揮調度也比以前要靈活多了。」

田豐聽了道：「是啊，你看到圍住蕭小將軍的，有多少人馬？」

「至少有兩萬！」田新宇想了想道。

「是啊，**兩萬人打三千人，而且是早有預謀，打了大半天居然還沒有全殲，你說，是胡澤全派出去的部隊都是軟柿子呢，還是御林軍的戰鬥力太高？**」

田新宇一呆，想起自己兩次突圍都是險死還生，不由心生疑竇。

「叔叔，你是說……」

田豐點點頭，「不錯，胡澤全打掉臨溪鎮的三千駐軍還不滿足，將主意打到我這裡了。新宇，你想想，我能派多少人出去救蕭小將軍，成豐城還要不要？我敢說，這個時候胡澤全正眼巴巴地等著我呢！」

「可是叔叔，我們要是不去救蕭將軍，坐看他全軍覆滅，日後如何向蕭遠山將軍和國公爺交代啊？」田新宇擔心地道。

「這是我的事！」田豐斷然道：「蕭遠山將軍與國公爺都是帶老了兵的人，不會看不出胡澤全的這一點小花樣，不會因為此事而為難我的。你放寬心吧！」他轉身對著堂下的數十名御林軍道：「你們都聽明白了吧，不是我不去救，而是如果我去了，咱們只會遭遇更大的失敗。」

幾十名御林軍齊齊地叩了個頭，一名軍官大聲道：「將軍的苦衷我們明白了，將軍不能去，但我們可以去，我們願與御林軍兄弟同生共死。」

幾十人起身便向外走去。

田豐怒喝道：「站住，你們要去送死麼？」

「幾千兄弟都沒了，我們幾個也不敢獨活。」領頭軍官強悍地道。

「來人，給我將他們綁起來！」田豐大聲下令，話音剛落，一隊士兵跑進來，不管三七二十一，兩人服侍一個，統統按翻在地，一根繩子串了起來。

胡澤全等到日頭偏西，也沒有等到成豐城中有什麼動靜，失望地道：

「田豐不愧是齊國公帶出來的大將，果然厲害，我雖然知道他能看穿我的計策，但**有蕭天賜這個餌，本以為他就算知道有毒，也只能咬著牙關吞下去，沒想到田豐居然有如此擔當，連小主子也不要了**；好得很，有這樣的人做對手，打起來才有意思！小艾，傳令前線，發動總攻，給我吃了他們。」

艾家新應了聲，轉身欲走。

胡澤全又叫道：「等一等。」想了片刻，笑道：「小艾，還是你去，記住！留一條生路給那蕭天賜，讓他逃生去吧！」

艾家新一愣，「胡總管，殺了他或者逮住他，可都是大功一件啊，怎麼能放跑他？這，寧王會怪罪下來的。」

胡澤全嘿嘿一笑，「放心吧，寧王殿下定然會明白我的心思，**放了蕭天賜，便是在他與田豐之間種下了一根毒刺，說不定什麼時候就會發作的**，打仗嘛，我還是願意碰上蕭小將軍這樣的，田豐這樣的老狐狸，越少越好啊！」

天黑時分，蕭天賜在幾位貼身家將的護衛之下，拼死殺出了重圍，遁入黑暗之中，心裡卻猶如一隻毒蛇在廝咬著，**他恨，恨自己怎麼會中了對方的圈套！恨**

田豐近在咫尺，卻不肯發兵前來救援，眼睜睜地讓自己三千精銳化為泡影。

「田豐，枉我叫你一聲叔叔，想不到就為了上一次襲擊呂張大營我率先行動，沒有讓你分上一點功勞，你便如此陷我於絕地，坐看對方圍攻我而不救援，我不會讓你好過的。」心在流血的蕭天賜直奔秦州城。

秦州經此一戰，南軍挽回了先前的戰略頹勢，再一次轉守為攻，成豐反成了一座孤城。

秦州風雲變幻，大軍你來我往，此時的定州，卻沉浸在一片喜悅之中。

整個大楚打得一塌糊塗，此時，唯有定州、復州、並州李清鎮西侯治下這一片淨土，在平滅西蠻之後，定州難得地迎來數月的寧靜，沒有戰爭，沒有侵襲，連土匪也被剿得一乾二淨。

如今這三地，在李清的治理下，真可用路不拾遺、夜不閉戶來形容。居者有其屋，耕者有其田，如果你這些都沒有，是個一無所有的外來戶，不要緊，如果你會種田，馬上就會分給你一片田地，並在第一年為你提供基本的生活費用，只需要你在以後分期償還就行，並可享受一年的免除所得稅的優惠。如果你連田都不會種，這裡也有無數的手工作坊，可以讓你去工作，掙得生活所需。

這裡的平靜讓無數因戰火而流離失所的百姓蜂擁而來，短短數月時間，李清治下的百姓便多了近十萬人，李清是來者不拒，他現在治下地廣人稀，最需要的就是大量的人口湧入，大楚其他豪門視為洪水猛獸的流民，在李清看來，卻是未來一兩兩銀子的收入，自己只需要在前期少量投入，就可換來以後大量的稅收和源源不絕的人力。

一切都按照李清的心意在進行著，呂逢春率領的北方軍隊猛攻曾氏，曾氏自知實力不如，聰明地實行了堅壁清野政策，放棄了大片的土地，堅守一些大城重鎮。

由於提前得到了情報，這些大城重鎮準備充足，足以支撐長期的防守，這為後方重新布置第二條防線贏得了寶貴的時間，更讓曾氏放心的是，李清承諾的支援已經出發，只要他們支撐的時間越長，李清出兵北方呂氏的可能性就越大。

以空間換取時間！這是曾氏制定的總的戰爭策略。看似曾氏抵抗北方呂氏的最前沿順州，被呂逢春切割得支離破碎，只餘下一個個孤城苦苦支撐，但反過來，因為這些孤城的存在，呂逢春的大部兵馬也被切割成一支支單個獨立的部隊，互相之間缺乏有效的支援。

呂氏看似在順州取得了大片領土，但先前的戰略目標完全沒有得到實現，在這種情況下，呂氏一步一步被不情願地拖入到長期戰爭的泥淖之中，不拔掉這些孤城，呂逢春就不敢大舉進軍，但要拔出這些釘子，又談何容易?!

在秦州，南軍與蕭氏打得更為激烈，雙方你來我往，在秦州展開激烈的爭奪，胡澤全擔任南軍在秦州的指揮官以後，南軍以兵力上的優勢暫時壓制住了蕭氏，但隨著蕭氏增派援兵，相信秦州將成為新的一個絞肉機。

最讓李清看不懂的，則是興州的屈勇傑。

原本在李清的估計中，屈勇傑只可能在南方與蕭氏的戰爭發動之後，選擇一方加入，但事實卻讓李清大跌眼鏡，屈勇傑不知何故，居然籌到了大批的軍餉物資，在短短的時間內，便訓練出數萬很不錯的部隊，讓寧王與蕭浩然同時投鼠忌器，居然讓他在興州左右逢源，混得風生水起。

一介武將的屈勇傑，在文治上居然也是井井有條，屢遭叛亂流匪塗毒的興州在屈勇傑入主之後，境內大為安定，大股土匪被清剿一空，剩餘的只能龜縮在深山大澤之中苟延殘喘，興州居然呈現出一種大治的氣象。

這一切，都不得不讓李清重新審視屈勇傑這位曾經的御林軍大統領。

清風帶來的情報，更讓李清對屈勇傑有了幾分忌憚。袁方，這位前朝職方司的指揮使也投奔了屈勇傑，要知道，以前袁方在朝廷輩分上，比起屈勇傑是要高的，能讓這位能臣級人物也甘心情願地為屈勇傑效力，可見屈勇傑確實有過人之處。

監視興州所有的一切，這是李清下達給清風的命令，一時之間，大量的統計調查司外勤湧入興州。**諜探界新星「白狐」清風與老牌特務頭子袁方的較量，在興州拉開帷幕。**

雖然有興州這個不確定因素的存在，但這並不影響李清的好心情，他一向是以自我為主，只需要做好自己的事情便可以了，至於敵人或者暫時敵我不分的人，能抑制那是最好，如果實在不能抑制，那最終還得靠己身的實力來較量。李清不認為屈勇傑會給自己帶來多大的麻煩。

如今，李清的鎮西侯府治下，擁有定復並三個州和廣闊的草原及關外的大片土地，合計丁口已有數百萬，擁有呂師、啟年師、移山師和新近成立的姜奎統領的常勝師，這四個主力師擁有士兵十萬餘人，再加上馮國統帶的三州守備部隊一萬餘人，東西都護府楊一刀部，關興龍部各一萬餘人，李清實際能調動的兵力多達十五萬人。

民生方面，三州都已踏入正軌，將並州納入治下之後，三州在糧食上基本已能做到自給自足，但李清仍指使商貿司想盡一切辦法，從中原收購糧食進行囤積，雖然中原大戰，糧食已成為各州的禁運物資，但在大量財富面前，總有人會鋌而走險，悄悄向定州走私糧食。

除了這些見不得光的交易之外，定州更是向各大勢力售賣武器，食鹽等，但結算卻不用金銀，而是指定只能用糧食結算，各種措施齊下，李清在短短數月之內，已經囤積了足夠三州一年的用量，而且這個數字每日還在增加。

亂世之中，什麼最重要？糧食！有了糧食，便能維持治下的穩定，能維持軍隊的戰力，打仗，首先打的便是後勤，這一點，李清比起其他豪雄有著更清楚的認識，金銀的確很可愛，但在某些時候，卻又是最無用的東西。

定州現在是最放鬆的時候，除了必要的戰略警備部隊之外，其他的部隊都解除了戰爭狀態，轉入訓練、休整模式，經過三四年的戰爭，大部分士兵也都到了極點，是時候讓他們放鬆放鬆了。

這段時間，成了定州最喜慶的日子，大批的光棍們找到了媳婦，一個接著一個的成親，在定州各個地方，幾乎每天都會聽到喜慶的鎖吶鑼鼓聲。

李清成天穿梭在中高級官員的婚禮上。只要有時間，他便會送上一份隨喜，略坐上一坐，喝上一杯喜酒；若是實在沒時間去，也會派鐵豹送上喜錢以及祝辭。

這段時間卻讓唐虎極為難捱，唐虎仍是光棍一個，人又豪爽，好交朋友，好友遍及軍中，人家結婚，喜帖總少不了他一份，接了帖子，便得準備一份賀禮，幾個月下來，送得唐虎面如土色，口袋空空如也，而他手中，還握著一張極有分量的喜帖，大將呂大臨唯一的親弟弟，參將呂大兵的新婚喜帖。

唐虎滿臉愁容地坐在李清書房門口，苦思著要去哪裡弄些不丟面子的賀禮錢來。

別人看唐虎光鮮得很，身為大帥的影子，最得大帥信任的人，還能窮了去?!其實唐虎大大咧咧，錢財來時，常是左手來右手去，手中根本沒有什麼餘錢，他更沒膽子收黑錢，要是讓大帥知道，那可不得了。

但呂大兵身分不同，與他交情也非同一般，這份賀禮要是差了，不但自己沒面子，呂大兵也沒有面子啊。

唐虎想得出神，李清在書房中連叫了他幾聲也沒有聽到，有些奇怪的李清走出書房，便看到唐虎正一臉愁容，歪著腦袋，一隻獨眼看著天空悠悠的白雲，不知在想些什麼。

「虎子！」李清大叫一聲。將唐虎嚇了一跳，瞄見李清站在書房門，一下子跳了起來，「大帥有什麼吩咐？」

李清看到他這副神態，有些好笑道：「虎子，你想什麼呢，我叫你幾聲都沒有聽到，這讓尚先生知道了，只怕又得打你板子。」

唐虎摸摸頭道：「大帥恕罪，這可不能讓尚先生知道，現在雖然不至於挨板子，但一頓罵是少不了的。」

唐虎與李清相處久了，知道李清其實是相當隨和的人，他敬重李清，但不怎麼怕他，可是尚海波卻讓他很是畏懼，永遠是公事公辦，一本正經，他從尚海波身上怎麼也看不出他有什麼人情味來。

「看不出我們虎子也有心事了啊？在想些什麼呢？說出來讓我替你參詳參詳？」看公文看得有些累了，李清也想放鬆一下。

「其實，其實……」唐虎支唔半晌，終於下定決心，說了出來：「大帥，我想向您借點錢。」

「借錢？」李清不由失笑，「看你以後還大手大腳不，咦，你的軍餉也不低吧，怎麼搞成這副模樣？再說，你差錢了便跟我說，難不成我還會讓我的貼身大將為錢發愁不成?!」

唐虎大喜，「大帥，有您這句話，我便放心了，您知道的，我一向是左手來錢右手花光，但這段時間，實是在喜事太多，光是禮錢我便送出了上百兩銀子，實是一點法子也沒有了，喏，現在呂大兵這廝也來湊熱鬧，也不知道等到下個月我發了餉再結麼，弄得我為難至極。」

李清聞言大笑：「原來是送人情送窮了，嗯，這也是個問題啊，虎子，要不你也找個媳婦結婚算了，將送出去的禮金撈回來，你如果成親，我送你大大一份禮如何？對了，你成天跟著我，有沒有意中人啊，如果有的話，我來給你作這個媒，不管你看上了哪一個，有我作媒人，對方總得給我三分薄面吧？」唐虎的黑臉瞬間紅了大半邊，扭捏地看著李清，低下頭，又看一眼，再低下頭去。

李清大奇，想不到唐虎真有了意中人，平時看他不哼不哈的，看來在男女之事上也不是沒有開竅啊。

「哦，你真有意中人啦，是誰，說出來，我幫你。」李清拍拍他的肩膀鼓勵道。

唐虎對自己忠心耿耿，早點讓他成家立業，也算了了自己一樁心事。這些年，他早已將唐虎視做自己的親人了。

「大帥，是有一個，不過有些困難，也不知對方瞧不瞧得起我啊！您瞧，我又不能帶兵打仗，做個正經將軍，又不懂吟詩作詞，還是殘廢……」唐虎沒有自信地說。

李清責備道：「虎子，你豈能如此瞧不起自己！帶兵打仗又不是每個人都會，你的才能不在這上面；而且，你失去的這隻眼睛，在我看來，就是你的動章，誰敢瞧不起你？告訴我，是誰，我倒想看看，誰敢瞧不起我的唐將軍！」

唐虎終於輕輕地吐出一個名字，這個名字卻讓李清有些傻眼，感到棘手起來。

虎子，你怎麼會喜歡上這個女人了呢？李清揉起了額頭。

鍾靜！從唐虎嘴裡蹦出來的這個名字，是李清想也不曾想過的人，居然是清風座前第一愛將，鍾靜。

自小習武，久走江湖的鍾靜雖然沒有清風那等風華絕代的容貌，卻也是個美貌端莊的女子，從平日的接觸來看，她是個眼界頗高的人，不然也不會到了現在這個年紀還雲英未嫁，小姑獨處了。

如果是別人，李清自信一說就中，但鍾靜就說不準了，如果鍾靜不願意，她倒也不會直接拒絕自己，但只要跟清風一說，清風橫插一槓進來，這事基本就不用再提了。

「咳咳，鍾靜啊，虎子，你原來鍾情的是她啊，好眼力，好眼力！」李清一邊咳嗽一邊說道。

唐虎雖然憨，但並不蠢，一看李清的神態，便知道李清很為難，雖然有些失望，仍然笑道：「大帥，你不用犯難，虎子也知道，自己這是癩蛤蟆想吃天鵝肉，只在夢中想想罷了，不曾真想將她娶進門來，**我這癩蛤蟆與眾不同，吃不吃得到天鵝肉沒關係，只要天天能看到天鵝便心滿意足了。**」

李清先是一怔，接著便放聲大笑起來，唐虎的這番表白大大出乎他意料之外，不過唐虎的自卑倒激起了他的傲氣，唐虎除了少一隻眼睛，其他地方又哪裡比那些五官端正的人差了?!論起對自己的忠心，還真找不出第二個像唐虎這樣的人。

跟在自己身邊，唐虎從來無欲無求，不求升官，不求發財，如果唐虎真想的話，依他與自己的關係和自己對他的信任，那錢財還不是嘩嘩地裝進他的荷包！現在好不容易他提出了一個要求，雖然有些為難，但也並不是完全沒有希望。

「虎子，這事雖然有些難辦，但大帥來為你想辦法，總有法子讓你如願以償的。」李清捶捶唐虎的胸膛。

唐虎遲疑道：「大帥，我雖然喜歡她，想娶她，但也不想勉強她，您可不要逼她。」

李清詫異地看了眼唐虎，「好小子，我倒真是小瞧了你，好吧，我不逼她，這事我來想辦法。」

李清思索片刻，這事看來得第一個讓清風首肯，只要有清風相助，便會事半功倍。

「走，虎子，陪我去統計調查司。」

「大帥，這時候去統計調查司幹什麼？」唐虎瞧瞧天色，奇怪地道。

「你是真傻啊！」李清沒好氣地道：「你想娶鍾靜，我們不去統計調查司，還能去哪裡？難道我一紙命令將鍾靜招來，然後對她說，啊鍾參將，虎子想娶你，你便嫁給他吧！這樣成嘛？」

唐虎一下就慌了，「大帥，現在就去說啊，不不不，我不去，您讓豹子陪您去吧！」

「沒出息的東西！男子漢大丈夫，喜歡就是喜歡，怕什麼，就你現在這副模樣，將來真將鍾靜娶進門，鐵定是個一輩子被她騎在頭上的貨色。」李清笑罵。

唐虎低下頭，小聲道：「能被自己喜歡的人騎在頭上，也是一種幸福啊！」

李清一下子愣住了，不禁想到了清風，**唐虎甘願為心愛的人受委屈，而清風為了自己，一直以來又受了多少委屈呢！**

看到李清臉上變了顏色，唐虎還以為自己說錯了話，趕緊道：「大帥，我去，我去就是了。」一挺胸膛，一馬當先便走了出去，大有風瀟瀟兮易水寒，壯士一去不復返的悲壯之情，倒讓李清從失神中清醒過來，心情複雜地跟著唐虎出了門。

清風沒有想到這個時候李清會過來，看到李清出現在自己的辦公房外，有些緊張地道：「將軍，出什麼事了嗎，您居然親自過來？」

李清看著案上堆積如山的文牘，再看看清風略顯蒼白的面孔，不由心疼起來，微微責備道：「沒事就不能過來看看你嗎，瞧瞧你自己，都成什麼模樣了，現在又不是戰時，有些事情可以放到明天再做嘛，公務永遠是辦不完的。」

聽到李清關心的話語，清風心裡一陣甜蜜，抿嘴笑道：「將軍，情報工作不同於一般事務，我們必須要走在前面才行啊，如此才能防患於未然，將軍來得正好，我在興州發現了一些不太尋常的訊息，正想找個機會向你說明呢！」

李清豎起一根手指，搖了搖，「別，今天我們不談公務，我另外有事跟你談，收拾一下，回你的住所去說吧！」

清風看了眼李清，忽地滿面飛紅，胡亂收拾了一下，輕聲道：「走吧，將軍！」

清風本就生得風華絕代，這分突然顯露的女兒嬌態讓李清不由怦然心動，上前一步，將清風擁在懷裡，雙手環著她的腰肢，低頭便深深地吻了下去。

粗硬的鬍鬚扎在吹彈可破的面容上，粗重的呼吸讓清風立時迷醉在眼前這個男人從骨子裡透散出來的野性之中，險些便軟癱在對方的懷裡。

「將軍，虎子和鍾靜都在外面呢！」她掙扎了一下。

李清又深深地吻了一口，這才放開她，退後一步道：「也罷，反正今天辰光還長著呢，我們有的是時間。」

清風含羞橫了他一眼，媚態橫生的她讓李清幾乎又要克制不住自己了。

穿過滿院的合歡花樹，回到清風的居所，鍾靜早已準備好酒菜，退出來，替兩人關上房門。

一回頭，卻見唐虎正滿面通紅，手足無措地看著自己，不由奇怪道：「喂，你今天是哪根筋不對了嗎？是不是一看到我，皮又發癢，想找揍啊！」

唐虎小聲地道：「也不見得就是你贏！」

鍾靜哧地一笑，「就你，打了這麼多次，有哪一次是你贏了的？」

唐虎不甘示弱地回嘴道：「你是勝了，但也不太輕鬆，每一次你不是也著了我的拳腳？哼，要不是看你是女人，我打起來縮手縮腳的，你哪是我對手?!我最擅長的便是殺敵，像你們這種江湖比武較技的功夫，我自然是比不上，但真上了戰場，可就說不定誰輸誰贏了！」

聽到唐虎的話，鍾靜大怒，「呸，難道我沒有上過戰場嗎？好，今天我們再來打一場，也用不著你縮手縮腳，我不將你打得連你媽都認不得你，我就不姓鍾。」

唐虎哈哈一笑，「打便打，不過我媽早過世了，如果她天上有靈的話，你就算把我打成豬八戒，她也認得出我的。」

鍾靜忍不住笑了出來，「別淨貧嘴，讓我瞧瞧你是不是又有長進了，走，我們走遠一點，不要驚擾了大帥和小姐！」

房中，滿桌的酒菜紋絲未動，房門一關，早已被清風撩撥得欲罷不能的李清攔腰抱起清風，逕直走進裡間，一番雲雨過後，李清疲乏地躺在床上。清風伏在李清肩上，纖細的手指在他強壯的肌肉上輕輕滑過，滿頭青絲散開，蓋住了大半張紅暈仍未散盡的臉蛋，側耳聽著李清強健有力的心臟聲，身子卻仍是纏絞著李清。

兩人稍稍平靜了一下情緒，清風道：「你還沒吃飯吧，我服侍你洗浴，然後用飯吧！」一邊說，一邊掙扎著想要起來。

李清手一用力，又將清風按倒在自己身下，道：「有你我便飽了，沒聽說過秀色可餐嗎！」

清風羞嗔道：「瞎說，也就你欺負我手無縛雞之力，要是我有鍾靜的功夫，看你還敢這麼欺負我！」

一提起鍾靜，李清忽地想起今天自己來的目的，一下子坐了起來，伸手將清風擁到懷裡，刮了一下她挺拔的鼻子，道：「你一說倒提醒我了，今天我來找你，還真的與鍾靜有關。」

清風吃吃地笑了起來，「將軍，你別是吃著碗裡看著鍋裡，連我的護衛都瞧上了吧？」

李清嘴一扁，伸手在清風的大腿內側狠狠扭了一把，疼得清風哎呀一聲叫了起來。

「你把我當什麼人了，不是我看上鍾靜，而是另有其人，我這不是找你來商量了嗎？」

清風大奇，「什麼人這麼大面子，居然能勞動你來做媒人？」

李清嘿嘿一笑，側耳傾聽了一下外面的動靜，隱隱傳來的打鬥聲讓李清會心一笑。

「你說外面這兩個傢伙，一見面沒有別的事好做，就是打來打去，可憐的唐虎，每次都被揍得鼻青臉腫！」

清風是何等聰慧之人，一聽李清話外之意，便明白了這人是誰，張大了嘴巴，呆呆地看了李清半晌，「不會吧？」

「為什麼不會？我看這兩人倒是挺投緣的，我不知道鍾靜為什麼這麼不待見唐虎，你知道嗎，這通常代表兩種可能，一是鍾靜真的看唐虎不順眼，另一種便是鍾靜對唐虎也有那麼一點意思。」李清饒有趣味地道。

「鍾靜是多心高氣傲的人，她怎麼會看上唐虎？兩人也不般配啊！」清風不以為然地道。

一聽這話，李清倒不高興了，「虎子哪一點配不上鍾靜了，瞧你這話說的，你也沒問問鍾靜，說不定兩人王八看綠豆，還真看對眼了呢？我找你是讓你想辦法，可不是讓你潑我冷水的。」

清風笑道：「我自是沒有意見，不過鍾靜跟我很久了，如果她不願意，我可不許你逼她。」

李清垮下臉來，「我是那種人嗎？這事，你私下問問鍾靜，如果她願意呢，我便來做這個中間人；如果不願意，就當什麼事也沒有發生過，這樣就不會難堪了，對吧？」

「切，我還當你真是想我了才過來呢，搞了半天，原來是挖我牆角來啦？」清風故作生氣狀。

李清眨眨眼睛，一個翻身又將清風壓在身上，在她耳邊低語道：「這你可錯了，我是真想你了，這事只是順帶，找你才是正經！」

見李清當面說著瞎話，清風想反駁，卻不防李清的大嘴湊上來，將她一嘴的話全堵了回去，只剩下幾句含糊不清的嗚咽聲。

又是一個豔陽天，當第一縷晨光撕破霧氣，破空而出，將光芒灑在滿院的合歡花樹上時，李清打開房門，與清風走了出來。

一出門，兩人就被門外的唐虎嚇了一跳，只見他腦袋纏上了紗布，唯一的一隻好眼也腫成了一條縫，滿臉瘀青。

見李清與清風相偕出門，本來坐在院裡的唐虎一下子跳了起來，哎喲一聲，一個趔趄，險些摔倒，很明顯腿上也受了傷。

李清眼睛不由瞇了起來，看樣子昨晚唐虎被揍得不輕啊，清風臉色也有些不豫，鍾靜這也太不像話了，怎麼下這麼重的手？

李清搖搖頭，無奈地對唐虎道：「還能走吧，能走的話就跟我回去吧！」

唐虎咽了一口唾沫，有些畏懼地看了眼清風，跟著李清一趄一拐地離開了統計調查司。

兩個人剛離開，鍾靜便畏畏縮縮地出現在清風的面前。

清風臉色一沉，道：「跟我進來！」

走到房內，清風沉著臉道：「鍾靜，你可真是本事大啊，唐虎來一次，便被你揍一次，知道的人清楚你們是在比武較技，不知道的人還以為我有多跋扈，連將軍的貼身侍衛都敢揍得面目全非，你這不是給我添亂嘛？還嫌我不夠煩嗎？」

鍾靜委屈地解釋道：「小姐，昨天唐虎話說得凶巴巴的，我還以為他又練成了什麼招數，才特地來找我比試呢，您知道，我和他動手都是全力以赴的，以前和這個傻子比試，他動起手來簡直把我當生死敵人，招招毒辣得很，哪知道他昨天話說得凶，手上卻軟得可以，我一時沒有收住手，就成這樣了！」

清風心裡好笑，這傢伙正央將軍來作媒，見到當事人，嘴上雖然不服軟，手下當然就留情了，難怪會吃虧。

「坐吧，鍾靜，你對唐虎怎麼看？」清風忽然問。

「唐虎？」鍾靜瞄了眼清風，「人倒是蠻有意思的，有時憨得可愛，有時卻又極討人嫌。」

清風心裡一動，「你怎麼一見面就和他打架，倒似你們兩個上輩子就是冤家似的，唐虎從不主動招惹別人，你對其他人也不是這樣，倒似你們兩人都看對方不順眼的樣子。」

鍾靜搖搖頭道：「那倒不是，與唐虎在一起挺輕鬆的，打打架，可以放鬆一下。」

清風聽了道：「說得也是，統計調查司的確壓力極大，你又處在這個位置上，更是出不得任何差錯。**鍾靜，你是不是喜歡唐虎？**」

奇峰突起，鍾靜一下子愣住了，呆呆地看著清風，一時不知說什麼好。

「這有什麼難回答的嗎？」清風直截了當地道：「喜歡就是喜歡，不喜歡就是不喜歡，不過我瞧你們兩人的樣子，倒是有趣得很，你知道大帥昨天過來是為了什麼事嗎？」

鍾靜吶吶地道：「不是來找小姐您的嗎？」

「哼，他呀，是來為他的貼身大將作媒的，唐虎想討你做老婆呢！將軍怕直接跟你說，你一口回絕，那就沒有迴旋餘地了，雙方都難堪，所以來探我的口氣呢！」清風故作不滿地道：「鍾靜，我跟你說，你如果喜歡唐虎，那我也沒有什麼話說；如果你不喜歡，也不必在意將軍那兒，自有我來替你擋著。」

鍾靜低下頭，一言不發。

清風見狀道：「你不願意就算了，我也覺得你們兩人不太配，你武功高強，人又長得美，嫁給唐虎的確是不太合適，找個機會，我替你在將軍那裡推掉了吧。」

鍾靜抬起頭，滿臉漲得通紅，**「不，小姐，我願意！」**

鍾靜不同意，清風倒是很理解，但鍾靜竟一口答應，清風反倒有些訝異了，苦口婆心道：「鍾靜，這是終身大事，女人別的都可以錯，就是不能嫁錯人，你不要認為這是將軍來作媒，就違心的答應，一切都有我呢！」

「不是的！」鍾靜小聲地道：「小姐，我自幼習武，見慣了江湖險惡，爾虞我詐，後來跟了小姐，在統計調查司更是見到了人性黑暗的一面，心都有些累了，像唐虎這樣憨直的人真的是極少見到，他雖然醜了點，但人樸實，作為一個男人，也有擔當，嫁給他，我也沒什麼委屈的。」

清風默然無語，鍾靜的這番話，又何嘗不是說到了她的心事呢，她的心也很累，鍾靜可以找一個像唐虎這樣的人作為她避風的港灣，累了時可以去歇息一番，可自己連這點心願都是奢望，**自己一生註定了只能在驚風惡雨之中拼鬥，至死方休。**

「鍾靜，你想清楚了，如果我把這話說給將軍聽，將軍一旦開口，這事就算定了，再也沒有反悔的餘地。」清風最後一次告誡鍾靜。

鍾靜站了起來，對著清風深深地施了一禮，「小姐對鍾靜的關愛之情，鍾靜感同身受，但鍾靜願意嫁給唐虎，絕不反悔。」

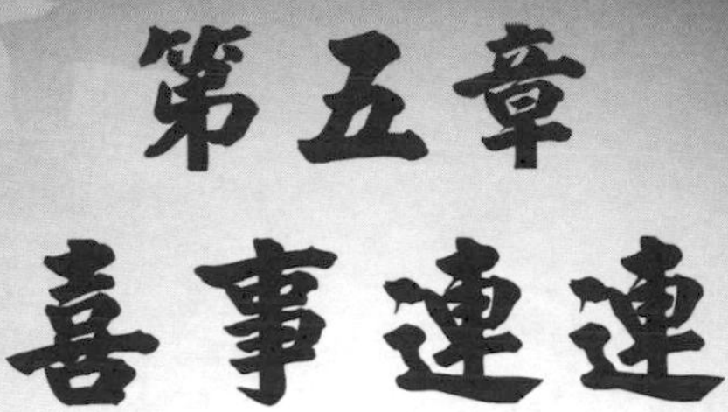

第五章 喜事連連

喜事連連的六月剛剛過去，七月一開始，定州就又迎來了意外之喜，連李清也沒有想到派出去的水師先遣隊能這麼快就在黑水洋上尋到第一個建立基地的地點，隨著宋發明的回歸，更多的艦隻滿載物資自復州水師出發。

一天之後，清風來到李清的書房，唐虎照例泡了杯濃濃的茶來。看著半杯子的茶葉，清風搖搖頭，「虎子，我不是跟你說了嗎，以後給我泡茶，不要放這麼多茶葉。」

唐虎摸摸腦袋，不好意思地說道：「我又忘了！」

李清笑著從桌上拿起一張銀票，對唐虎道：「虎子，前天你不是還在找我借錢麼，喏，這個給你，去給呂大兵準備賀禮吧！」

唐虎大喜，上前接過銀票，「多謝大帥，這下可救了我的急了，哎呀，大帥，怎麼這麼多，就算我與那小子關係不錯，也用不著一千兩銀子這麼多吧，最多一百兩就搞定他了。」

李清哈哈大笑，「給呂大兵的賀禮用一百兩，剩下的可是給你的。」

唐虎傻呼呼地道：「大帥，我要這麼多銀子做什麼，平時吃住都在帥府，也用不著什麼錢，再說，馬上要發餉了，用不著，您還是給一張小的吧！」

李清歪著頭看著他，「用不著？虎子，你馬上要在定州城置辦一套房子，還有傢俱啊什麼的，如今這定州城的房價可是翻著個的往上漲啊，即便你唐參將出面，置辦一套像樣的房子怕也要好幾百兩銀子吧！」

唐虎叱巴著眼看著李清，忽地像明白了什麼，臉都綠了，驚恐地道：「大帥，你不會不要我了吧，我在帥府住得好好的，幹嘛要去買房子，大帥，您不要趕我走。」

李清見唐虎急得跟什麼似的，不由樂得哈哈大笑。

清風微微搖頭，唐虎真是憨直，見李清還要逗他，倒是有些不忍了，放下手中的茶碗道：「怎麼？你不置辦房子，難道讓我們家鍾靜跟你一起住在大帥府的值房麼？」

唐虎一下沒有聽懂，傻愣道：「司長，你說什麼？」

李清撿起一本書朝唐虎扔了過去，笑罵道：「傻子，你便偷樂吧，你呀，要結婚了，鍾靜答應嫁給你了。還不拿著銀子滾出去，趕緊去置辦房子，買傢俱，準備喜事去，還在這裡發什麼愣?!」

唐虎這下子總算是聽明白了，喜訊來得太突然，讓他一下子不知所措，喃喃地道：「她要嫁給我了，這是真的麼？」

李清笑道：「難不成我和清風逗你玩麼，算了，你要不想娶，將銀票還我，我再給你一張小的。」

唐虎快速地將銀票揣進懷裡，眉開眼笑地朝李清鞠了一個躬，口中連聲道：「多謝大帥。」又轉身朝清風深深一禮：「多謝小姐成全！」也不等兩人說話，一個轉身便飛跑出門，卻不防被門檻絆了一跤，哎呀一聲摔了個狗吃屎。又趕忙爬起來，飛也似的跑了。

房內兩人都不禁微笑搖頭，以唐虎的功夫，怎麼會被門檻絆倒，想必是高興得過頭了，才會如此失態。

「真是憨人有憨福啊，真想不到鍾靜會鍾情這個傢伙。」李清打趣道。

「鍾靜早年漂泊江湖，後來跟著我進了統計調查司，所見所聞，無不是陰謀詭計，能嫁給虎子這樣的憨直漢子，未嘗不是她的福氣。」清風感慨地道。

李清聽清風這話似是有感而發，想起自己與清風之間的事，笑容不由收斂，「清風，苦了你了。」

清風搖搖頭。「命中註定，夫復何言，將軍，不要說這些事了，就像你那天和我說的唐虎的那番話，我也是一隻癩蛤蟆的命啊，能看著你這隻天鵝快快樂樂，大業得成，便很開心了。」

李清一時無語，他與清風的事終究是個死結，不知到什麼時候才能解開。

定州在一個月內連接舉行了兩場盛大的婚禮，一場是呂大兵與紅部富森的妹妹冬日娜的婚禮，兩人的兒子都快滿月了，這場婚禮算是補辦。

由於涉及到不同的民族，這場婚姻被賦予了更多的政治意義，蠻族一干重臣如伯顏、諾其阿都到了場，只有肅順深恨當初富森在定遠將他賣得乾乾淨淨，沒有出現在婚禮上，定州這邊一干文武大臣全是齊聚。

到了月末，唐虎與鍾靜的婚禮更加熱鬧，兩人的身分比之呂大兵與冬日娜更加特殊，一個是大帥心腹中的心腹，另一個卻是統計調查司首腦清風的愛將，這兩人的成婚也在一定程度上，代表了前段時間大帥與清風之間出現的裂痕得到了有效的彌補。

喜事連連的六月剛剛過去，七月一開始，定州就又迎來了意外之喜，連李清也沒有想到派出去的水師先遣隊能這麼快就在黑水洋上尋到第一個建立基地的地點，隨著宋發明的回歸，更多的艦隻滿載物資自復州水師出發，鄧鵬所在的主力艦隊也開始整裝，只要連山島基地稍具規模，他們便可以拔錨起航了。

李清親自接見了來自連山島的海盜家屬，好言撫慰之餘，更立即吩咐路一鳴為這些新到的移民分配土地、房屋等安居事宜，這些人安定下來後，他們報平安的信將隨著宋發明回到連山島，讓新附的海盜全心全意為定州效力。

至於海盜首領元剛，也被封為振武校尉，在先遣艦隊中效力，他的夫人及兒子按照復州水師高級將領眷屬的待遇，安置到了復州海陵水師基地。

七月中旬，大楚腹地開始有了夏季的預兆，但定州還是涼爽如春，早晚甚至還有些涼意。

鎮西侯府議事大堂內，李清正召開一月一次的大型議事會，連復州許雲峰與並州揭偉，以及上林里東都護府的駱道明都奉召而回，李清這次大張旗鼓地召集眾多文治官員回到定州議事，主要是為了在自己治下展開秋試的工作。

大楚定制，三年一次開科取士，今年本是再一次開科取士的時間，但大楚各地烽煙四起，南方寧王大舉興兵進攻蕭氏控制之下的洛陽朝廷，兵禍延綿之下，延續數百年的朝廷掄才大事也被無限期地擱置下來，十年寒窗苦讀的士子失望不已，但面對如今朝廷形勢，也只能哀嘆生不逢時了。

就是在這等情形下，儼然為世外桃源的李清治下，決心開科取士。在李清看來，這是一次人才收割的機會，自己治下一直以來，最為欠缺的就是文治之士，趁著這個機會，將這些讀書人收入囊中，這將極大地增強自己治下的軟實力。

馬上可以奪天下，但不能馬上治天下，對於這一點，李清很清楚，相比於治理天下，奪取天下反而顯得更容易一些。

當然，現在的科舉之制依然存在著極大的漏洞，不少人滿腹詩書，文章做得極好，但論起治國平天下，很有可能就是草包了；反觀一些詩詞歌賦不那麼精擅的人，對於經國治天下卻有著獨到的見解，有鑑於此，李清決定自己治下開科取士的制度，詞賦只占極小的比例，策論將占百分之七十到八十的比重。

所謂的策論，就是針對眼下時局做出自己的分析，並提出相應的對策，這一點，對讀死書、死讀書的書呆子將是一道邁不過去的門檻，也極易讓李清找出自己需要的人才。

對李清的這點改變，路一鳴和尚海波兩人舉雙手贊成，想當年兩人也是屢試不第，就倒楣在詩詞歌賦實在平常，難入考官法眼，以至於兩個胸懷治世之才的人一直蝸居於壽寧侯府，久受排擠。一旦找到了賞識他們並給他們機會的人，兩人立即一鳴驚人，現在的大楚，提起定州路一鳴，尚海波，哪個不知，誰人不曉？

駱道明和許雲峰二人都是科舉出身，詩詞等自然在行，不過二人都是實幹家，也認為詩詞歌賦乃是小道，經國治世方為大才，李清的這一提議自是毫無異議地通過。

但李清的第二條意見，則引起了不小的爭議。

李清要在科舉之中加入「**格物科**」。這讓駱道明與許雲峰很難接受，便是路一鳴與尚海波二人也覺得可有可無。

李清加入這一科的意思很明顯，就是要將懂得一定專業知識，卻很可能大字也不識一個的這批人加入到官員的行列之中。

即便是在李清治下，官員仍然是一個特權團體，是一個受人仰視和尊敬的身分，而這個團體基本上是由讀書人構成，當然，武將除外。

李清早預料到這個想法會受到抵制，但想不到連尚海波和路一鳴也不大贊成。然而自己總不能對他們說，科學是推動生產力發展的原動力，當然，就算說了他們也不會懂，怎樣說服他們，這是一個問題。

「各位，關於開設格物科，我想舉兩個例子來說明，任如清和許小刀兩人，相信大家都很熟悉，這兩人現在都是我定州治下五品官員，他們所做的貢獻，各位也是有目共睹，任如清在兵器的革新上取得了突破性進展，所發明的一品弓、百發弩，改進的八牛弩，為我們在與蠻族的戰爭中發揮了重大作用，正是用了這些犀利的武器，我們在戰場上才能無往而不勝。

「許小刀更是埋頭精鐵的煉製，將各種盔甲、武器的性能一再的提高，他們雖然不識字，但對我們定州的貢獻，我想大家都是心知肚明，這兩人是我們偶然發現的，但焉知在我定州，像他們這樣的人才還有很多是我們所不知道的，不僅是在武器的研發上，農業、水利等等，無一不是關乎我定州命脈的大事，只要他們有這方面的才能，我們又何吝一官相贈呢？」李清耐心地遊說下面的幕僚們。

「大人，此言差矣，官員關乎我定州體面，說起許小刀與任如清兩人，我倒想說兩句。」許雲峰發言道。

李清心中暗自叫苦，這傢伙是有名的固執，認準了的事絕不回頭，如果他一心反對，自己倒真是有些不好辦。

「不讀書則不識禮，不識禮則不知恥，不知恥談何忠義節烈？這兩個傢伙整日衣裳不整，形容邋遢，唯唯諾諾，已成我定州笑柄。這兩人算是有本事的都已如此，如果大帥將此類人納入官員體制，時日一久，官員還有何威嚴可言？還如何御下治事？」

「此話也不盡然。」李清反駁道：「許大人，想你當初在復州時，還不是挽起褲腿，到田中勞作。」

「此一時也彼一時也。」許雲峰絲毫不為被李清抓住了小辮子而惱火，反而說道：「下官那時初到復州，大帥所統領的戰事正在關鍵時刻，我如是做，乃是招攬民心，安定民心之舉，此舉一時可為，焉能長時為之！」

李清一時間也不知該如何才能說服他們，但心裡暗下決心，無論如何，一定要開設格物科，眼下眾人一片反對聲，自己不便強來，免得激起眾人的逆反心理，但私下，自己倒是可以先從尚海波與路一鳴兩人那裡打開缺口。嗯，是先打尚海波呢，還是先打路一鳴好呢。

暫時放下這個問題，眾人開始討論這次秋試的規模以及一些細節問題，見大帥不再在這個問題上糾纏，許雲峰等人皆是鬆了口氣，無論怎麼說，開科取士是讀書人的一件大事，在場的都是讀書人，自然是格外上心。

「大帥！」唐虎走了進來，俯在李清耳邊小聲道：「桃花小築的劉強來了，同行的還有恆熙老爺子。」

劉強是桃花小築的侍衛統領，一向負責保護霽月，他怎麼來了，而且與恆熙同行，莫非是霽月病了？李清緊張起來，「快叫他們進來。」

李清向尚海波等人投了個歉意的眼神，眾人也都心知肚明，趁著這個機會放鬆放鬆，品品茶，同時整理一下思路。

劉強和恆熙一路走來，看到堂內高官濟濟一堂，劉強有些緊張，恆熙卻仍是滿面笑容，十分從容。

劉強先向李清行了禮，再向各位大人一一見禮，好不容易做完這些事，李清迫不及待地問道：「劉強，出了什麼事，是不是霽月病了？」

劉強還沒有說話，恆熙卻是大笑著道：「大帥，霽月夫人沒有病，老夫今日來此，一是報喜，二呢，則是要討一杯喜酒喝了。」

「這喜從何來啊？」聽說霽月沒有病，李清先將心放下了一半。

恆熙道：「今日霽月夫人偶感不適，便召了老夫前去診治，一查之下，大帥知道我發現了什麼？」

看到恆熙賣著關子，李清心裡七上八下，手微微發起抖來，顫聲道：「您發現了什麼？」

恆熙笑道：「**如夫人有喜了**，恭喜大帥，賀喜大帥啊，大帥，你說這杯酒我老頭子該不該討？」

雖然心中早有預料，但這話從恆熙嘴裡說出來，分量就不一樣了，李清霍地站了起來，高興地道：「好好，該討，該討！」

尚海波等人聽了，皆齊聲賀道：「恭喜大帥，賀喜大帥！」

李清笑得嘴都合不攏了，揮揮手說：「各位，今日議事便到此為止，我要去桃花小築一趟。老尚，你替我招呼各位大人吧！」

將為人父的李清被巨大的喜悅所包圍，騎在奔騰的駿馬上宛如飄在雲中。

無論來自什麼時代，無論受到什麼樣的教育，己身血脈的延續從來都是人類最大的喜事。對李清來說，無論是婉轉嬌媚的清風，還是身手矯健的傾城，都有可能為他生下第一個孩子，但他萬萬沒有想到的是，**第一個有了他血脈的居然是嬌怯怯，弱不禁風的霽月！**

一想起霽月那瓷娃娃一般精緻的小臉，李清就有一種想擁她入懷，好好疼愛一番的憐惜之情。

久未在戰場上馳騁的愛馬難得有這樣縱情奔跑的機會，四蹄發力，風一般地掠過修建得極為平整的馳道，直向桃花小築奔去，跟在後面的一眾親衛若不是都是在戰場上久歷風雨，騎術精良的，很難跟得上李清的步伐，即便如此，胯下戰馬的差距仍然讓他們落下好一段距離，也只有唐虎還能勉強跟上。

桃花小築的崗樓隔得老遠便看見大帥縱馬狂奔而來，趕緊打開院門，侍衛們排成整齊的兩排肅立於院門兩側，李清掠進院門，毫不停留，打馬直奔後院。

桃花小築裡，桃花早已落盡，青青的樹葉間，一顆顆青桃掛在樹上，兩株桃樹間，霽月正坐在鞦韆上盪來盪去，一隻手攀著繩索，另一隻手拿著一顆青桃正吃得津津有味，兩隻小腳沒有穿鞋，就這樣懸空地晃來晃去。裙紗飛揚，偶有片片青葉落下，一幅美人鞦韆圖就這樣在桃花小築裡呈現出來。

急驟的馬蹄聲傳來，鞦韆上的霽月吃驚地轉頭看去，桃花小築戒備森嚴，外人根本不可能進來，更不用說在園中縱馬奔騰了，在旁服侍的丫環老媽子也都瞪大了眼睛，盯著馬蹄聲傳來的方向。

霽月所處的地勢較高，一眼便看見李清狂奔而來，掩嘴嬌呼一聲，便想停下鞦韆，但鞦韆正盪到高處，在身後推她的巧兒又被奔馬蹄聲驚住，只顧回頭張望，沒有拉住鞦韆，急切間哪裡停得下來，眼見向後一盪，便又向前高高飄起，霽月不由一時慌了。

李清奔到近前，見本應好好休息的霽月居然在盪鞦韆，不由嚇了一跳，馬奔到跟前，恰巧鞦韆盪了回來，李清伸手一撈，將霽月從鞦韆上抱了下來，橫放在馬上，瞧了眼一邊服侍的眾人，斥責道：「夫人有了身孕，怎麼能玩這種危險的遊戲，她年紀輕，不懂，你們也不懂麼？」

眾下人被李清的疾言厲色嚇到，從沒有看過大帥生過這麼大的氣，立時紛紛跪倒請罪。

被李清擁在胸前的霽月，看著李清訓斥下人，心裡不由一陣甜蜜，知道這是李清關心自己的表現，兩手揪住李清的衣襟，小聲道：「大哥，不關她們的事，是我覺得悶了，一定要她們陪我玩的。」

李清輕撫著霽月如雲的秀髮，道：「你年輕，不懂事，她們可有好幾個是做過母親的人，難道不知道這時候玩這些東西很危險性麼，哼，要是夫人有個三長

兩短，你們百死難贖其罪。」

李清近年威勢日重，這話說得極為嚴厲，以巧兒為首的丫環、老媽子個個嚇得面如土色，叩頭如搗蒜。

「大哥！」霽月看到朝夕相處的巧兒等人面色慘白，心中不忍，求情道：「大哥，都是我不好，我再也不玩了！」

李清點點頭，翻身下馬，將霽月抱了下來，對巧兒等人道：「好了，今天就到此為止，下不為例，劉強。」

「末將在！」

「給我將這園子裡諸如此類的東西都拆了。」

「末將遵令！」

牽著霽月的手，兩人向桃樹深處的小樓走去，巧兒等人趕緊跟上，劉強則張羅著手下將鞦韆迅速拆掉。

回到房中，李清將霽月打橫抱起，放在膝頭，頭貼在霽月的小腹上，道：「讓我聽聽咱們的兒子有什麼動靜？」

霽月紅了臉，道：「恆老爺子來看過了，還不到三個月呢，哪能有什麼動靜！再說了，又怎麼知道就是兒子呢，或許是個丫頭也說不定！」

李清哈哈大笑，「管他是兒子還是丫頭呢，只要是我李清的骨肉，我都喜歡！霽月，女子懷孕，頭幾個月是最危險的，你一定要小心留意，回頭我讓恆秋派個經驗老到的醫官過來，就守在你這桃花小築裡。」

霽月羞澀地道：「哪有這麼誇張，恆老爺子把該注意的事都告訴我了。」

李清搖搖頭，不放心地說：「桃花小築離城裡遠，有個什麼事情再從城裡來人那怎麼行，還是派個人過來我比較放心。對了，雖然你不要去做像盪鞦韆這樣危險的事，但平常還是要多多訓練一下，比方在院子裡多走走路，散散心，這樣對你有好處。」

「我知道了。」霽月順從地道。

其實李清在巨大的喜悅過後，心裡還有一層淡淡的憂慮，霽月年齡小，到今天還不滿十八歲，這個年紀生孩子是有風險的，特別在這個醫療條件落後的時代，因為生孩子而死的產婦數不勝數，幸好現在自己身處高位，可以盡量將危險降到最低。

「大哥，我求你一件事好不好？」霽月忽然眼巴巴地看著李清，眼裡滿是乞求之色。

「什麼事啊，只要你說出來，我沒有不答應的道理！」李清不假思索地說。

「孩子生下來後，能不能就放在桃花小築，讓我自己帶？」霽月捂著小腹，神色緊張地看著李清。

「你生的孩子，當然是……」

說到這裡，李清忽然想起在這個時代，按規矩，如夫人生的孩子是要抱到大房那邊來養的，也就是說，霽月生的孩子，理應抱到傾城那兒，由傾城來撫養，也只能稱呼傾城為母親，霽月雖然是親生母親，卻是被稱作姨娘。

一時間，李清的心彷彿被針扎了一下，他想起了自己的親生母親溫氏，當年懷著自己的時候，大概也如霽月這般的心情吧。

看到李清不說話，霽月眼眶裡立時漲滿了淚水，身體也一下子繃緊，無聲地哭了出來。

李清回過神來，看到霽月可憐兮兮的模樣，知道她誤會了自己的意思，以為自己不同意，替她擦去臉上的淚水，道：「好了，小姑娘，別哭了，我答應你就是了，將來孩子生下來，就讓你自己帶還不行嘛？你生的孩子，當然歸你帶，叫你做母親。」

「真的嗎？」幸福來得太突然，霽月有些不敢相信，驚呼道：「大哥，你不會騙我吧？真的讓我自己帶嗎？」

「當然啦，小傢伙，我什麼時候騙過你了！」李清笑道，他最喜歡的便是霽月的單純，猶如一張白紙。

「可是公主那兒……？」霽月遲疑地道。

「一切有我，放心吧！」李清拍著胸脯道。

有了李清的保證，霽月立即破涕為笑，兩人又閒話了一陣，霽月有些睏了，初孕時，女子本就極易犯睏，看著在自己懷裡沉沉睡去的霽月，李清若有所思，霽月懷的是自己的第一個孩子，如果是女孩倒也罷了，如果是男孩，只怕一生下來，就會出現不少風波，倒是要早作打算才是。

李清奔往桃花小築之際，統計調查司的清風便得到了消息，聽到霽月懷孕的消息，清風臉色複雜，一言不發，將手下打發出去後，自己倒了杯酒，向桃花小築方向遙遙一舉，仰起脖子，一口飲完杯中的酒。

「妹妹，你一定要爭氣，生個兒子啊！」清風在心裡輕輕地道。

與此同時，鎮西侯府內院，傾城公主也在聽著下人的回稟。

「侯爺有後了，這是可喜可賀之事啊！」傾城道，臉上卻殊無笑容。

從草原回來，傾城的性子改了不少，她本是個聰慧的女子，發現自己的身分在定復兩州根本不起作用之後，立刻便收斂起先前的嬌貴性子，盡力使自己從公主朝定州主母的形象轉換。

她的這一改變，立時便迎來定復兩州高官的讚賞，也讓李清對她熱情許多，一個月之中，倒有一大半時間住在她這裡，但不知為了什麼，她的肚子總是毫無消息。

「公主，侯爺有後是大喜事，可問題是，這個孩子是桃花小築那個小妖精的啊！」一名貼身的老嬤嬤道：「而且這個小妖精還是那個白狐的妹妹！」

傾城橫了她一眼，「什麼白狐，她是定州統計調查司的司長，位高權重，豈是你這個奴婢能夠隨意汙稱的！自己掌嘴！」

老嬤嬤不知道為什麼自己拍馬屁拍到了馬蹄上，扇了自己幾嘴巴，委屈地說：「老奴知錯了。」

傾城冷笑一聲，這後院之內，不知有多少人在窺視著，將自己的一舉一動都彙報到大帥那裡去，這個時候，可不能有一點做錯了，眼下必須小心翼翼，步步為營，清風位高權重，美色無雙，深得大帥歡心，眼下霽月又懷了大帥的孩子，一切都對自己太不利了。

不過有利的一點是，不管她們怎麼做，自己總是大婦，霽月那少不經事的小丫頭生了孩子，還是得歸自己養。

「來人啊，去瞧瞧尚先生和路大人還在不在侯府，如果在的話，請他們來一敘！」傾城淡淡地吩咐道。

尚海波與路一鳴兩人自傾城公主處出來，尚海波面色如常，路一鳴的臉色卻不大好看。

沉默著走了一段路，路一鳴忽地站住腳步，盯著尚海波道：「老尚，你今天太魯莽了。」

尚海波似乎早知路一鳴有此一問，毫不意外地轉過頭來，道：「何來此一說？」

「你不該這樣替大帥作主，這是大帥的家事，我們外臣妄自摻合進去，不是什麼好事。」路一鳴道。

「家事？」尚海波冷笑一聲：「主公之事無家事，家事即國事。何況無論自禮法講，還是自大楚數百年習俗來說，如夫人生下孩子，都應當交給大婦撫養，此千百年來之定規，我支持傾城公主此議，有何不妥？」

路一鳴道：「話是如此說，可大帥心裡怎麼想，你又怎麼知道？你也不看看，大帥入主定州之後，多少陳年舊俗被打得粉碎，安知大帥在此事上就不會打破陳規？更何況……」

尚海波點破道：「與其說你擔心大帥，**倒不如說你擔心清風從中作梗吧？**」

路一鳴點點頭，「正是如此啊。」

尚海波搖頭，「只要大帥首肯，清風翻不出什麼么娥子來，更何況清風與霽月夫人之間裂痕早生，已是割袍斷義，清風不可能公然站出來說什麼，暗地裡玩什麼花樣，又有什麼可怕的？」

路一鳴不以為然地道：「老尚，你太大意了，親情可以割斷，血脈能隨意割斷麼？我是擔心你摻合進去，又與清風起衝突。你是瞭解清風的，如果她下定決心的話，只怕在我們內部又會掀起波瀾。」

「長久之議，與其以後亂象叢生，倒不如現在釜底抽薪。」尚海波仰望著遠處天空一抹晚霞，幽幽地道：「霽月夫人如果生的是個女兒倒也罷了，如果是個兒子，我支持由傾城公主撫養。老路，在這個問題上，你一定要支持我，清風權力已經夠大了，如果霽月夫人生的是兒子，而且是大帥的長子，你可以想像得到，以後如果傾城公主也得子了，我定州大業未成，後院便已埋下禍亂的種子。正如你所說，割不斷的是血脈，清風一定會爭上一爭的。」

路一鳴嘆了口氣，垂頭不語，臉上愁容滿面，「但願霽月夫人生的是個女兒吧，也希望公主早得貴子，如此一來，定州安矣。」

尚海波嘲笑道：「老路，只會唉聲嘆氣，被動等待，濟的什麼事?!未雨綢繆，早作安排才是上策，你也知道，如果傾城公主得子，以傾城公主的身分，對大帥將來的大業是大有幫助的，如果皇儲之人死盡死絕，那大帥甚至可以名正言順地踏進太和殿中。」

「這事只有你我二人只怕不行，許雲峰、揭偉、駱道明，還有軍方大將們的意見如何，只怕都要考慮進去。」路一鳴沉思道。

尚海波點點頭，「你說得是，許雲峰我去探他的口氣，拿下他，揭偉自然以他馬首是瞻。駱道明就不好說了，還有軍方將領……」尚海波臉色沉重地道：「呂大臨、過山風只怕是不能指望了，他們都欠了清風的人情，不從中作梗已是上上大吉，我們只有去拉攏楊一刀、姜奎、王啟年等人了，如果咱們齊心合力，就算大帥別有打算，也總得考慮一下我們的意見。」

路一鳴嘆道：「也只能如此了。最好還是傾城公主早有身孕，早得貴子，霽

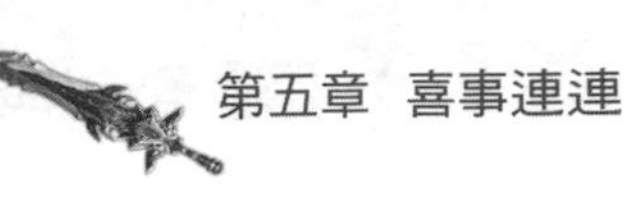

月夫人生的是個女兒，如此一來，大事諧矣。」

尚海波不由失笑，「你總是如此天真，但這一次我倒是要祝你心想事成。」路一鳴白了尚海波一眼，大步離去。

傾城約見尚海波與路一鳴，二人還沒有走出侯府，消息便已傳到了李清耳中。

李清灑然一笑，不以為意，他已作出了決定，**不論霽月生的是男是女，他都會讓霽月親自撫養，曾在自己身上發生過的事情，他絕不允許出現在自己的後代身上。**

「來人，招許雲峰、揭偉、駱道明來見我！」李清吩咐唐虎。

清風眉頭緊皺，招來了內情署頭目陳家權，問道：「桃花小築那邊有什麼消息傳來？」

陳家權恭聲道：「司長，大帥已應霽月夫人所請，霽月夫人所出將由夫人親自撫養。」

清風臉上露出一絲微笑，「我這個妹妹啊！大事之上倒是不糊塗。嗯，我這

統計調查司。

裡有幾封信，你替我送去，記住，信送出之後，送信之人就不必回來了。」

陳家權臉上露出一絲殺意，「下官記著了。」

「你記著什麼了？」清風反問道。

「他們將永遠閉嘴！」陳家權臉上冒出了汗珠。

「胡說什麼！」清風搖頭道：「給我辦事的人，我豈會卸磨殺驢?!事辦完後，讓他們去鄧鵬那邊吧，他們水師馬上就要出海，水師裡面有我們一個分支，讓他們去那裡辦事，沒有我的召喚，永遠不准踏上定復並州一步。當然，如果有人找上他們，他們自己知道應當怎麼辦！」

陳家權鬆了口氣：「下官明白了。」

「你去吧！」

看著陳家權離去，清風仰靠在椅背上，自言自語地道：「尚先生，又要較量了麼?這一次，卻是清風占著上風呢！」

閉目沉思了一會兒，清風敲敲桌子，叫道：「阿靜！」

如今已是唐夫人的鍾靜，著裝打扮一如往常，清風一叫，立刻便出現在清風面前，「小姐？」

「你師兄那邊如今已稍具規模了吧?我們早年埋下的暗子，如今也該起作用了。」清風問道。

鍾靜點點頭，「有了我們的大力資助與培訓，韓師兄那邊已頗具實力，可以啟用了。」

「很好！」清風滿意地道：「阿靜，我想派你去秦州一趟，你正新婚燕爾，讓你出去著實有些強人所難，虎子只怕會在大帥面前大加抱怨的，只是這事不派你去，我卻有些不放心。王琦雖然也可以，但你去卻能更好地居中協調，畢竟那邊負責的是你的師兄啊！」

鍾靜一笑，「小姐放心吧，我家虎子對小姐可是怕得很，你的吩咐他怎敢吱聲，再說了，我要出去辦事，哪輪得到他抱怨，敢呲呲牙，我拳頭伺候著。」

清風噗嗤一笑，「你呀，活脫脫一個母老虎模樣，也就只有虎子那傢伙由著你胡鬧，換個人，不跟你鬧翻才怪，阿靜，凡事要有分寸，可不要仗著虎子寵愛忍讓便沒個邊了，男人都是要面子的。」

鍾靜道：「多謝小姐提點，阿靜記下了。」

「你此去秦州，**主要是攪亂蕭遠山內部**，南軍胡澤全數招便扳回了南軍在秦州的劣勢，而且在大將之間埋下了一根毒刺，**我們不妨再去添一把火**。那田豐也是一員不錯的戰將，如果能讓他們內部起紛爭，讓他們自折羽翼，那是最好不過了。」清風分析道。

「小姐，我們現在與蕭氏不是盟友麼，這不是在幫南軍的忙麼？」鍾靜不解。

清風冷笑一聲，「什麼盟友，鍾靜，記住了，**我們沒有盟友，只有利益！**蕭氏遲早是我們的敵人，趁他如今自顧不暇的時候，正好最大可能地削弱他的實力。蕭氏越弱，對我們的依靠就會越大，像田豐這樣的將領，是越少越好，當然，如果能策反他，那是最好不過，不過這種可能性很低。大帥與我就此事商議良久，便是大帥，對田豐也是很忌憚的，這是一個翦除他的好機會。」

「我明白了。」

「回去和虎子好好溫存一番吧，這一去，只怕便是好幾個月的時間！」清風笑道。

鍾靜臉上一紅，向清風施了一禮，轉身離去。

時間進入八月，鄧鵬的水師主力終於揚帆起航，直奔黑水洋中的第一個水師基地，連山島。

經過幾個月的奮戰，連山島水師基地已稍具規模，由於有了元剛的輔助，對於連山島周邊數百里的海盜勢力，先遣隊也摸了個一清二楚，只是實力不逮，只能等待大軍到達後再行出擊。

李清、尚海波等人秘密到達復州，為鄧鵬舉行了出師儀式，鄧鵬水師開始分批出發，到達黑水洋深處後，方才重新集結，在復州港口，為了迷惑敵方的諜探，大量偽裝人員充斥著整個海陵，一批部隊假裝成水師官兵，整日在海陵閒逛。

李清喜氣洋洋，這些時日，他大部分時間都待在桃花小築，一應公事也在桃花小築處理。

尚海波的心情不怎麼好，他聯絡定復並三州重臣共同向李清進言的計畫，遭到了重大挫折，首先，他認為毫無問題的許雲峰顧左右而言他，居然沒有給他一個肯定的答覆；許雲峰如此，那揭偉自然是亦步亦趨。駱道明更是乾脆，直接一口回絕，聲稱此乃大帥家事，外人不應干預，氣得尚海波牙癢癢的。

這些一方大吏如此，倒讓尚海波警覺起來，聯繫軍方將領的事也暫時擱置下來，駱道明如此乾脆地回絕他，肯定是大帥察覺到了什麼，跟他事先打了招呼，否則以駱道明的處事手段，絕不會對自己一點情面也不留。駱道明如是，那王啟年等將領就更不必說了。

大帥的這番動作，不啻是在向尚海波表明他在此事上的態度。尚海波不由愁壞了。

八月對尚海波唯一的好消息，便是傾城公主也有了身孕。

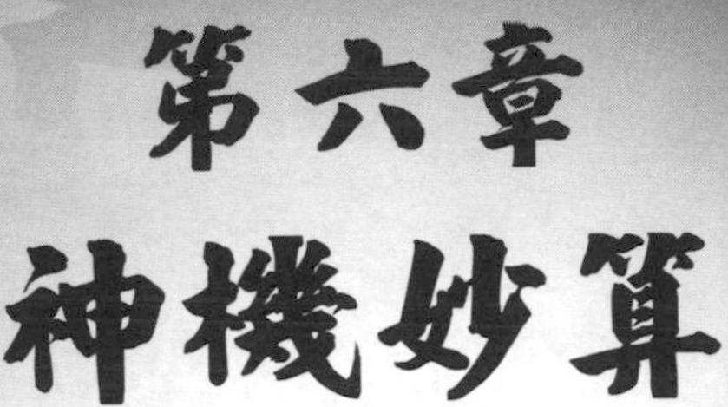

第六章 神機妙算

秦州突發大變，一直在覬覦秦州城的胡澤全，不由樂得開懷大笑。一邊的艾家新湊趣道：「總管神機妙算啊，那蕭天賜果然逼反了田氏叔侄，聽聞那小子被田新宇一刀斷喉，如此一來，田家叔侄也斷無生理，一箭雙鵰啊！」

鍾靜秘密抵達秦州時，已是八月中旬了，此時秦州戰局又有了新的變化，田豐在胡澤全的步步緊逼之下，終於沒能守住成豐城。

胡澤全大膽地採用了蛙跳戰術，獨獨放過成豐城沒有攻打，而是將成豐城後方一連兩座縣城一鼓而下，將成豐城徹底孤立起來，在這種情況下，田豐終於無法再支撐下去，放棄成豐城，率軍繞道退回了秦州。

胡澤全似與他有默契似的，在田豐退軍的過程中，雖然率軍尾追數百里，但沒有發起一次攻擊，讓田豐全鬚全尾地退回了秦州城裡。

田豐這一退，卻在秦州城裡掀起了波瀾，成豐不失，秦州還可說是蕭氏與南軍平分秋色，但丟了成豐，大半個秦州便完全落入到南軍之手，可以說，**蕭浩然在秦州已失了先手**。

蕭遠山雖然也精通軍事，對田豐此舉並無異議，能將一萬多左大營官兵安全帶回來，田豐已是有功無過，無奈眾口爍金，秦州眾官員對田豐不戰而放棄成豐城都異常憤怒，加之胡澤全與之對陣是一連串反常的表現，讓眾人對田豐更加猜忌起來，再有蕭天賜從中推波助瀾，時日一久，便連他也有些疑神疑鬼起來，藉口田豐勞累，安排他休息一段時間，卻是間接地剝奪了他的軍權，將他閒置起來。

田豐心中氣苦，鬱悶不已，和自己的侄子困居在一幢小院中，連衛兵都沒有帶，只派了一個親信，帶上自己的親筆信去洛陽向蕭浩然訴說委屈。

鍾靜的師兄韓人傑，原是一個坐地分贓的大盜，歷年所得頗豐，便在秦州買房置地，投資商業，家業倒是越發地興旺起來，平時在秦州造路修橋，逢個災年設棚施粥，在秦州人眼中，是一等一的大善人，哪裡知道韓大善人笑瞇瞇的面孔之後卻是一把血淋淋的鋼刀。

韓人傑是自家人知自家事，心中也知道這種刀頭舔血的勾當不是長久之計，上得山多終遇虎，遲早有一天會東窗事發，眼下家大業大，早就想脫離這行當，奈何手下一大票兄弟可不是說散就能散的，正無計可施之時，鍾靜如同天使一般從天而降，這將韓人傑可喜壞了。

鍾靜找到韓人傑時，已是定州統計司的校尉，大名鼎鼎的白狐清風的侍衛，清風的大名對韓人傑這等消息靈通的人士自然是如雷貫耳，正苦於無法同官名拉上關係的韓人傑大喜過望，攀上了這棵大樹，以往的案底算個屁啊！在這些大人物的嘴裡也就是一句話的事，只要抓住這個機會，自己那血淋淋的家產便算是徹底洗白了。

雙方一拍即合，統計調查司需要在秦州紮下根來，像韓人傑這樣的有名鄉紳自是最好不過的選擇，而且他不僅與鍾靜有瓜葛，更是有小辮子抓在手中，最容易控制不過，兩三年來，統計調查司不斷地往韓人傑這邊派人手，原先的一幫盜匪經過訓練淘汰，如今已算是一支精兵強將了。

不肯加入的人，韓人傑原本是發了一筆撫恤金讓他們自謀生路的，但這些人都無聲無息地消失不見，再也沒有一絲消息，韓人傑鬆了一口氣的同時，心底也發起毛來，統計調查司的手段當真是狠辣至極。

當鍾靜再一次出現在他面前的時候，已是一名將軍了，韓人傑心中高興壞了，當年在師門，那個毫不出眾的黃毛小丫頭如今成了他的福星，鍾靜在定州的地位越高，他便越穩如泰山。

將鍾靜和幾名隨行的特勤安排到自己的大院，與鍾靜來到書房，敘了一番別情之後，知道鍾靜近況的韓人傑卻是嗔怪道：「小師妹，你結婚這樣的大事怎麼也不通知大師兄一聲，怎麼我也該備上一分厚禮恭賀一番的，再說妹夫又是李大帥身邊得力的大將，了不得的英雄，我正想結交一番呢！」

對於大師兄的意思，鍾靜自是清楚不過，笑道：「如今中原戰亂，大師兄便是知道了，也不易過去，更何況，大師兄**你是小姐極為重視的一枚暗棋**，焉肯讓你為這些小事露出與定州的關係？至於認識唐虎，那最容易不過了，等大局已定的時候，他自然會來拜見你的。」

韓人傑很是興奮，小師妹不但是朝廷正式任命的將軍，妹夫更是不凡，是李清大帥身邊的心腹，日後自是前途無量，有了這兩位的提攜，自己還能差到哪裡去，自己年紀大倒也罷了，關鍵是自己的兒子以後可就前途無量了。

韓勇是韓人傑的獨子，自小習武，勇武過人，十幾歲便跟著父親做沒本的買賣，膽色過人，年紀與鍾靜差不多。

興奮的韓人傑將韓勇喚進來，「阿勇啊，這就是我常跟你提起的師叔，如今可是堂堂將軍，你以後跟著師叔辦事，可要盡心盡力，有了師叔的提攜，你以後會事半功倍，前途無量的。」一邊說，一邊叫兒子去參拜鍾靜。

這位師叔年紀和自己差不多，又是女的，乍看起來，嬌怯怯的倒似比自己小不少，當下不好意思地走到鍾靜面前，尷尬道：「侄兒見過師叔！」

「罷了！」鍾靜打量著韓勇，上次來去匆匆，加上韓勇又去外面做買賣，沒有見上面，此刻見他倒是雄壯至極，一臉的英氣，如果稍加磨練，倒有可能成為一員衝鋒陷陣的好將領，自己師門的武功路子她是知道的，只瞧了一眼韓勇，就知道他的功夫極不錯了。

「師侄師門功夫練得不錯，怕有六七成火候了吧！」鍾靜笑道：「有沒有到定州軍中去發展一番的心願？如果有，我可以幫你推薦。」

轉頭看著韓人傑道：「師侄一看倒是個當將軍的料子，跟著我們做事不免有些委屈，如果師兄同意的話，我倒是可以安排，只不過在軍中任職更加凶險，但功名卻也來得堂堂正正，升職也快。」

韓人傑與韓勇都是大喜，統計調查司雖然名聲大，卻不能露白，像韓人傑，雖然有一個校尉的銜頭和制服，卻只能在夜深人靜的時候穿出來自我欣賞一番，體會一下由匪而官的感覺，平常卻是深藏著不能露白，至於鍾靜所說的軍中凶險，對他父子二人這樣幹慣了刀頭舔血生涯的人，又哪裡放在眼裡。

「多謝師妹！」韓人傑大笑。

「多謝師叔成全！」韓勇這次倒是甘心情願地向鍾靜拜了拜。他想去軍中，卻不想從一介小兵做起，有了這個師叔的安排，想必至少能撈個校尉當當。

鍾靜微笑著連連擺手，心道：只要這個師侄去了定州軍中，大師兄卻是更加要死心塌地為定州效力了，幾年之內，定州軍尚不會踏足中原，大師兄這枚棋子對定州卻是重要得很。

「等這件事了，我便帶你去定州。」鍾靜道。

「對了，小師妹，你此次來，定是有大事要做，只是不知道有什麼用得著師兄的地方？」說完家事，韓人傑將話頭轉回到公事上。

「的確有大事！」鍾靜道：「我此來，**主要是要挑起蕭氏內亂**。」

韓人傑一驚，「李大帥不是與蕭氏結盟了麼，怎麼還要打蕭氏的主意？」

鍾靜板起臉孔，道：「師兄，這些事不是你能瞭解的，你也不用知道，只需要按照定州的吩咐做事就可以了，師兄，小妹要規勸你一句，**在統計調查司中，只有服從，沒有質疑，上面怎麼吩咐，我們便怎麼做**，否則一旦小姐惱了，日子可就不好過了！師兄沒有在統計調查司中經過正式的培訓，有些規矩不瞭解，但一定要記住謹言慎行，與自己不相干的事不打聽，不過問。」

雖然自己年紀一把，卻被小了自己幾十歲的鍾靜毫不客氣地教訓了一頓，韓人傑心中有些不舒服，但鍾靜的位階在那裡擺著，現在又是自己的靠山，韓人傑還是做出一副服氣的模樣，道：「小師妹說的是，我記得了。」

鍾靜諄諄告誡道：「大師兄，你我同門之誼，小妹便多說幾句，**官場可不比江湖**，小妹初入統計調查司的時候，也是極不習慣的，但幾年下來，卻深深知道了官場較之江湖更是凶險萬分，**一不小心便是粉身碎骨的下場**，莫看小妹表面上風光不已，一呼百應，其實也是如履薄冰，步步小心啊！」

韓人傑連連點頭，沒吃過豬肉，還沒見過豬跑啊，俗話說得好，殺人知縣，滅門令尹，與走江湖不一樣，這些人只需要動動嘴皮便能辦成的事，江湖上卻是要拿命去換的，可見江湖遠遠不能與官場相比。

「我這次來秦州，一個最主要的任務就是針對田豐。」鍾靜道：「師兄你是地頭蛇，可不動聲色地發動你的關係，**在坊間傳言那田豐與胡澤全相勾結，先陷蕭小將軍於死地**，然後放棄成豐，讓南軍兵不血刃便取得了秦州戰略上的優勢。總而言之一句話，**便是讓秦州人相信，這田豐有可能私下裡投靠了寧王。**」

「蕭遠山不是渾人，只怕不易取信於他吧！」韓人傑道。

鍾靜笑道：「他信不信沒關係，眾口爍金，積毀銷骨，流言可畏，只要別人相信就可以了，而且蕭遠山的才具可遠遠比不上蕭浩然，只要他心存疑懼那就足夠了，咱們再在蕭小將軍那裡動動心事，讓他們內鬥起來，可就有好戲看了！」

韓人傑笑道：「這個簡單，我馬上去安排。」

「雖是小事，但也要小心謹慎，千萬不要露出我們的尾巴來，要將自己擦得乾乾淨淨！」

秦州城裡的蕭遠山現在很惱火，南軍換上胡澤全任秦州統帥後，他的處境日益艱難，手裡僅有三萬京師左大營外加秦州本地兩萬官兵可用，可需要處處布防，能集中使用的兵馬有限得很，對方卻可以將拳頭捏在一起，使勁朝一處使，讓他舉步維艱。

偏生在這個時候，又爆出了大將田豐與南軍有瓜葛的不利傳聞，作為一名有經驗的軍事統帥，在仔細分析了臨溪鎮的戰例後，對田豐的謹慎，蕭遠山認為是挑不出錯來的，畢竟出城的確存在風險，一旦田豐手下的萬餘精銳陷入對方的圈套，那自己的處境會更加艱難。

只是坊間傳聞越來越盛，各種小道消息滿天飛舞，讓他也不得不心存疑慮，後期胡澤全的作戰策略的確存著貓膩，隱藏在其後必然有自己目前尚且不知的陰謀。

就本心來講，蕭遠山認為並沒有任何證據表明田豐有勾結南軍的跡象，但他卻不得不考慮部下的意見，京師左大營官兵與御林軍之間歷來便有著千絲萬縷的聯繫，三千御林軍在臨溪的全軍覆滅，引起了軒然大波，絕大部分軍官都認為如果田豐果斷出城救援的話，至少這三千人不至於全軍覆滅，再加上蕭天賜的推波助瀾，讓蕭遠山不得不剝奪田豐的軍權，讓他暫避風頭，等這股邪風過去之後，再重新起用他。

讓蕭遠山惱火的是，這股風隨著田豐的下野，不但沒有熄滅，反而越來越猛，眼下連百姓都議論紛紛了。

連蕭遠山都受到如此之大的壓力，避居秦州城內的田豐處境可想而知，也不知是誰透露了他在秦州的住址，於是每日都有三三兩兩的左大營官兵和御林軍軍官們聚集在他的家外謾罵侮辱，甚至往院中丟石塊。

每日出門買菜成了一項危險的活計，幾位親兵在被毆打得鼻青臉腫，狼狽回來之後，再也不敢出門，相對田豐的安之若素，年少氣盛的田新宇可受不得這個窩囊氣了。

「叔叔，蕭天賜自己志大才疏，被胡澤全誘入陷阱，我冒著危險殺出重圍去給他報信，連馬都累死了，時至今日，他反倒打一靶，是可忍孰不可忍，這些小崽子整日在門口叫囂，不給他們點厲害看看，他們當真不知道馬王爺有三隻眼。」田新宇提著丈八長矛，氣咻咻地便要殺出門去。

「站住！」田豐眉宇間雖有憂色，卻並不太擔心，只要蕭遠山將軍相信自己就行了，隨著時間的推移，真相自然大白。

「胡澤全故意陷我於此境，如今之計，我們只能忍氣吞聲，你這樣殺出去，不是坐實了我們不臣的罪名了麼？」

噹的一聲，田新宇將長矛狠狠地扔在地上，忿忿地道：「叔叔，我們就這樣任由他們侮辱而不反擊麼，**我看蕭大將軍也在猜忌我們，否則以他的權威，只消公開替我們辯白幾句，一切自然煙消雲散，可您何曾見他為我們說過一句話？**」

田豐嘆了口氣，對此心中也是有些不滿，但他久居高位，自然知道蕭遠山所處位置就決定了他不會輕易開口，只好安撫道：「再忍忍吧，我已寫信給國公爺，相信國公爺的命令不久便可以到達秦州城了，蕭將軍有疑慮，國公爺眼裡可是揉不得沙子的。」

秦州城。

韓人傑得意地對鍾靜道：「小師妹，你交代給我的事，我可是辦得漂漂亮亮的了，現在秦州城中已是滿城風雨，我看那田豐快坐不住了。」

鍾靜笑道：「不，田豐坐得住，不過他那個侄兒倒是坐不住了，嗯，同樣的，蕭天賜恐怕現在也正在想著要痛打落水狗吧，再加把勁，要是讓他們動起手來就更妙了。」

韓人傑有些疑惑地道：「小師妹，你到底想做什麼？」

鍾靜道：「將田豐從秦州城逼出去，只要他想出秦州城，蕭遠山一定會攔下來，而去攔截的定然是蕭天賜，**雙方只要一動手，我們就可以渾水摸魚，助田豐叔侄出城，將秦州鬧個天翻地覆**，如果田新宇那個火爆傢伙失手殺上幾個人，嘿嘿，田豐還能回洛陽找蕭浩然訴苦麼？只怕是跳到黃河裡也說不清了。到時天下之大，田豐能去哪裡，去投南軍他自然是不肯的，那也就只有到定州，去蕭氏的盟友李大帥那邊暫避風頭了。」

韓人傑恍然大悟，「**原來李大帥是在打田豐的主意**。」

鍾靜道：「大帥有志天下，像田豐這樣的大將，或是田新宇這樣的猛將自然是多多益善，你去將所有的特勤都秘密召來吧，我會安排他們做好一切準備的，此事畢，你也跟著我撤出秦州，去定州吧！」

「這就要走啊？」韓人傑有些不捨，他在這裡可有偌大的家產。

鍾靜哼了聲，「大師兄，千金散盡還復來，錢財乃身外之物，只要你站對了隊伍，還怕這些東西日後沒有嗎？你為大帥的事做出了偌大的犧牲，大帥難道會沒有回報？」

韓人傑一咬牙，「我明白了，捨不著孩子套不著狼，我豁出去了，這就開始安排家眷秘密出城。」

鍾靜滿意地點點頭，現在是**萬事俱備，只欠東風，就差最後一把火了**。她有耐心等到這個機會。

八月底時，鍾靜苦苦等待的機會終於到來，事情的起因極其簡單，苦悶不已的田新宇可不像他的叔叔那般，可以枯坐在家中忍耐，來到秦州城中一家酒樓飲酒解悶，不巧的是，蕭天賜正和一幫左大營軍官也在這裡飲酒。

雙方開始還能保持克制，但幾杯酒下肚，在酒精的作用之下，從開始的橫眉怒對終於劍拔弩張，大罵出口了。

「叛賊，吃裡扒外的東西！」蕭天賜將酒杯重重地頓在桌子上，雖然沒有指名道姓，但一雙血紅的眼睛卻瞪著田新宇。

田新宇哪裡肯吃這個虧，冷笑道：「志大才疏，自以為是。枉送數千官兵性命，居然還有臉坐在這裡喝酒，要是我，早就找塊豆腐一頭撞死了。」

蕭天賜出身高貴，一向自負，眼裡幾乎目無餘子，除了自家國公爺外，啥時將別人放在眼裡，數年前敗於李清侍衛之手，引以為奇恥大辱，一心要在戰場上做出一番事業來證明自己，哪知道剛剛擊敗呂小波、張偉揚眉吐氣不久，便在胡澤全手中大敗虧輸，此時被田新宇揭了傷疤，狂怒之下，霍地站起，怒道：

「如果不是你叔侄二人按兵不動，坐視我被圍，以成豐城中上萬精兵，與我裡應外合，破胡澤全軍如反掌耳！」

田新宇也站了起來，反駁道：「呸，你當行軍打仗有如兒戲麼，胡澤全早就布下口袋，等著我們出城呢，否則以你三千人馬，能擋得住對方兩萬兵馬幾乎一天的攻擊麼，這麼明顯的圈套，你看不出來？枉我冒著危險殺出重圍去給你報信。」

蕭天賜冷哼道：「我三千人馬就擋住了對方兩萬士兵的一天攻擊，正好說明了對方兵勢之弱，如果有左大營一萬精銳的加入，何愁敵軍不破？如果對方真有你說的那麼強，你如何能殺出重圍去給我報信，你這不是自相矛盾麼？」

田新宇盯著蕭天賜看了半晌，嘲諷道：「果然是繡花枕頭一個，中看不中用，你想讓成豐城中上萬精銳幹冒全軍被殲之險麼？難怪你會被李清區區一個侍衛便打得不成人樣！以前我還以為那侍衛有萬夫不擋之勇，今日看來，卻是我錯了！」

蕭天賜氣得一佛升天，二佛出世，田新宇這是當眾打臉，他指著田新宇，氣得發抖道：「揍他，給我揍他！」

早就蓄勢待發的一眾軍官立即揮舞著拳頭撲了上去。田新宇大叫一聲來得好，單手舉起面前的桌子，向前便砸了過去，緊跟著便合身撲上，雙方旋即打作一團。酒樓中，先前還在一邊看熱鬧的酒客們一見雙方動手，驚慌失措地逃出酒樓。

雙方先前還保持克制，只是拳腳相向，但田新宇著實有萬夫不擋之勇，雖然以一敵眾，仍是所向披靡，威風凜凜，也不知是什麼時候，一名軍官大概是被田新宇打得苦了，竟拔出了腰刀，揮刀撲了上去。

鬥毆立刻升級，軍官們一個個都拔出了腰刀，田新宇也毫不示弱，亦拔出腰中的戰刀，絲毫不懼地迎了上去。

打得天昏地暗之際，也不知是誰慘叫了一聲，鮮血噴濺，緊跟著便是一陣串的驚叫聲，「不好了，蕭將軍被這個逆賊殺死了！」

此言一出，酒樓之中立時一片死寂，交戰雙方都停了下來，呆呆地看著酒樓一側，**蕭天賜正一手捂著咽喉，一手指著田新宇，喉間咯咯作響，緩緩倒下。**

田新宇腦中一片空白，看著倒在地板上，血如泉湧的蕭天賜，也是手足無措。

「抓住這個叛賊！」深知干係重大的一眾軍官驚醒過來，大叫著湧了上來，這一次再無絲毫留手，招招都直奔田新宇的要害而來。

胳膊上吃了一刀的田新宇驀地驚醒，深知大事不好的他狂叫一聲，猛衝上前，鋼刀揮舞，硬生生地殺出一條路，直奔出酒樓，跳上戰馬，便狂奔向住所。

看到渾身是血的田新宇闖進門來，田豐大驚失色，田新宇接下來的一句話，更是讓他呆立當場。

「叔叔，我殺了蕭天賜！」田新宇跪在客廳中央，仰起頭對田豐道。

田豐一陣眩昏，險些摔倒在地，蕭天賜是什麼人，他是國公爺蕭浩然的孫子，是他最寄予厚望的第三代，作為蕭浩然一手帶出來的他，自然知道蕭天賜在蕭家的特殊地位。

「怎麼辦，怎麼辦？」田豐在屋裡轉來轉去。

「叔叔，此事與你無干，我一人做事一人當，你把我交出去吧！」田新宇梗著脖子道，當時情況一片混亂，到底他是怎麼殺的蕭天賜，他是一點也想不起來了。

「胡說什麼？」田豐怒斥道。

田豐一生無子，田家只有侄兒這麼一點香火，如果把他交出去，鐵定是死路一條，田豐絕不能這麼做。

「叔叔，那我們現在怎麼辦？蕭大將軍一定會派人來抓我們的！」田新宇爬了起來。

田豐長嘆了口氣，無奈地道：「早知你性子火爆，我就不該讓你出去，眼下我們也只能暫時想法子衝出城去，回洛陽找國公爺吧，或許國公爺明察秋毫，能饒你一命！」

田新宇也是神色黯然，叔侄兩人頂盔帶甲，跨上戰馬，此時，不遠處已傳來隱隱的馬蹄聲。想必來抓捕他們的軍隊已快要到了。

「走！」田豐一聲斷喝。與田新宇兩人策馬衝了出去。

秦州州府。

聽到蕭天賜被田新宇擊殺的消息，蕭遠山也是大驚失色，萬萬想不到會是這樣一個結果，他咬著牙下令道：「傳令，抓捕田豐田新宇叔侄！」頓了一下又道：「告訴帶隊的軍官，我要活的。」

一個時辰之後，傳來的消息讓蕭遠山勃然大怒，田豐叔侄二人武力拒捕，格殺士兵多人，正向城外遁去。

「田豐，你想自尋死路麼？傳令封城，我倒想看看，你們能長上翅膀飛出城去？」

秦州城中頃刻間遍佈兵甲，四處圍堵逃竄的田豐叔侄，一則由於蕭遠山要活的，二來這叔侄兩人的確勇武，特別是田新宇，一杆丈八長矛，手下罕有一合之將，直到二更時分，還是沒有將二人逮到，反而讓兩人傷了不少士兵。

站在韓家高高的樓臺上，看著秦州城中亂成一團的景象，鍾靜笑得別提有多開心了。

「大師兄，傳令我們所有的人，開始行動！」

田家叔侄此時已是強弩之末，幾番交戰之下，此時兩人被逼入了一個死胡同，靠在牆壁上，田新宇慘然道：「叔叔，都是我連累了你！」

田豐搖頭苦笑，「你我叔侄，同命相依，有什麼連累不連累的，這一番我們死在一起，倒是要苦了我們在洛陽的家人了。」

一想到洛陽的家人，兩人都是面色慘白，兩人身殞，家人不可避免地便要受到牽連。「但願國公爺看在我為他效力一輩子的份上，不要太為難他們。」

胡同外傳來一陣陣的腳步聲和號令聲，顯然對方已發現了他們的蹤跡，正在調集兵馬過來了，田新宇提起長矛，「叔叔，殺出去。」

田豐搖搖頭，「算了，宇兒，我們無路可走了，這些人也都是往日袍澤，殺之何益，束手就縛吧！」

田新宇呆了半晌，噹的一聲扔掉了手中長矛，雙手捂臉，大哭起來。

胡同外，帶隊的軍官是當初田豐在成豐城時的一員手下裨將，此時，田豐被堵在胡同中，他的心情極為複雜，等手下布置好，他走到胡同前，大聲道：「田將軍，你們已無路可走了，還是束手就縛吧，同是軍中袍澤，何苦自相殘殺？」

田豐正想回話，胡同中，一扇極不引人注意的小門忽地打開，輕聲道：「田將軍麼，快點進來！」

小門內湧出幾人，不由分說擁著兩人便進了小門內，匡噹一聲，側門關閉。

那員裨將喊了數聲，胡同內始終沒有回音，嘆息一聲，大聲下令，「攻擊！」士兵們發一聲喊，平端著長矛，大步向胡同內推進。

就在此時，秦州城內，無數處地方忽地同時起火，大火一發，便以無可遏止之勢四處漫延。秦州城內頓時陷入了一片混亂。

州府，蕭遠山牙齒咬得格格作響，如果說先前他絕不相信田豐會背叛，但此時，秦州城內忽然四處火起，就由不得他不信了，這分明是早有預謀，田豐定有同黨在城內放火，想助二人亂中出城。

「傳我命令，叛賊田豐喪心病狂，不拘生死，將其捉拿歸案。」

胡同中，裨將茫然四顧，胡同中空空如也，哪裡有田豐二人的蹤跡，而此時秦州城內四處火起，更讓他茫然失措。

「將軍，這裡發現了一扇小門！」有士兵快步上來稟報，此時，蕭遠山最新的命令也傳了過來。

「砸門，衝進去！」裨將大聲下令。

門被砸開，裡面是一間早已廢棄的院落，長過膝蓋的荒草遍佈院內，房屋破敗，斷瓦殘木四處可見，就是不見一絲一毫人的蹤跡。

「搜，他們肯定在裡面！」裨將聲音顫抖著，田豐莫名消失在自己面前，此時，他不得不考慮自己的處境，自己就在田豐麾下，要是大將軍疑心自己有意放走田豐二人，那他可是跳到黃河也洗不清了。

卻說田豐叔侄二人被擁進小門，穿過一片破敗的院落，來到一口井邊。

「你們是什麼人？」田豐質問道，他可不願意不明不白地被對方救走。

來人蒙著面孔，笑道：「田將軍，你管我們是什麼人呢，現在你身臨絕境，只消知道我們是救你的人就可以了。」

田豐咬著牙道：「你們是胡澤全的手下吧，處心積慮陷我於此地，還想我受你們的恩情，想也別想，我寧願死在蕭大將軍刀下！」

對面的蒙面人冷哼一聲，「胡澤全算什麼東西，田將軍，不用多想了，你看看眼下秦州城中，已是亂成一團，為了救你，我們可是下了大本錢的。實話告訴你，蕭大將軍此時的命令已由先前的活捉變成了死活不論，你不要再對他抱什麼幻想了，還是快走吧！」

看著秦州城中沖天的火光，田豐神色慘然，知道這一下自己已是沒有回頭路了，不禁又問道：「你們到底是什麼人？」

蒙面人道：「田將軍，這時候問這個有什麼意思，到了地頭，你自然知道我們是誰了，再拖延下去，可誰都走不了啦，難道你想讓你田家絕後麼？」

這最後一句一下子擊中了田豐的軟肋，田豐哀嘆一聲，不再說話，逕自來到井邊，抓住繩索，溜了下去，井壁間，早被挖出一條暗道，黑黝黝地也不知通向何方。

那蒙面人眼見田家叔侄和自己的同夥都下到了井下，輕笑幾聲，將繩索丟到井中，抬手抱起井邊一塊早就準備好的石塊，丟下井中，然後將井邊一堆雜九亂八的東西統統掩埋上去，將這口廢井遮得嚴嚴實實。

做完這一切，便聽到外面傳來雜亂的腳步聲和士兵的呼喝聲，衝著聲音傳來的方向豎起一根中指，腳猛力一踏，人已是如輕煙一般的掠起，逕自上了屋頂，幾個起落間，便消失在夜色之中。

當夜，蕭遠山搜遍秦州城，田豐叔侄倒真像是長了翅膀一般，消失得無影無蹤，直將蕭遠山氣得暴跳如雷，傳令鎖城，一定要將二人扣拿歸案。

在秦州城草木皆兵，四處搜索之時，一處豪宅地下的密室中，田豐叔侄二人正安然無恙地居住於此。

雖然身處地下，但這密室卻絲毫沒有憋氣的感覺，設計極為精妙，一點也不顯得侷促，看著這處密室，田豐不由悚然而驚，**顯然這樣一個地方，不是短時間內可以準備妥當的，定然是早有預謀。**

到底是誰救出了自己呢？肯定不是胡澤全的人，這一點從對方對他的輕蔑就可以看出來了。田豐百思不得其解。

密室門從外面打開，田新宇一躍而起，拿起了手邊的長矛，警覺地看著來人，讓二人大出意外的，從門外走進來的卻是一個女子，在女子身後，跟著兩個雄壯的大漢，其中一人看身形，便是那日蒙面救他們出來的漢子。

「田將軍，此處簡陋，慢待兩位了，不過此時秦州城中正在大力搜索兩位，蕭大將軍可是開出了不菲的價碼，死活不論，所以也只能委屈兩位在這裡多住一段時間了，等這陣風頭過去，再安排兩位出城。」

田豐站了起來，抱拳道：「多謝姑娘相助，但田豐不願白白受人恩情，還請姑娘告知來歷，否則田豐情願走出密室，引頸待戮。」

鍾靜微微一笑，「田將軍，你放心吧，我們對你沒有絲毫惡意，只是見不得像將軍這樣的忠義之人蒙受不白之冤，才干冒奇險救將軍出來，至於將軍脫險之後，是願意與我們一起做事，還是想隱於世外，一切都由將軍自行決定，我等絕不強迫，將軍但請放心好了。」

田豐當然不會相信這樣的鬼話，無論是誰，做事總有目的，這世間，絕沒有無緣無故的愛或恨，對方當然也不會花費了偌大的力氣，最後卻一無所獲。

「還是請姑娘告知來歷，否則田豐如何能安心？」

鍾靜點點頭，道：「我們是定州統計調查司下屬。」

「定州，統計調查司，李清？」田豐震驚地看著鍾靜。

鍾靜微笑點頭，坦承道：「不錯，我們定州統計調查司在秦州一直設有分部，這次田將軍的事情，我們是全盤瞭解的，看到田豐將軍受此無妄之災，我們心裡很是不平，所以仗義出手，救助將軍。」

田豐冷笑一聲，「仗義出手？如果沒有你們推波助瀾，眼下秦州城恐怕還不會這麼亂吧？」

韓人傑踏前一步，不滿地道：「田將軍，你知道我們冒了多大的危險才救出你來，你不感激倒也罷了，反而這樣跟我們說話，這是什麼意思？」

鍾靜擺擺手制止韓人傑，道：「田將軍，難道你還存著回洛陽去找蕭國公討公道的想法嗎？如果在田小將軍沒有殺蕭天賜之前，或許還有可能，**現在你們回洛陽，只能是自投羅網**，哪怕你與蕭國公有數十年的交情，但疏不間親，你們殺的可是他精心培養了多年的孫子！」

田豐頹然坐倒，嘆息道：「不去如何，我們家眷親屬都在洛陽，經此變故，肯定得受牽連，我等回去，還可以換得他們無事，我們若不回去，他們豈有倖理？」

鍾靜見田豐意志力已被擊垮，微笑著坐到他的對面，道：「田將軍此言差矣，你們回到洛陽，他們才會真的毫無倖理了，如果你們不回去，反而可為他們掙得一線生機。」

「此話怎講？」如同溺水的人抓到一根稻草，田豐眼中閃過一絲希望。

「你忘記了我家大帥麼？」鍾靜微笑道。

「李大帥？」田豐喃喃地道，在潛意識中，他一直是視李清為敵人的。

「不錯，田將軍，說句實話，你當前的確是無路可走，投奔南軍，你肯定是不願意的，追根究底，你落到今日田地，始作俑者便是南軍在秦州的統帥胡澤全，當然啦，那個志大才疏的蕭天賜也在中間起到了莫大的作用，**現在你唯一的去處，便是咱們定州了。**」

「投奔定州？」

鍾靜道：「不錯，田將軍，我家大帥與蕭國公結盟，你去定州，不會與蕭國公為敵，更不用與他們兵戈相對，想必這是你想要的，二則有了李大帥的庇護，蕭國公就算恨你入骨，也對你莫可奈何，更不會對你家人如何，過得一段時間，李大帥向蕭國公討要你的家人，以兩家現在的關係，蕭國公斷然不會為了你的家人而與李大帥有什麼不愉快，如此一來，你們一家當可在定州團聚，何樂而不為呢？」

田豐聽了道：「可如此一來，我與蕭家便算是恩斷義絕了。」

鍾靜哈哈一笑，「田將軍，當田小將軍一刀斬殺蕭天賜的時候，你們便已恩斷義絕了，說起來，你為蕭家征戰一生，也不欠他們什麼，李大帥求賢若渴，對田將軍的到來肯定是倒履相迎，歡喜不盡的。」

田豐落寞地道：「喪家之犬，但求在定州有一席容身之地便可，不敢當一個

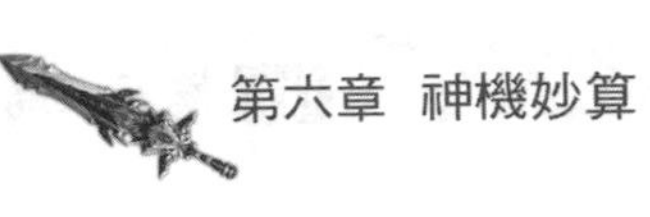

賢字！如果李大帥能賞田某幾畝薄田，讓田某能躬耕度日，田某就感激不盡了！」

鍾靜道：「這是後話了，不管田將軍做何打算，等到了定州再說吧，以我對大帥的瞭解，田將軍大展鴻圖的日子還在以後呢！田將軍，先請在這裡委屈數日吧，我們正在籌謀讓將軍你離開秦州的方法。」

「如此便多謝了！」田豐深深行了一禮，「還未請教姑娘芳名？」

「統計調查司，鍾靜！」

秦州突發大變，當然瞞不過一直在覬覦秦州城的胡澤全，數日之後，得到確切消息的胡澤全知道秦州城發生的詳情後，不由樂得開懷大笑，「大善，兵不血刃，便斷去蕭氏一臂，天賜小兒，不負我當初放你一條生路啊！」

一邊的艾家新湊趣道：「總管神機妙算啊，那蕭天賜果然逼反了田氏叔侄，聽聞那小子被田新宇一刀斷喉，如此一來，田家叔侄也斷無生理，一箭雙鵰啊！」

胡澤全大笑一陣之後，眉頭卻又皺了起來，「秦州城這一陣大火好生蹊蹺啊，而且田氏叔侄至今沒有被蕭遠山逮到，莫非還有其他勢力插手此事？」

艾家新道：「管他是誰插手此事，反正總管的目的已經達到，田豐乃蕭氏老將，在軍中威望甚高，他來這一齣，可是極大的損傷了對方的士氣，於我們攻打秦州有百利而無一害。想必蕭遠山也好，蕭浩然也好，現在正頭疼得很呢。」

不管蕭家如何頭疼此事，想法設法將田氏叔侄叛逃的影響降到最低，此時在南方勃州水師營地，水師指揮鍾祥卻也正在頭疼。

在他的面前，擺著數具屍體，這是他的水師巡邏船隊在巡邏過程中發現的，屍體已被水泡得面目全非，再加上魚鳥啄食，早已不成模樣，但那身盔甲卻讓他看著驚心至極。

數具屍體身著統一的盔甲，一看就知道是制式裝備，海盜是不可能擁有如此精良的甲具的，而南軍三支水師的制式裝備他是爛熟於心，也沒有這樣的甲具，但出於小心，他還是派出信使，知會臨州與登州水師，看是否他們在近期更新了裝備，卻又有船隻失事，回覆竟是沒有。

鍾祥腦袋一下子又疼了起來，這問題就嚴重了，**說明有一支為他們所不知的水上力量在黑水洋上活動，而他們對此卻一無所知。**

「先將遺體收殮了吧！」鍾祥吩咐道。

走出船艙，登高瞭望著了無邊際的黑水洋，**山雨欲來風滿樓啊！**陸軍已開始

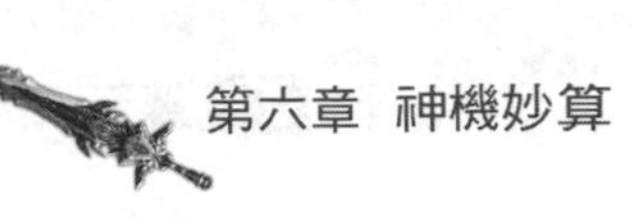

大舉進攻中原腹地，原以為暫時水師無用武之地，但現在看來，**情況並不是像先前預測的那般樂觀啊！**

三天後，登州水師指揮龐軍親臨勃州。

看到龐軍親自前來，鍾祥倒是吃了一驚，在南方三支水師中，龐軍雖然只負責登州水師，但根據寧王的命令，一旦發生戰事，龐軍對另外兩支水師是有節制之權的，而且以龐軍在水師之中的地位，即便沒有寧王的命令，鍾祥對他也是心悅誠服的。

「老將軍，您怎麼親自過來了？」得報的鍾祥下船，走上碼頭迎接快馬奔來的龐軍。

「屍體在哪裡？」年過六旬，但仍精神矍鑠的龐軍隨手將自己的頭盔扔給身後的親軍，迫不及待地問道。

「老將軍，船上請！」鍾祥將龐軍請上他的旗艦。

知道龐軍脾氣的他，立即命人將那幾具屍體搬了過來，天氣已熱了起來，幾具屍體出水數天，雖然經過處理，仍是惡臭逼人。鑿開薄木棺材，只看了一眼，龐軍的臉色便為之大變。

「**復州水師！**」龐軍肯定地道。

復州水師？鍾祥驚呼一聲，「這怎麼可能？復州水師距離遙遠，如此長距離的航行，幾乎繞行了大半個大楚，怎麼會不被人察覺？」

龐軍擺擺手，命人將棺材拖了下去，走到船舷前，扶著欄杆，緩緩地道：「對方必然是先深遁入黑水洋深處，只有這樣，才能避過我們的耳目，**李清終於還是動手了。**」

「老將軍，我們怎麼辦？」鍾祥問道。如果真是復州水師到了，那一場大的海戰將不可避免。

「擴大搜索範圍，力圖發現對手蹤跡，我想，這麼大規模的深入黑水洋，對方一定派有先遣船隻探明航道，鄧鵬雖然膽大，但也不可能在不明航道的情況下便全師出動冒險，找到他們，殲滅他們。」龐軍猛一揮手，「將復州水師伸出的爪子給我先斬斷了。」

「是，老將軍，我馬上將水師的巡邏範圍擴大一倍。」鍾祥聽命道。

「不，擴大到兩百海里之外，我想，對手一定是在這個航程之外，方有可能神不知鬼不覺地到來。不知對手先遣船隊規模如何，你的巡邏艦隻一定不要單艦行動，一旦發現，不要戀戰，立即返航告知大隊人馬，從今天起，臨州、勃州、

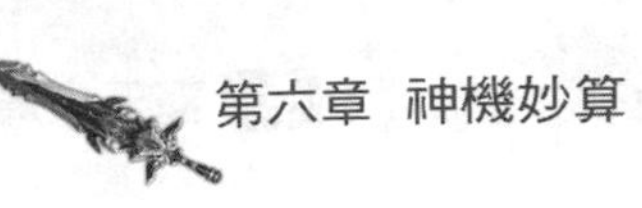

登州水師進入備戰狀態，具體情況，我會向寧王稟告的。」

「老將軍思慮周全！」鍾祥小小地拍了一個馬屁。

龐軍回過身來，「鍾祥，你手裡的那些海盜眼線也要充分利用起來，他們對黑水洋的瞭解可比我們要深得多。」

看著龐軍意味深長的雙眼，鍾祥臉一下子紅了，心知自己與一些海盜勾結，走私貨物的事是瞞不了這個睿智的老傢伙的，當下微垂著頭，小聲道：「我知道了，老將軍！」

龐軍在心裡嘆了口氣，這種事，在幾大水師中都不可避免的存在著，便是在自己親自控制下的登州水師還不是一樣，只要不影響水師戰力，自己也就睜一眼閉一眼了，畢竟水兵們薪俸普遍不高，不弄點外財也難以養家糊口。

對於復州水師，龐軍一直是很注意收集消息的，對他們的待遇，龐軍也只有流口水的份兒，李清是陸軍出身，但對水師官兵可真是捨得投入啊，單看這幾個遇難士兵的盔甲，在自己軍中，也只有軍官才配備得起啊！

對於即將到來的這場大戰，龐軍雖然不懼，但也知道這是一場苦戰。

先前的海戰，無非便是大船勝小船，人多勝人寡，你們勞師遠來，在裝備上我無法與你匹敵，但我勝在本土作戰，船多，人多，補充容易，而你們，可是沉一艘就少一艘了。

龐軍在心裡已將這次即將到來的海戰，定性為一場**長期的消耗戰**。

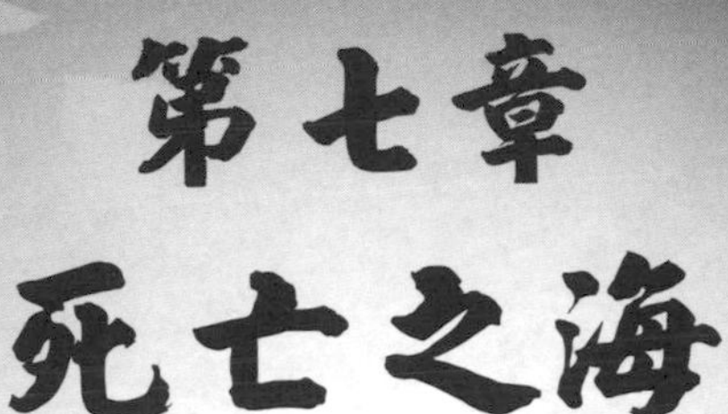

第七章 死亡之海

有倖存的船隻慌張地起錨，想要逃離這片死亡之海，但在狹窄的船塢和水寨內，不時便有船隻撞在一起，而島上射擊目標，改為封鎖船塢和水寨的入口，僥倖脫離的船隻到了這裡，仍然難逃石雨的打擊，一艘接著一艘的被擊沉。

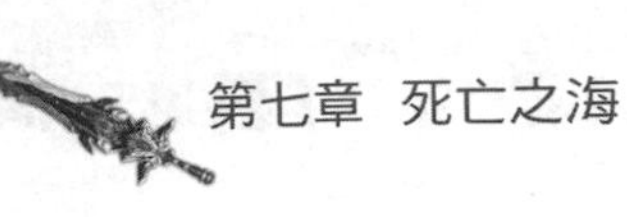

就在龐軍到達勃州的時候，復州水師第二批艦隊已抵達了連山島基地，有了具體的航圖，他們航行的速度立即大大提高。

登州水師老將龐軍預料的果然沒有錯，隨著宋發明第二批到達連山島基地的復州水師的確不是主力，但其艦隊規模卻達到了驚人的四艘五千料戰艦，十艘三千料戰艦，其他輔助戰船數十艘的規模，所載兵員，即便排除了戰艦自身配備的水兵，單是隨船到達的水師陸戰隊，便達到了驚人的兩千人，復州水師五千人的水師陸戰隊已到了三分之一強。

隨著大量兵員的湧入，再加上隨船趕來的各類技師，連山島基地的建設立即以飛快的速度在完成著。軍隊從來都是最有效的機器，再加上復州水師上下一心的危機感，更是讓他們夜以繼日地趕工，力求在戰事到來之前將連山島基地建設得固若金湯。

看到遮天蔽日的戰艦出現在眼前時，元剛不由目眩頭昏，對方實力的強大讓他膽戰心驚，也讓他慶幸不已，好在自己是他們當中的一員，宋發明帶來的海盜家屬們的家信，亦讓這些原本迫於無奈的悍匪們心甘情願地加入到這個熱火朝天的團體之中，不為別的，只為自己的家人終於有屬於自己的一塊地，一間房，更重要的是，有了一個清清白白的身分。

「亮兒上學了！」元剛反覆地看著手裡那封家書，從家書中他知道，老婆現在享受著復州水師中高級將領家屬的待遇，兒子更是進了當地的學堂，看到家書末尾那個歪歪扭扭的簽名，元剛的嘴都笑歪了。

宋發明帶來了李清的指令和水師統領鄧鵬的一連串命令，連山島將成為復州水師在黑水洋上最為重要的物資儲備基地，並將作為復州水師征戰黑水洋的首發點，基於此，連山島基地在鄭之元原先的計畫之上被大幅度地提高了等級，趕到的高級匠師們重新設計了碼頭、要塞、倉庫、兵站等待軍事設施。

「李大帥說了，**要將連山島打造成黑水洋上永不沉沒的艦船！**」鄭之元在動員大會上語氣鏗鏘，落地有聲，「為了完成李大帥的命令，讓我們再努力一些吧！連山島之上將永遠記載上你們，第一批抵達這裡的復州水師上下官兵的姓名。」

寬闊的碼頭，堅固的水塢，高大的要塞，每一天，連山島都在發生著劇變，大片的山石被開採出來，運到海邊，變成了一道道堅固的防波堤，猙獰的要塞，泥濘的山道被硬生生地開闢成可供數匹戰馬並駕齊驅的馳道，開挖出來的空地上，一座座由石頭或者巨木搭建而成的士兵宿舍、倉庫拔地而起，現在的連山島，便連在這裡生活了大半輩子的元剛都感到陌生無比了。

兵站和倉庫都隱藏在茂密的樹林中，只有高高的崗樓會在樹梢尖上露出半個頭來，從海上看去，除了碼頭，連山島依舊鬱鬱蔥蔥，每次從海上巡邏歸來，望著那一片蔥綠，元剛都感嘆不已，連山島上那位負責總體設計的匠師根本是個完美的獵人，為了掩藏那些恐怖的殺人武器，甚至不惜工本從山上挖來巨樹移植。

暴露在外的碼頭、水塢、要塞，其實只是冰山一角，真正的打擊利器來自那一片片的樹林和另外兩側高高的懸崖峭壁之間。

元剛發誓，他這輩子從來沒有見過如此多的投石機密密麻麻地排列在樹林之中，更讓他感到離譜的是，那十架巨型投石機。

一般而言，投石機為了追求射程，發射的石炮都在十來斤左右，像定州這般為了追求打擊的效率，將石彈磨成圓球已是非常罕見的了，但這十架巨型投石機發射的石彈都在百斤以上，同時需要近五十名士兵操作，而且發射速度超慢，別的投石機打出去五發，它最多打出一發，但元剛卻深知，這種投石機如果真擊打在船上，只需一枚命中，就足以將一艘三千料的大船打穿，造成無可彌補的損失。

作為守島利器，這十架巨型投石機是為連山島基地量身訂做，而且，投石機的射程距離早已設好，士兵們根本不需瞄準，只管發射就是了。

看到投石機瞄準的地方，元剛知道，鄭之元已經為南方水師埋下了一個陷阱，只等著對方踩進來了。

鄭之元的手段，元剛算是充分領教了，元剛對他是又畏又佩，對凌駕於鄭之元上面的那位水師統領鄧鵬更加敬畏不已，能馴服如此有本領的人，這位鄧統領只怕真是天上星宿下凡了。

如今元剛身為復州水量的振武校尉，他的兩百名手下經過整訓之後，被拆散分配到整個艦隊之中，「黑鷹號」和其配屬的艦隻上，原先的兄弟已是十不存一，對於這一點，元剛無話可說，也早在他的意料之中。

原本還擔心分配給他的水兵在技能上無法與自己以前的老班底相比，但相處一段時間後，元剛徹底放下了心，這些水兵不但水上技術嫺熟，更有以前兄弟所不能比的紀律性，令元剛指揮起來如臂使指，十分輕鬆。

鄭之元升官了，他現在是復州水師副將，他的上司鄧鵬則是水師總管，宣威將軍。

作為復州水師的最高指揮官，**他決定要在鄧將軍到達前，打一個漂亮的勝仗**，奠定連山島不沉艦隻的基礎，**他的目標圈中了兩個**，這兩個目標，他要一起打，而且要打得漂漂亮亮的，為了這個目的，他苦心冥想了半個月之久。

「各位！」鄭之元紅光滿面，**一個完美無缺的計畫在他的腦海裡成形**，今天，他將正式向麾下的軍官們宣布他的作戰計畫。

看著手下軍官們一個個渴求的眼神，鄭之元很滿意。

一直以來，李清向復州水師投入了大量的人力物力，但在定州平定草原及室韋人的戰事當中，一向只能充當配角和運輸大隊的角色，眼巴巴地看著陸軍弟兄們一個個建功立業，志得意滿，作為看客的他總算盼來了機會。

耗費大量銀錢的復州水師也讓他們在定州勢力集團內一直存在著相當大的爭議，許多人都認為與其耗費如此多的銀錢養一支水師，還不如大力發展陸軍，這種聲音不僅讓水師總管鄧鵬，也讓李清承受了相當大的壓力，眼下，正是他們揚名的機會，接下來，將會是水師艦隊的舞臺了。

「出雲號」鄭之元的指揮室中間，擺放著一個巨大的沙盤模型，陸軍的沙盤作業被水師完整地移植過來，不過背景換成了碧綠色而已。眼下，一眾水師軍官正圍坐在這個沙盤的周圍。

「各位同仁！」鄭之元手執木桿，指著一個酷似連山島地形的島說道：「我們現在就處在這個位置，這裡，就是連山島。」

眾軍官都湊了上來，元剛也睜大眼睛，看著這個小小的島嶼，與浩瀚的黑水洋比起來，連山島顯得太微不足道了。

鄭之元手中的木杆順著連山島向前，指著一連串的小島道：「根據大帥的指令，鄧總管的具體布署，我們將沿著這些島嶼建立起一連串的基地，構成一道深海鎖鏈，眼下，我們已經完成了第一步，也就是連山島基地的構建，接下來，我們就要開始第二步的征程了。

「第二步，我們可能沒有先前那樣順風順水，連山島因為有元剛校尉的深明大義，以及南方水師的輕忽，我們輕而易舉地獲得了一個很好的立足之地，但這種好事，到此為止！」

鄭之元向元剛微微點頭示意，元剛不由紅了臉，鄭將軍很給面子啊，什麼深明大義，自己是打劫不成反被劫，迫不得已的！但鄭之元這樣說，讓他面子上很好過一些。

「元校尉近一個月來辛苦巡邏，發現了勃州水師突然擴大了巡邏範圍，他們的航程已進入到黑水洋二百海里以外，為什麼他們會突然有此舉動呢？我想大家都明白，我們的行蹤已暴露了！當初我們剛來黑水洋時，那場風暴使我們損失了兩艘戰艦，想必是這兩艘戰艦的殘骸或者是死難士兵的遺體被對方發現了。

「不過這樣也好，對方雖然知道了我們的行蹤，卻不瞭解我們艦隊的規模，更不知道連山島的底細，這讓我們有了狠狠地敲打他們一番的機會。我的計畫是這樣的……」

鄭之元的木杆首先指向了離連山島數百海里外的一座小島，**火山岩島**！

「火山岩島是由大大小小五個島嶼所構成，這裡聚集著一股海匪，規模比元剛以前要稍大一些，首領蔡老鱷，元剛不久前與他有過幾次接觸，曾拿話試探了幾次，此人凶悍異常，極為嗜殺，以往搶劫船隻是又要錢又要命，手下全是亡命之徒，又沒有家屬拖累，因此，投靠我們的可能性不大，所以我準備拿下他。」

鄭之元環視一遍諸將，問道：「大家瞧，除了這一點，我還有什麼其他的意思？」

宋發明盯著沙盤道：「將軍，火山岩是我們構建深海島鏈的必由之地。」

鄭之元一笑，「也是。」

元剛思索片刻，又看了看火山岩諸島位置，恍然大悟道：「將軍，火山岩諸島環伺，極易埋伏艦隻，像我們現有規模的艦隻藏在裡面，不細細查探，根本發現不了。」

鄭之元哈哈一笑，「正是！各位，連山島雖然極為重要，但有一個極大的缺點，就是敵人對我們的底細幾乎一眼就可以看明白，我們有多大的規模，這是瞞不了人的，所以，我要打下火山岩，將我們的主力部隊掩藏到這裡，在連山島，我只會放上少量艦隻誘敵，大家想想，如果南軍水師發現連山島只有一支小小的艦隊，他會怎麼辦？」

「當然是來收拾我們！」宋發明笑道。

「不錯！」鄭之元敲敲沙盤邊沿，「大家知道我要怎麼辦了吧？」

眾將都會意地笑了起來。

十天後，一個風和日麗的上午，雖然已是九月，但在海風習習之中，天氣並不顯得多炎熱，勃州水師一支巡邏艦隊正在黑水洋深處巡弋。

這支巡邏艦隊是由三艘三千料戰艦和五艘千料戰船，外加一些小船構成的水師，對於一般海盜而言，這已是一支非常強大的力量。

這支巡邏隊的指揮是鍾祥的兒子鍾離，南方水師基本上都是由一些將門世家所控制，父傳子，子傳孫，鍾離今年剛好三十，卻已在海上打拼了十數年，是一員海戰經驗極其豐富的老將了。

由於發現了復州水師的蹤跡，鍾離這一次出巡極其小心，巡邏隊配備的艦隻也比往日多上了一倍，出來已快十天，除了偶爾碰上的民用船隻外，鍾離一無所獲，眼見就要返航補充物資了。

父親鍾祥不厭其煩的叮嚀，讓鍾離對復州水師充滿了警惕，的確，那幾個遇難士兵的屍體他也看到了，如此精良的甲胄出現在普通士兵的身上，足以讓他提高警惕。

雙方的遭遇是如此的突然，緩緩航行的勃州巡邏艦隊突然間發現了在不到十海里開外，一個方圓不大的小島背後駛出一支艦隊，一艘三千料戰船帶著三艘千料戰船，對方旗艦上高高飄揚的復州水師旗幟，讓鍾離一下子跳了起來。

「加速，迎上去，準備戰鬥！」警鐘在勃州水師巡邏隊中響了起來，戰艦一起加速，逼向對面的復州水師艦隊。

那艘在船體一側漆著「黑鷹」兩個醒目黑字的復州水師艦船，顯然也是猝不及防，在稍微一陣猶豫之後，猛然掉頭，向著黑水洋深處駛去。

「追擊！」鍾離興奮地揮手道，這個機會太好了，這顯然便是父親嘴裡的那支復州水師先遣隊的艦船中的一部分，看來他們也是出來巡航的，看他們巡航的規模，這支艦隊應當不大。

看了眼自己的艦隊，鍾離決定追上去，打掉前面這支船隊，只要能俘獲一些對方士兵，復州水師先遣隊的規模應當便可以搞清楚了。

雖然興奮，但鍾離倒也沒有完全失去理智，吩咐旗手打旗語，派一支千料戰艦返航回勃州，向父親稟告發現一支復州水師先遣隊的蹤跡，這樣，就算在追擊過程中，對方主力來援，自己力不能支，也可以在海上纏鬥，拖住他們，只要勃州水師主力趕到，對方就是甕中之鱉了。

鍾離根本就沒有考慮對方的規模會比他們勃州水師來得更強的問題，因為這是不太可能的，勞師遠征的復州水師不可能在短時間內在黑水洋聚集起如此大規模的艦隊，而且，這麼大規模的艦隊也不可能掩藏得了痕跡。

「黑鷹號」上，元剛站在戰艦頂樓的桅杆後，看著緊緊追上來的勃州水師，笑道：「**魚兒上鉤了**，傳我命令，保持這種速度，向連山島移動。」

下完命令，伸手拍拍停在自己肩頭那隻黑鷹的脖頸，道：「小黑子，去吧，告訴將軍，敵人上鉤了！」

黑鷹展翅高飛，直入雲霄，只可惜，這隻突然飛起的鳥兒，完全沒有引起鍾離的重視。

雙方都是順風，鼓帆而行，船速極快，鍾離站在頂樓，眼中雖然浮起一絲淡淡的憂慮，但更多的則是狂熱的戰鬥意志，很明顯，對方操縱艦隻的技巧也非常強，至少在這一點上，比之勃州水師完全不落下風，全力追趕這麼久，雙方的距離雖然沒有被拉遠，但也一點沒有接近。

一上午，雙方便是在一追一逃的過程中度過，「黑鷹號」完全沒有轉身一搏的意思，只是拼命地向前逃竄，只是雙方航速差不多，始終擺脫不了鍾離的追擊。

下午的辰光依舊延續這種追逃的過程，長時間的追擊讓勃州水師的士兵們逐漸放鬆了警惕，除了操縱船隻的水兵外，更多司職戰鬥的士兵慢慢地聚集到甲板上，輕鬆地嬉笑怒罵前面亡命奔逃的「黑鷹號」。

連山島基地便在這種情況下出現在鍾離的視野裡，當船隻從陡峭懸崖的一邊轉過來，駛到相對平坦的這一面時，鍾離被眼前的情況驚呆了，對面的「黑鷹號」突然掉轉船頭，正面對上了自己，「黑鷹號」不再逃跑，他張大嘴巴，看著連山島上那巨大的船塢，高聳的要塞，綿延數里的防波堤。

「我的天啊！」鍾離發出讚嘆聲。

沒等鍾離驚嘆完，從那巨大的船塢中，又駛出了兩艘三千料戰船，如此一來，對面的敵軍在大型戰艦上已與他持平，不過在千料戰船上，卻是他占了優勢，而且此時，自己還占著上風的有利局面。

小心地望著不遠處的船塢，確認那裡面沒有對方的戰艦，鍾離決定打上一仗，父親說得沒錯，這果然是一支先遣船隊，看來他們的主要任務就在潛進黑水洋，修建這樣一個基地，以備大部隊的到來，幸好自己發現了這裡，等父親大隊人馬一到，就可以攻陷這座島嶼，將復州水師的這座基地摧毀。

不，應當是占領，如果勃州水師占領了這裡，將直接扼斷對方企圖繞行黑水洋的戰略目的。

連山島上的要塞，船塢上，防波堤後，不斷有人影晃動，鍾離暗自提防，以這種規模，對方起碼有上千名陸基士兵防守，而這種水上要塞，絕不會缺乏大型的遠端攻擊武器，自己在戰鬥中一定不要靠近這些地方，否則吃上一枚石炮，可不是玩的。

「攻擊！」鍾離大聲下令。

「黑鷹號」引領著艦隊，排成一字長蛇，呈之字形向另一側迂迴，鍾離知道，對方這是要搶占上風位置，雙方艦隻大小差不多的情況下，上下風的位置將起到重要的作用。

此時，雙方拴在大型艦船後的一些艨艟、先奔、赤馬等小型船隻都解開了纜繩，搭載上士兵，快速地穿梭於船隊之間，有了這些小型船隻的掩護，大型艦隻編隊更加靈活。

雙方艦隊規模幾乎持平，鍾離的指揮水準也不差，元剛幾次變陣，都沒有能搶占到更好的上風位置，被迫在風向不利的情況下與敵接戰，首先展開戰鬥的倒是雙方的小型船隻，這些小船船速極快，極為考驗雙方操船士兵的技巧，否則迎頭撞上，雙方都是翻船落水的下場，這在大型水戰之中，幾乎便給判了死刑。

即便避開了對撞，但雙方一旦接舷，卻是更加殘酷的白刃戰，兩方的大船尚隔著一段距離，小船已展開激烈的格鬥。接近到丈餘的距離，操船的士兵已提起長長的帶著鐵尖的篙杆，狠狠地對戳，如此短的距離，避開的可能性是不大的，每艘小船上都搭載著十多名士兵，此時已張弓搭箭，拼命對射。如此情況下，考驗的便是雙方甲具的精良了。

在這一點上，復州水師是大大占有優勢的，雙方都是箭如雨下，但復州士兵身披鐵甲，只要不是直接命中面門等要害，幾乎不損戰力，而勃州水師士兵大都身披皮甲，在對方的強力弓弩掃射之下，紛紛落水。

這一輪對射，勃州水師損失極大，復州士兵的損失卻微乎其微。

但在船速極快的情況下，這種對射僅僅能射出數箭，雙方便接舷而戰，仗著上風頭，勃州水師的船隻轟然撞上來，復州水兵卻是吃了大虧，巨大的衝擊力讓他們紛紛落水，接著這一撞之威，勃州水兵跳了上來，雙方立即在搖搖晃晃的船上展開了白刃格鬥。

鍾離皺眉看著雙方小船之間激烈的戰鬥，不到片刻，己方已落入下風。

不過小船之間的格鬥只是先奏曲，決定勝負還是要靠大型艦隻間的較量。

「準備弩炮！」鍾離平靜地吩咐道。

兩百步，兩隻艦隊之間弩炮齊發，石彈與八牛弩在空中飛舞，石彈落在艦隻上，如果徑直打穿甲板或者嵌在船體上，倒也還好一些，就怕這些石彈落到船上後，四下翻騰滾動，一旦沾上，便是筋斷骨折的下場，八牛弩特有的尖嘯聲甚至蓋過了雙方的吶喊，被這東西碰上，那就別指望生還了。

弩炮士兵們冒著對方密集的打擊，不停地還擊，而其他的士兵或藏在船隻的死角，或倚在船壁之下，舉著盾牌，躲避射擊。

進入到百步之後，雙方的士兵紛紛從樓船上站了起來，張弓搭箭，互相射擊，到了這個距離，石炮已完全失去作用，只有八牛弩還能平射。

這個距離上，遠端打擊，復州水師可就占了大便宜，他們船上裝備的都是最新式的八牛弩，一發射就是四支，與勃州那種需要多人操作，而且一次只能發射一支長弩的攻擊力可要強多了。

一時之間，天空中盡是復州水師這邊射出的長弩，奪奪連聲，將勃州水師的大船射出一個個碗口大小的洞，偶爾也有水兵被直接命中，帶著一串的血水被從船上徑直射飛，要麼落下水去，要麼被釘在船壁上。

「加速，加速！」

鍾離沒有想到對方的武器厲害到如此程度，特別是八牛弩，己方根本就沒有還手之力，只能欺近身去，依仗著自己船多人多，才能取勝。

八十步了，準備近舷格鬥的士兵都拔出了腰刀，握緊了盾牌，緊緊地貼著船幫，只等兩船接舷的那一刻躍上對方的船隻。

七十步，鍾離死死地盯著對方的旗艦，暫態之間，臉色大變，在他的注視之下，對方大船的兩側船體忽然打開了一個個小窗，從那些小窗中，伸出一支支大槳，大槳入水，只一個發力，對方碩大的艦身便大大地折出一個角度，隨著「黑鷹號」的變向，另外兩條三千料戰艦也同時轉向。

對方的變向來得是如此的突然，鍾離完全沒有想到在這個距離上，對方還有餘力，一時無措下，雙方已是換了一個位置，這時，「黑鷹號」已從側面搶到了上風處，航向一轉，自上風處猛撲下來。

這時候，鍾離的旗艦還沒有來得及調轉航向，「黑鷹號」高高昂起的包鐵船頭狠狠地撞在他的側面，船隻劇震，一側船腹露出水面，猝不及防的士兵們或被高高拋起，或成了滾地葫蘆，骨碌碌地滾向另一側，船上的八牛弩、石炮等重型設施一時間全都滾到一側，撞得稀爛。

「殺！」喊殺聲猛然響起，鍾離的船隻剛剛落回水面，對面「黑鷹號」上如雨的箭支已然射至，暴露出來的士兵立時被無情射殺。

隨著一聲聲清脆聲響起，一個個陶罐被拋上船來，砸得粉碎，陣陣油脂香味傳來，「準備滅火！」

鍾離剛剛穩住身形，便看到了這一幕，立即大聲下令，船上都備有沙包，就是預防對方火攻。果然，一支支火箭射來，釘在打破而油脂橫流的甲板上，熊熊大火立刻燃起。

這場海戰從剛開始的交戰便直接進入到了高潮，雙方瞬間便剿殺在一起，鄭之強站在岸邊要塞頂上，捏緊了拳頭，咬牙切齒卻幫不上半點忙，只有跳著腳乾嚎的份兒。

從開始的大占上風，到逐漸被對方慢慢扳回劣勢，鄭立強雖然不懂如何指揮船隊作戰，但也看出來這名指揮勃州水師的軍官的確不是庸手。

此刻，**雙方呈現膠著的局面**，鄭立強在要塞上跳腳嘆息，恨不得自己這個時候就在船上大殺四方，只可惜，他還另有重要任務，這時候出只能乾著急而已。

鍾離很焦躁，雖然扳回了劣勢，但自己卻看不到一點取勝的希望，對方士兵戰力強大，完全出乎他的預料，自己船多人多，但在接舷戰中，看著部下慘叫著一個個倒下，鍾離不由有些猶豫了。

父親的大部隊就要到了，自己有必要付出這麼大的傷亡來取得一場慘勝麼？對方指揮官正想盡辦法將自己逼到近海去，一旦靠近了那個島嶼，自己可就要倒楣了。

更讓鍾離擔心的是，與自己船隊水手們在接舷戰中各自為戰不同，對方是有組織的在進行進攻和防守，這一點，站在樓船頂端的他看得清清楚楚。這也是為什麼對方雖然人少，但自己卻占不到絲毫便宜的原因。

暫時撤離戰鬥，只需要纏住他們，或者看住他們就可以了，等父親大部隊一到，摧毀他們易如反掌。鍾離撤離戰鬥之心一起，立時不可遏止，腦子裡浮現出一連串脫離戰鬥的好處來。

元剛此時其實也撐得極辛苦，對方畢竟船多人多，也幸虧自己這幫手下都是復州水師官兵，如果是以前的那幫手下，這樣的苦戰只怕早就崩潰了。

海盜們打順風仗那是勇猛無比，一旦陷入苦戰，鬥志渙散得極快。這時候，元剛總算理解了平時在陸上訓練時，這些來自復州水師的官兵們為什麼要那麼注重口令和隊列訓練了，因為這樣的訓練，養成了這些士兵無條件聽從長官命令和對隊形的保持。

鍾離脫離戰鬥，元剛大大地鬆了口氣，卻還是要擺出一番追擊的姿態，雙方這時候掉了個個兒，鍾離退，元剛追，不過元剛追的速度也太慢了點，眼睜睜地看著對方脫離攻擊範圍後，這才下令就地下錨，開始檢查船隻損耗和救治傷患，小船往來穿梭，將傷患們運上連山島，島上早已建起完備的醫療體系，最大程度地減輕傷患們的死亡率。

脫離元剛攻擊範圍的鍾離見對方拋錨駐泊，他也停了下來，遠遠地監視著對方，一旦對方追來，自己便再退，如果對方不追，自己便駐紮在這裡，纏住對方。直到大部隊來援，不過船上傷患的哀號卻讓他心煩意亂，船上只有一些簡單的救治傷藥，對重傷號卻是無法可施。

「給那些重傷者一個痛快吧！」鍾離狠心下達了命令，這些無法救治的傷患留在船上，將是對其他士兵士氣一個沉重的打擊。

隨著他的命令，重傷患們被一個個地直接抹了脖子，扔進了大海。

夜幕降臨，鍾離放出數艘警戒船隻到艦隊數里以外繼續監視，以防對方趁夜襲擊，雖然海上戰鬥，夜戰的可能性並不大，但鍾離還是小心為上，事實證明，復州水師果然是一支戰力極強的部隊，對上這樣的對手，怎麼小心在意也不過分。

平靜地度過了一夜，戰鬥雙方以一種極其奇怪的姿態證明著自己的存在，一直到日上三竿，對面的「黑鷹號」才拔錨，似乎要發起新一輪攻擊了。

鍾離立時命令船隊準備再次後退，當「黑鷹號」向這邊駛來時，鍾離聽到自己船上水兵的歡呼聲，心中一跳的他回過頭來，遠處，大批的勃州水師出現在視野中，鍾祥率領的勃州水師主力已經抵達了。

鍾離心中一陣狂喜，大事定矣。

「黑鷹號」停了下來，稍微猶豫片刻，便開始後撤，鍾離立即命令追趕，似乎意識到憑自己這幾條船還不夠給對方塞牙縫的事實，「黑鷹號」向連山島打出一連串旗號後，航向一轉，開始向黑水洋深處撤退。

登上父親鍾祥那艘五千料的大戰艦，鍾離立刻向父親彙報了這一天一夜的戰鬥詳情，此時的鍾祥也被連山島上龐大的水師基地所驚到，如此規模的基地，便是勃州水師整支艦隊都可以駐泊了，對方修建這樣一個基地，目的不言自喻。

「離兒，你率領一艘五千料大艦，五艘三千料艦隻，十艘千料戰船，給我窮追那支逃走的艦隊，將他們給我殲滅在黑水洋上。」鍾祥令道。

「是！」鍾離興奮地道，有了絕對的實力，對方便如同一隻小螞蟻般，反掌可滅，「父親，你要攻打這座島嶼麼？」

鍾祥點點頭，「這島必須拿下來，占領它，我們將在接下來與復州水師的戰鬥中占據極大的優勢，看這個基地的規模，只怕對方駐守的士兵會不少，不過我這次主力齊出，光是水兵便有近兩萬人，拿下它當不在話下！」

父子兩人當即分兵，鍾離率艦隊去追趕遠遁的「黑鷹號」，鍾祥則率領餘下的主力部隊逼近連山島，島上燃起了烽火，一隊隊的士兵在島上密集調動起來。

鍾祥冷笑道：「猶如獅子搏兔，我以絕對實力來打你，你的要塞修建的再堅固又有什麼用？這座基地建得著實不錯，不過過了今天，它就姓鍾啦，哈哈。」

鍾離率領著艦隊窮追不捨，現在的他可算是信心爆棚，一艘五千料大艦的加入，可以運用的戰術更多，鍾離自信可以像捏一隻蟲子般，將眼前強悍的對手捏得粉碎。

追趕了大半天後，已可以看見對手的片片帆影了，在這了無遮擋的大海上，數十海里間的船隻都無法遁形，何況對方還是一支船隊。

鍾離嘴角露出了笑容。

「加速，追上他們！」鍾離不住地下達著命令，勃州水師升起了所有風帆，

玩命般地追趕著眼前的獵物。

元剛不緊不慢，看著身後正在接近的敵艦，估計了一下航速，笑道：「不錯，就保持這個樣子，要讓敵人感到有追上我們的希望，可別跑得太快了！」

決戰將在明天，將在火山岩島，在那裡，鄭之元將軍已經預設了戰場。

連山島，在元剛率艦隊撤離後，便陷入到激戰當中。

與鍾祥預想有差距的是，此時守在連山島基地的士兵不是千餘人的部隊，而是足足多達二千人的水師陸戰隊，以及受過軍事訓練的大量的匠師，隱藏在連山島的那數目驚人的投石機，弩炮都將由這些人來操作。

作為島上守備三千人的最高指揮官，鄭之強心裡又是興奮又是不安，這是他第一次指揮如此規模的軍隊，而且肩負著沉重的使命，他必須堅守兩天，等到大哥全殲趕到火山岩的勃州水師之後，再回師連山島。

他的任務不僅要守住連山島，而且要利用島上的設施重創對方，使大哥趕回來之後，而臨的壓力降到最低。

鄭之強知道，這是大哥給他的一個機會，其實在大哥的艦隊中，有更多的人比他更有資格指揮這支軍隊，但大哥卻毫不猶豫地交給了他，雖然有以權謀私之嫌，但只要自己漂亮地完成任務，那別人就沒有任何話可說。

「來吧！」鄭之強看著漂浮在海面上密密麻麻的船隻。

防波堤，水塢和海灘上的要塞都是誘餌，連山島基地真正的防守重點卻是集中在兩座山峰之上，**從山腳到半山腰，那才是死亡地帶**。

鍾祥第一波攻擊分成了兩個方向，一支分艦隊佯攻正面的防波堤，水塢和建造於其上的堅固要塞，另一波則滿載著登陸作戰的士兵，從較遠處的沙灘上登陸，側擊碼頭。只要攻占了碼頭兩側的水塞和要塞，碼頭也將不戰而下。

隨著進攻號角的響起，岸上也開始發動反擊，呼嘯而來的石彈擊落在海面上，濺起數丈高的浪花，戰船在海上以之字形行走，避讓著岸上的攻擊。

「總管，對方的反擊很是零散，看來這座島上駐兵不多，那些艦隻見到我部大舉來此，立即拋下他們在島上的戰友，跑啦！」勃州水師一員副將興高采烈地對鍾祥道。

鍾祥微笑不語，對方這支先遣船隊船隻也未免太少了些，面對自己絕對的兵力優勢，壯士斷腕，逃入大洋深處，他倒是頗佩服這位指揮官的決斷，如果此時對方稍有猶豫，必將陷入重圍，到時不但島保不住，自身也會陷進來。雖然現在他們逃入大洋，仍然難逃自己優勢兵力的追擊，但總算是掙得了一線生機。

「攻上岸後，可先喊話，督促對方投降，他們已完全沒有倖理，如果投降的話，也可讓我軍減少損失！」鍾祥道。

「總管慈悲心腸！」副將恭維道。

岸上零亂的反擊，對兩路夾攻的水師船隊威脅甚小，除了一艘千料戰船運氣極度不佳，被連續命中兩枚石炮而沉沒外，其餘的艦隻順利抵近水寨，另一路也靠上岸來，一隊隊全副武裝的水兵跳下船隻，從陸路迅速向這一邊逼來。

「復州水師的弟兄們，你們的艦隊已拋下你們逃跑了，你們已經沒有退路，投降吧，我們勃州水師保證你們的人身安全！」

水塢前，艦上的勃州水師十數名大嗓門士兵一齊喊道，聲音大的整個島上都能聽見。

「復州水師的弟兄們，你們聽好了，我們總管慈悲心腸，給你們一炷香時間，如果不投降，我們就要進攻了，到時玉石俱焚，於事無補，投降吧！」

半山腰上，鄭之強看著數里之外，那支迅速接近的勃州士兵，冷笑道：「傳令給水塞、要塞的弟兄們，破壞掉投石機、八牛弩，將關鍵的零件給我帶上，撤回來，將水塞和船塢都留給他們吧！」

勃州水師喊了半晌，對面沒有投降，倒是很快便有一個個身影從水塞、要塞裡躍出，拖著武器，沿著馳道，向著半山腰狂奔而去。

看到亡命奔逃的對方士兵，副將大喜，「總管神機妙算，只不過一番喊話，對方就鬥志全消，放棄了如此堅固的要塞，使我軍不費吹灰之力就能登陸作戰了。」

鍾祥笑道：「看那防波堤和要塞，都是新建不久，對方大股人馬未到，守城器械也配備不足，這才讓士兵心無鬥志，如果對方一切準備妥當，我們想要攻戰這樣一個堅固的碼頭要塞，付出的代價那可就大了。」

副將吹捧道：「這次小將軍可立了大功，在巡邏中及時發現了對方的蹤跡，並死死地拖住了對方，這才為我們奪取該島打下了良好的基礎，此戰過後，論功論賞，小將軍都當首功，上報寧王，小將軍的銜頭也該升一升了。」

這話鍾祥最愛聽了，對這個兒子，他感到很驕傲，口中卻謙稱道：「兄弟太誇獎他了，他有今日，還不是你們一幫叔叔輩的提攜。雖然有了點本領，還是太嫩了，再磨磨才能堪當大任啊！」

「虎父無犬子，有總管的教導，小將軍他日必將鵬程萬里，逞威黑水洋！」副將繼續大拍馬屁，「龐老將軍雖然英武，只可惜後人卻走了文官的路子，以後這黑水洋上，可就要看小將軍的了！」

鍾祥笑得合不攏嘴，這話說到了他的心坎裡去了，兩人這一陣對話之間，連山島上的船塢、水寨已是落入到他們的手中。已經上岸的大批水軍開始整頓隊形，準備向半山腰上的敵軍展開新一輪進攻。

「你再帶一批人登陸吧！」鍾祥笑著吩付那員副將，這位副將剛剛一陣馬屁拍得自己十分舒服，攻占此基地的功勞不妨讓他分潤一些。

副將歡天喜地的回到自己的坐船上，興高采烈地指揮著幾艘船隻進入到連山島船塢之中。

出乎鍾祥意料的是，在船塢和水寨、要塞裡毫無抵抗意志的復州軍隊，到了半山腰，卻彷彿像換了支軍隊，那些鬱鬱蔥蔥的樹林中，居然隱藏著無數的小要塞，這些要塞如同珍珠項鍊連成一串，在半山腰構成了一道極其牢固的防守線，頑強地抵抗著勃州水師一波又一波的攻擊。數里長的斜坡上，堆滿了勃州水師士兵的屍體，在那些看不到的樹叢之後，有更多的士兵永遠倒了下來。

整整一個下午，鍾祥損失了近千人也沒有拿下這條防線，這讓他不得不重新審視對手的兵力，按照對手的防守力度和反擊強度，這條要塞線上只怕最少有兩千名士兵，這讓鍾祥有些不安起來。

如果島上真有這麼多士兵，抑或更多，那就絕不是自己早上所見到的那區區一支艦隊能運來的，如果對方有更多的艦隻，那這些船都到哪裡去了？遙望著波濤微微起伏的黑水洋，鍾祥心裡嘀咕起來。

「總管，晚上我再組織士兵偷襲一次！」白天在對方防線前碰得頭破血流的那員副將振奮精神，對鍾祥道。

「好，俞佩，三更之時，你組織士兵去偷襲一次，無論成與不成，至少要搞清楚對方到底有多少士兵在這裡駐守，我的感覺，對方的人數至少在兩到三千人！」鍾祥道。

「不會有這麼多吧？」俞佩有些吃驚地道：「對方也就仗著要塞堅固，武器犀利而已，以前都只聽傳聞說李清部下擅修要塞，精於據城作戰，而且武器極其精良，這一回我算是見識到了，連他的水兵都這麼擅長據城作戰！」

鍾祥凝重地道：「盛名之下，豈有虛士，李清能在短短數年間覆滅蠻族，當然有其過人之處，這也是為什麼我們一定要在他立足未穩前將他伸出的爪子斬斷的原因，一旦讓他站穩腳跟，再想驅除他可就難上加難了！」

「總管說得是，我這就去準備！」俞佩點頭道。

夜色將整個連山島連同茫茫大海都籠罩了起來，此時，海上卻是一片通明，鍾祥的座駕連同他的一部分水師仍然停留在離岸邊數里處拋錨，而以俞佩為首的一艘五千料戰艦，十幾艘三千料戰艦以及眾多的輔助船隻，卻靠上了碼頭，停在船塢內。

鄭之強站在黑沉沉的山上，凝視著燈火通明的海上和碼頭，有些遺憾地道：「鍾祥這個狗日的，居然如此小心，這種情況下還能不靠岸，弄得老子這頓大宴少了無數丰采，狗娘養的，喂，你們準備好了沒有，都校正好了麼？」他對著身前一名技師首領道。

「校尉放心吧，這些地方我們每天都要瞄上無數次，前些日子又試射了數十回，每一架投石機都校正得準準的，只要您一聲令下，便會將碼頭、船塢裡那些勃州龜兒子都砸進黑水洋中去餵魚！」技師十分自信地道。

「嘿嘿嘿！」鄭之強笑了起來，一口白牙在黑暗中顯得是格外醒目。

「既然如此，那就開始吧！」他輕鬆地下達了命令，然後抱著自己的腰刀，盤膝坐在一塊高高的岩石上，睜大眼睛準備看接下來的盛況。

勃州水師總管鍾祥已經準備睡覺了，雖然白天的戰事不順，但他並沒有過分的擔心，連山島頂破了天也就只有二三千守軍，但自己整個水師有近兩萬人，能投入登陸作戰的足足有上萬人，拿下這座島並不是什麼問題。

隨著時間的推移，島上守軍的抵抗意志也將在內外交困的局面下崩潰，也許是明天，也許是後天，這座建設完備的基地將完全的屬於自己，屬於勃州水師了。

解下盔甲，他準備好好休息一下，全副武裝地指揮艦隊接近一天，此時特別疲乏。

剛剛躺到床上的鍾祥還沒有來得及伸上一個懶腰，就被一陣奇異的嘯聲驚得彈了起來，那是投石機發射的聲音。

這聲音他再熟悉不過了，但剛剛傳來的聲音卻十分奇特，像是幾架投石機在發射時，聲音忽然被放大了無數倍一般，他撲到船艙邊，透過舷船，看向不遠處的連山島，霎時間，他的心臟像被一記重錘擊中，彷彿停止了跳動。

在他眼前展現出來的，是一片壯麗之極的景象，遮天蔽日的石彈從空中尖嘯著飛向海邊的船塢、水寨，鍾祥在戰場上打拼了一輩子，從來沒有見過如此密集的投石機同時發射，眨眼間，無數的石彈將他的視野遮斷，映入眼簾的只有無盡的圓圓的石炮。

伴隨著鍾祥粗重的喘息聲，石彈重重地落下，其中重達百餘斤的大型石炮擊中停在船塢和水寨之中的艦隻，直接將整個船隻擊穿，鍾祥甚至可以看到從那些

巨大的破洞中飛濺而起的海水。

燈火通明的水寨、船塢在眨眼間，便從慶祝勝利的歡樂海洋變成了人間地獄，不時有小型的輔助船隻被直接擊成兩截，有的甚至高高飛起，在空中無助地翻騰，然後重重地落下，濺起一片浪花。

慘叫聲，嘶吼聲，求救聲從數里外傳來，居然是那麼清晰可聞，停泊在離岸數里處的鍾祥艦隊官兵都被驚醒，撲上甲板，無助地看著那正在發生的慘劇，從連山島上，那鬱鬱蔥蔥的樹木中，仍在不停地飛出石彈，撲向倖存的船隻。

鍾祥快步跑到船頂，緊緊地握著拳頭，牙關緊咬的他，絲毫沒有注意自己已將嘴唇咬破，鮮血正從嘴邊流出，他睜大眼睛看著對面，似乎要將這一幕深深地映到腦海之中。

有倖存的船隻慌張地起錨，想要逃離這片死亡之海，但在狹窄的船塢和水寨內，不時便有船隻自行撞在一起，而島上此時延伸了射擊目標，一部分石彈改為封鎖船塢和水寨的入口，僥倖脫離的船隻到了這裡，仍然難逃石雨的打擊，一艘接著一艘的被擊沉。

有的船隻著火燃燒起來，熊熊大火將整個船塢和水寨映得通紅，水面上，屍體密密麻麻地浮在水面上，幾乎將水面蓋住，偶爾會有幾個活著的人奮力划水，有的想要爬上岸去，更多的則是拼命向外海游來，因為在那裡，還停著他們的大量艦船。

砰的一聲，鍾祥一拳擊在船幫上，手上傳來的劇痛讓他的腦子稍稍清醒了些，一陣痛入骨髓的感覺瀰漫在他的全身，剛剛陣亡的幾乎是他艦隊三分之一的力量，**就是這麼一瞬間，不到一炷香的時間裡，便全軍覆滅在這個自己根本看不起眼的小島上。**

什麼船塢，水寨，什麼不能抵擋，驚慌逃竄，**都是幌子，都是為了將自己的船隊誘入到這些地方去，島上早就預設了陷阱**，那些投石機想必早就試射過無數次，才能如此精準地打擊這些目標，讓自己的船隊無法及時脫逃，這一切，都是對方指揮官早就設好的圈套，只等自己一頭鑽進去。

鍾祥的心在滴血，經此一役，至少在兩年內，自己的艦隊將無法恢復到全盛時期。連山島上傳來陣陣歡呼聲，敵人的慶賀聲更是如同在鍾祥的傷口上灑上了一把鹽。

船塢水寨內，燃燒的艦隻整整燒了一夜，直到第一束陽光衝出海面，將對面連山島上的兩座山峰頂端染亮時，大火才漸漸熄滅，只剩下縷縷青煙扶搖直上。

「進攻，全軍進攻！」鍾祥捶著船舷，嘶聲大吼，「我要活剮了這幫兔崽子！」

勃州水師主力兵分三路，同時向連山島發起了總攻。

島上的投石機這個時候已沒隱藏的必要，不約而同地開始向海面上的船隻發起攻擊，平靜的海面頓時沸騰起來，石彈落下時濺起的浪柱一個接著一個，海面似乎被大火煮開。

鄭之強也從先前的狂歡中冷靜下來，他知道，最艱苦的時候已經到來，失去了隱蔽性的投石機對勃州水師船隻的威脅已經不大，接下來將是殘酷的地面戰了，而他，至少要堅持到今天日落時分。

握著腰刀的手不由緊了緊。「來吧，老傢伙，我等著你呢！」他喃喃地道。

遠在數百里外的鍾離當然不可能知道在連山島上發生的一幕，此刻，他正興奮異常，他緊追不捨的敵人此時就出現在他前面不到十里遠的地方，昨夜，慌了手腳的對方居然連夜逃竄，自己雖然是第一次進行夜間航行，卻沒有將對方追丟，一直緊緊咬著對方的尾巴。

自己船上人多，可以輪班進行操作，對方就不行了，一夜的奔逃，敵人顯然已經十分疲勞，船速漸緩，自己愈追愈近了。

「少將軍，前面出現了一片島嶼！」一名校官大聲向鍾離彙報。

攤開海圖，找到這片島嶼的位置，鍾離道：「這是火山岩島，對方顯然想利用這裡的島群來躲過我們的追擊，傳令加速，告訴弟兄們，追上去，殲滅敵人，每人有十兩銀子的犒賞！」為了漂亮的殲滅對手，鍾離不惜重賞。

水兵們沸騰起來，他們一年的餉銀也不過只有二十兩，打贏這一仗就有十兩銀子的賞格，如何讓他們不興奮！而且還是在大占上風的情況下，只要追上敵人，消滅他們是反掌之間的事。

船速陡然加快。

元剛看著身後愈來愈近的敵船，這時候，追得最近的船隻離他不過只有三四里水路，眼神好的人甚至可以看到敵人的臉了。

「追這麼快幹嘛，急著去鬼門關報到麼？」元剛嘴裡咕噥了一句，大聲下令，「左滿舵，一字形繞島前進！」

看著已是囊中之物的元剛非但沒有進島，反而排出這麼一個奇怪的陣形，鍾

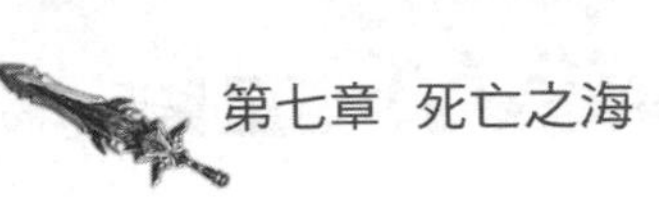

離不由一陣奇怪，對方這是要拼死一搏麼？沒有道理啊，他們為什麼不利用這裡複雜的水道躲避自己的攻擊呢？

不等鍾離反應過來，眼前突然出現的情況便讓他恍然大悟，恍然大悟的同時，卻又是魂飛魄散，從火山岩的島群間，突然駛出一艘艘船隻，元剛的「黑鷹號」則左行數海里之後，繞了一個大圈，意圖兜到自己的後方。

「原來他們在這裡有埋伏！」

鍾離臉色蒼白，一，二，三，四，五，對方光是五千料大艦就有五艘，三千料戰船更是多達數十艘，這仗根本沒法打。

「轉舵，全速撤離！」鍾離聲音顫抖，語不成調。

其實不用他下令，在看到對面出現大量艦船的同時，操船的士兵早已扳轉舵把，開始向後撤退了。

轉眼間，捕食者變成了被獵者。

鍾離想逃，但哪裡逃得掉，經過一天一夜的追擊，士兵們早已是強弩之末，先前被賞金激發起來的勇氣早已消失殆盡，死亡的陰影籠罩著他們，手酥腳軟的他們不但沒能加速逃離，反而船速越來越慢，鍾離絕望地看到對方龐大的艦隊將自己團團圍住。

八牛弩尖嘯著，帶著長長的繩索將船隻釘住，兩艘五千料敵艦盯上了他的座船，其他的三千料戰船被這種大型艦隻盯上，根本就只有挨打的份，看著對方猶如狂風暴雨般的打擊，鍾離絕望地拔出腰刀，大聲吼道：

「全體準備，接舷作戰！」

完全沒有懸念，不到一個時辰，戰事便告結束，鍾離統帥的這支勃州分艦隊全軍覆滅。

「鄭將軍，我們大獲全勝了！」元剛登上鄭之元的「出雲號」，興奮地道。

鄭之元微笑著點點頭，目光卻轉向連山島方向，如果計策沒有出什麼偏差的話，此時鍾祥的勃州水師在此損失一部，在連山島損失了一部，現在兩軍的實力已基本被拉平，全殲對手的時機已經成熟。

「元剛，你留在這裡，處理這些被俘的船隻，這些船都不錯，稍加修整便可以加入我軍隊列，火山島上的蔡老鱷已經伏誅了。」

「是，將軍，只是這些戰俘……？」元剛指了指艦船上那些被俘的勃州水師。

鄭之元道：「我們沒有時間，也沒有精力來對他們進行甄別，你知道該怎麼做！」手上做了一個砍殺的動作。元剛心中一凜。

連山島。

發瘋的鍾祥驅使萬餘名水兵登陸作戰，鄭之強手頭真正能戰的士兵只有不到三千人，其他的都是些匠師，這些人遠距離操作投石機等器械，那是個個手藝嫺熟，但真要近身接戰，那就不行了。

拉開長長散兵隊形的勃州水師最大限度地避開了投石機的攻擊，在中午時分終於攻上了第一道環形防守線。

鄭之強立即命令摧毀這個區域內的投石機，然後將這些人撤到後方，每人分發武器，準備作為預備隊使用，如果鄭之元的船隊遲遲不來，那他們遲早會走上肉搏的第一線。

整個防線向後推了約一百多米，環線防線更小了些，但卻更緊密，更堅固了些。再向後退，便已是峰頂了，在峰頂的另一側，是陡峭的山壁，復州水師沒有給自己留絲毫退路。

鍾祥不計成本的攻擊，在傍晚時取得了突破，第二道防線再次被攻破，鄭之強被迫退上了山頂，在那裡，還有他們最後的倚仗，兩座互為犄角的稜堡。

此時，水師陸戰隊已減員至不足千人，匠師們終於穿上盔甲，提起長矛，弓弩，走上了稜堡的城牆，這裡，將是他們最後一搏的地方。

站在稜堡頂上，鄭之強眺望著無垠的大海，心想：**大哥，你在哪兒呢？**

第八章
石破天驚

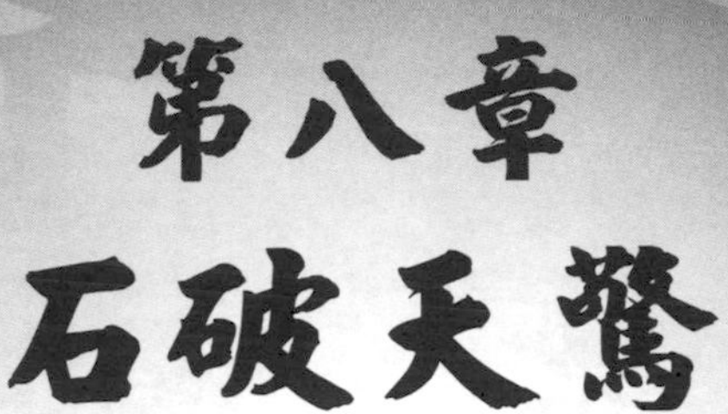

突然傳來的喜訊讓蕭蔚然一下子有些不知如何是好，臨亂不變的氣度在這一瞬間消失殆盡，尷尬道：「失態，失態！不過李大帥的這個消息可謂是石破天驚，由不得不讓人吃驚啊！只是這情報不會有誤麼？」

頂峰並不是那麼好攻取的，因為地形所限，鍾祥能一次展開的攻擊隊伍不能太多，每一次只能派出二到三百人發起攻擊，而面對這種強度的攻擊，稜堡非常輕鬆地就能應付過去，而且不會付出太大的代價。

在進攻了大半個時辰之後，鍾祥終於意識到，定州冠絕天下的稜堡攻防戰術的確是應用得爐火純青，在又一次敗退之後，鍾祥停止了這種無謂的**添油戰術**。

站在稜堡前，鍾祥苦思片刻，看著滿山的大樹，他終於有了主意。

鍾祥停止攻擊，鄭之強難得取得一點喘息的空檔，一邊抓緊時間恢復體力，一邊不停地派出幾個大嗓門的士兵站在稜堡之頂，嬉笑怒罵鍾祥，直將對方的祖宗十八代都翻出來數落了一遍。

鄭之強希望能讓鍾祥惱羞成怒，再一次發動攻擊，慢慢消耗對方的兵力，只要在大哥返回前，將對方牢牢地摁在岸上就可以了。

一些投石機被搬了上來，在稜堡之前排列好，那是鄭之強沒有來得及毀掉的一部分，不過鄭之強並不在意，稜堡的設計，能夠有效地防護投石機的石彈。

但出乎鄭之強的意料，對面投石機上投來的並不是石彈，而是一捆捆的柴禾，一根根的粗木，看著這些東西在兩座稜堡之下越堆越高，鄭之強忽地明白對方想幹什麼了，臉色不由驟變，狗日的，**他要縱火燒我們！**

鍾祥看著堆積如山的木料枝葉，獰笑道：「不怕你們的烏龜殼硬，我要將你們一個個烤成燒乳豬。」

一支支火箭射向已堆到稜堡頂端的樹枝，數息之後，大火騰地燃起，夾著陣陣濃煙，隨著海風直捲向兩座稜堡。

「快，用布料打濕水，捂住口鼻！」鄭之強大叫道。火雖然一時還燒不到稜堡中來，但這陣陣濃煙更讓人難耐。

大火越燒越旺，漸漸地，火勢蓋過了滾滾濃煙，將稜堡的外壁烤得隱隱顯現暗紅色，此時，堡內已是酷熱難耐，數尺厚的石牆根本不敢靠上去，一旦裸露的肌肉接觸到這些石牆，立即便會發出哧哧的聲音，焦糊的肉味在稜堡之內飄揚。

越來越多的士兵倒了下去，他們不是不小心靠上牆體被燒傷，便是被滾滾濃煙所嗆到，看到對面的投石機仍在不斷地向火堆中投入新的木材，鄭之強絕望了。

此時，大汗滾滾的他已幾乎脫力，如果不是大火也擋住了鍾祥的進攻隊伍，只需要一小隊士兵衝進來，便可以將稜堡內的人斬盡殺絕。

鍾祥的臉上終於浮現出笑容，勝利已近在眼前了。這些可惡的復州兵，抓住他們後，自己要將他們倒吊在桅杆上，點他們的天燈。

「總管，你看海上！」

得意的鍾祥聽到身邊一名親兵聲音顫抖著叫道，不滿地瞟了他一眼，轉頭看向海上，這一看，全身的血液幾乎凝滯，雖然山頂大火熊熊，但鍾祥卻如墜入冰窖之中，全身發起抖來。

海面上，數十艘艦船乘風而來，張開的風帆被風吹得鼓鼓的，粗粗一看，這支艦隊光是五千料的大船便有四五艘，其他的艦船更是難以計數，正撲天蓋地地向連山島撲來，桅杆上，高高飄揚的定州軍旗顯示著來者的身分。

「撤退，退回到船上去！」鍾祥聲嘶力竭地吼道，正在不停地砍伐樹木，為火勢添磚加瓦的勃州水兵撒開腳丫子，向著海邊狂奔。

在船上留守的水軍不用鍾祥吩咐，慌張地升起風帆，提起鐵錨，但讓他們恐慌的是，大部的水兵都還滯留在峰頂，距離海邊還有不短的距離，而看對方船隻來的速度，就算他們及時回到船上，也來不及出海迎戰了。

鄭之元看著濃煙滾滾，大火熊熊的連山島峰頂，內心也是焦急不已，難道連山島已經失守了麼，不停地吩咐水手們加速，再加速。

鍾祥和他的水兵們終於上氣不接下氣地跑回到碼頭，回到自己的船上，但悲劇的是，復州水師此時也恰好趕到，碼頭已直接處在他們的攻擊之下，還來不及掉轉船頭，密密麻麻擠在碼頭上的勃州水師船隻立即成了活靶。

「衝出去，衝出去！」鍾祥兩眼血紅大吼道。

他所在的五千料大艦加速，在一邊撞翻了數艘己方小船之後，終於衝出了狹窄的碼頭。復州水師立即分出一艘五千料戰艦，三艘三千料戰艦前來圍攻。

夜幕落下，復州水師船上，無數的火把點起，碼頭上，熊熊燃燒的船隻更是將碼頭映得燈火通明，哀號聲，慘叫聲，連綿不絕，**勃州水師大勢已去。**

兩個時辰後，傷痕累累的鍾祥座艦艱難地突圍而去，勃州水師其他艦船已基本失去了戰鬥力。越來越多的水兵不願意待在船上生生挨打，乾脆將船停在岸邊，人卻跑到了岸上，丟掉器械，雙手抱頭，蹲在地上投降了。

戰鬥結束了，鄭之元雙腳踏上實地，來不及喜悅，立刻快步向連山島峰頂跑去。剛剛跑到半山腰，就見到一片狼籍中，一隊隊面孔焦黑，只露出兩個骨碌碌轉動著眼珠的士兵相互攙扶著，從山上一步挨著一步地走了下來，**在他們的最前面，正是自己擔心不已的小弟，鄭之強。**

看到大哥，剛剛在閻王殿門前打了個轉又跑回來的鄭之強快步地衝過來，猛的抱住對方，兩行淚水在臉上沖出了兩道白印。男兒有淚不輕彈，只是未到傷心時。

雖然水師陸戰隊付出了重大傷亡，但就整個戰局而言，卻是取得了巨大的勝利，南方三大水師之一的勃州水師，經此一役已是名存實亡，不再對復州水師構成絲毫威脅，看到忙碌著清理碼頭，檢點戰利品，找撈沉船的士兵，鄭之元臉上再也掩飾不住喜色。

「給鄭總管報捷，給大帥報捷，**復州水師先遣隊全殲勃州水師，除鍾祥逃脫之外，自鍾離以下，二萬復州水師已煙消雲散。**」

捷報傳到定州時，李清正在招待他現在的盟友，來自洛陽的蕭氏家族，蕭浩然的族弟蕭蔚然。

蕭蔚然是來興師問罪的。田豐被鍾靜等人一路護送到了定州，受到李清的熱烈歡迎，李清在接見田豐的同時，立即便揮筆書就一封給蕭浩然的信，向他討要田豐的家眷。

蕭浩然對於秦州巨變正在心痛不已，說田豐叛變，他是絕對不信的，但他也絕不能容忍對方殺了自己的孫子，如果田豐能投案，也許他還能放過田豐一條狗命，只取那個殺了天賜的田新宇，但田豐的脫逃讓他勃然大怒，這員老將的所作所為，對秦州士卒的士氣打擊是極為致命的，看到李清的來信更是火上澆油。

蕭蔚然此來，只有一個目的，便是向李清討要田豐，要將田豐押解回洛陽。

李清笑意吟吟地招待蕭蔚然，但對對方的要求卻不置可否，田豐是統計調查司費盡心思，並不惜暴露了在秦州的分部才將人弄出來，豈能輕易交給對方！而且**千軍易得，一將難求，像田豐這樣智勇雙全，田新宇這等勇猛無雙的傢伙既然落到自己手裡，哪有交還的道理**。

「蕭大人，田豐信任李某，不遠千里來投，我豈能無信無義，又將他交給你們，這是萬萬不可能的，不過我也知道，蕭國公非常心痛孫子的暴卒，對此，我很遺憾，所以，為了彌補你們的損失，我們定州願意為田豐這條性命付出一定的代價。」

蕭蔚然臉色很不好看，雖然來之前，這個結果已在預料之中，但現在李清當面說出來，仍是感到難以接受。

「李大帥，田豐乃是我方叛將，大帥您卻接納了他，這讓我們十分難堪，再者，你又能付出什麼代價，才能彌補我方的損失呢？」蕭蔚然沉著臉道。

「我付出的代價，我相信蕭國公斷然不會拒絕。」李清很有自信地道。

「大帥不妨說來聽聽！」蕭蔚然聽了道。

「**我決定提前出兵進攻寧王所屬，為蕭國公，為朝廷平定叛亂，也替正在秦**

州焦頭爛額的蕭遠山將軍分擔一點壓力，不知道這樣的代價是否能讓蕭國公滿意？」李清盯著蕭蔚然，特意將蕭國公的名字放在朝廷之前。

蕭蔚然心中震動，為了讓李清出兵，蕭氏不惜代價，甚至連並州都讓了出來，但也只換來了李清的一紙空頭盟約和過山風移山師移駐復州邊境，牽制寧王兵力的結果，現在**為了區區一個叛將田豐，李清居然願意提前出兵，李清如此重視田豐麼？**

「蕭大人知道，我定州戰亂不斷，三年的平蠻戰爭更是讓我們元氣大傷，現在部隊不過休整了不到半年，很多部隊連兵員都沒有補充完整，在這個時候，我們願意出兵幫助蕭國公，已是最大限度地表示我們的誠意了。」李清緩緩地道。

蕭蔚然整理了一下有些凌亂的思緒，腦子裡一時間轉了許多個念頭。

「李大帥要讓過山風部兵出復州？」目前李清的部隊，也只有過山風的移山師在與投靠寧王的全州邊境上駐紮，牽制全州兵力。

李清搖頭，「過山部正在整訓，今年年前是不可能出兵的，目前便是防禦都有些力不從心。」

蕭蔚然不禁怒道：「李大帥，既然不是過山風部，那大帥部下還有哪支部隊能夠對寧王所屬發動攻擊？姜奎部在羅豐長琦，呂大臨部在並州，王啟年部在定州，難道您能讓他們飛過去麼？難道大帥您又要空口白話哄騙我等？」

李清笑笑，沒有計較對方的無理，一邊的尚海波卻有些惱了，出聲道：「蕭大人此言差矣，什麼叫我家大帥哄騙你等，我家大帥什麼時候說話不算數了？我過山風部傷亡嚴重，部隊嚴重缺員的情況下開赴全州邊境，您可知道他們擔了什麼風險麼？再說了，難道除了陸地，寧王就沒有別的地方可以打擊了？」

蕭蔚然盯著尚海波，咀嚼著尚海波的話，眼前一亮，「難道說你們的復州水師準備出擊了？」

「不是準備出擊，而是已經出擊了！」尚海波冷笑道：「復州水師已在月前出兵，繞行大半個大楚，到達攻擊區域了。」

蕭蔚然霍地站了起來，不敢置信地道：「此話當真？」

南方水師一直是洛陽，是蕭氏無法解決的問題，現在復州水師出擊，針對的正是他們無法解決的問題，由不得他不激動，而且登勃臨這些地方是傳統的寧王控制區，是寧王的糧倉、銀庫，如果在這些地方掀起戰火，讓寧王後宅不寧，那是妙之極矣！

尚海波冷哼一聲，卻不作聲了，端起茶杯有滋有味地喝了起來，讓蕭蔚然尷尬地站在那裡，站也不是，坐也不是。

路一鳴看對方臉上憋得通紅，這才笑道：「蕭大人，請坐吧，昨晚，我們剛剛接到復州水師的捷報，我復州水師前軍一部在黑水洋上全殲勃州水師，除了勃州水師總管鍾祥單艦逃離之外，自鍾祥之子鍾離以下，兩萬餘名勃州水師已全軍覆滅，從黑水洋上除名了，勃州對我軍水師不再設防！」

「當真如此？」

突然傳來的喜訊讓蕭蔚然一下子有些不知如何是好，又站又坐，長期身居高位養成的波瀾不驚、臨亂不變的氣度在這一瞬間消失殆盡，看到對面三人的笑容，這才尷尬地拱手道：「失態，失態！不過李大帥的這個消息可謂是石破天驚，由不得不讓人吃驚啊！只是這情報不會有誤麼？」

尚海波沉下臉道：「難道蕭大人懷疑我軍將士謊報軍功麼？在我定州，這是不赦之罪，除非前方將領不要腦袋了。」

李清不以為意道：「千真萬確，報捷的信使此刻還在我府中，蕭大人要不要我將人叫來，仔細訊問一番？」

蕭蔚然連連擺手，「不必不必，李大帥的話我還能不信麼?!」

他心中喜不自勝，**李清水師悍然進攻寧王所屬水師，這便是完全與對方撕破臉皮了**，水上既然動手，陸上自然也等不了多久了，**雙方的矛盾將會激化**，先前雙方維持的那種井水不犯河水的局面已被打破，與這個消息比起來，田豐的叛逃倒是小事一樁了。

高興的同時，心中卻異常震驚，從李清的話裡，蕭蔚然聽出來，消滅勃州水師的居然還不是復州水師的主力，而是一部分前軍，勃州水師可是有著兩萬餘人的大艦隊啊，就這樣無聲無息地消失在黑水洋上，復州水師的實力未免也太恐怖了。

「勃州水師既滅，勃州數百里沿海地區對我軍便成了不設防地帶，我水師搭載部分陸軍，將不定期地對勃州沿海進行騷擾性攻擊，同時水師也將擇機進攻臨州或者登州水師，不知道我付出這樣的代價，能不能換回田豐將軍家人的一條性命？」李清笑意吟吟地道。

蕭蔚然正色道：「李大帥，對於此事，我是沒有決斷權的，不過李大帥既然如此堅決地想要回田豐的家人，而且也為此對蕭氏作出了補償，別的我不敢說，至少他們家人的性命是保住了，至於能不能讓他們來定州，還要齊國公親自作主，我不敢妄言。」

「那好！」李清點頭道：「我等齊國公的消息，同時請轉告齊國公，田豐家人到達定州之日，我復州水師將對勃州沿海展開攻擊，破壞城鎮，鄉村，道路，

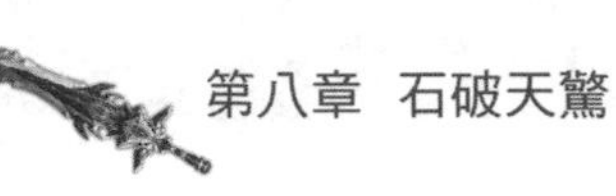

農田，總之，最大程度地摧毀寧王的實力。」

蕭蔚然聽懂李清的話了，**如果田豐的家眷不到，那這種攻擊便要無限期推後了**。他站了起來，衝李清拱手道：「既然如此，蕭某人便告辭了，早一日回到洛陽，也能讓李帥早一日得到答覆，復州水師也能早一天攻擊勃州沿海。」

蕭蔚然其實很清楚，**這種交換，蕭氏根本無法拒絕**，只有大喜過望的份，田豐一家人的性命算得了什麼，蕭天賜雖然死了，但蕭國公的孫子可不少，再找一個重新培養也不是什麼難事。

尚海波與路一鳴兩人代表李清送蕭蔚然出府，剛剛踏出大堂，從大堂後已是轉出兩個人來，一言不發，便跪倒在李清面前，「李大帥，大恩不言謝，我田豐今後這條命便賣給大帥了，後半生願為大帥衝鋒陷陣，死而後已。」

這兩人便是剛來定州的田氏叔侄，看到叔叔表態，跟著跪在田豐身後的田新宇也大聲道：「末將願意為大帥去死！」

李清哈哈大笑，一手一個，將兩人攙扶起來。

「田將軍言重了，快快請坐！」將田豐強按在椅子上坐下，誠心地道：「田將軍的大名我早已久仰，能得將軍相助，李清喜不自勝，田小將軍勇冠三軍，我也是久有耳聞啊！」

李清心中十分得意，這個順水人情送得好，今天將田豐二人安排在堂後，就是想讓二人親眼目睹，定州為了他二人可是付出了不少代價的，田豐不是蠢人，哪裡還能不明白自己的意思！

「李大帥，末將除了行軍打仗，別的可是什麼也不會，還請大帥為田某安排一份差事，讓田某能為大帥效力！」田豐抱拳道。

李清笑道：「這倒不著急，田將軍，我知道，你離開蕭氏是逼不得已，我準備將讓你到羅豐去，那裡有姜奎的常勝師，讓你去常勝師當主將，姜奎為副，不知你有什麼意見？」

田豐吃了一驚，常勝師常勝營，這是李清起家時的老底子，這個師的戰力配備、武器裝備，一向在定州軍中是領頭羊，姜奎更是李清的嫡系，他怎麼會讓自己去常勝師為主？當下不假思索道：

「大帥，讓我去常勝師我沒意見，但我只願去給姜將軍當副手，姜將軍雖然年輕，但也是久經戰陣，是難得的猛將，在軍中素有威望，如果我去頂替姜將軍，只怕對軍中士氣不利，反而不美。」

李清點頭道：「田將軍所說也有道理，既然如此，那便要委屈田將軍了。」

田豐笑道：「末將所作所為，難報大帥恩情之萬一，何來委屈一說，便是讓末將去軍中當一普通士卒，末將也心甘情願。」

兩人相視而笑，李清的本意也是想讓田豐去給姜奎為副手，有了田豐這員經驗豐富、智謀善斷的老將跟在姜奎身側，可確保常勝師能發揮出百分之百的戰鬥力，**兩人一個有衝勁，一個有經驗，正好互補。**

尚海波與路一鳴送蕭蔚然回來之後，看到堂中的情形，便知大帥已搞定了田豐，兩人立馬拱手道：「田將軍，歡迎加入定州，從此我們便是一家人了！」

招攬田豐，並將他放到北方戰線上，李清是有著深層的考慮的。定州勢力發展到今天，作為一個新興的勢力集團，**人才儲備不足的缺點終於暴露出來**，在李清的一眾手下大將中，真正能做到獨當一面的並不多。

呂大臨算一個，過山風有過獨自開闢西線第二場的經驗，也勉強能算得上，但其餘的，即便是王啟年，這麼多年來，要麼是在李清的指揮下作戰，要麼是配合呂大臨，基本沒有獨自指揮過大型戰役，至於獨當一面，更是從未有過，剛剛升上來的姜奎更不用提了。

田豐就不同了，數十年的軍旅生涯，讓他積累了相當的經驗，本人更是常常統帶大軍，將他派往姜奎那兒，可以有效地幫助姜奎儘快成長起來。

而且定州對於田豐有大恩情，田豐又是後來者，短時間內，不可能與姜奎爭奪軍隊的控制權，相反地，為了表示自己的能力，一定會盡心盡力地輔佐姜奎，在北方創造一個對定州有利的局面，一旦李清決定開闢北線戰場，常勝師便能長驅直入，盡可能地將局勢掌控在自己手中。

更深一點的想法，田豐雖然與蕭氏恩斷義絕，但內心裡，此人絕不希望與蕭氏正面對壘，畢竟他跟了蕭浩然數十年，這些年的感情不可能說斷就斷，但他與蕭氏的衝突，在將來的某一個階段是不可避免的，這是李清以及他的謀士大臣們一致的看法，到那時候，田豐雖然有能力，也不可能在這條戰線上被委以重任，所以讓田豐到姜奎那兒，一旦將來與蕭氏開戰，姜奎的常勝師作為主力戰師，肯定是要被調回來的，那麼有田豐這樣熟悉當地情況的重將坐鎮，必可使北方形勢不至有什麼變故。

李清的戰略構想仍然是**先北後南**，在解決與北方呂氏的問題之前，他不會大規模地介入到蕭氏與寧王的戰事中去，所以過山風的移山師在短時間內，與寧王控制下的全州不可能有大規模的戰事發生，除非對方主動挑起事端。

如果真是這樣，過山風移山師兩萬餘人的規模也能支撐住局勢，更何況，王啟年的啟年師駐紮在定州，也能在最短的時間內動員起來，開赴前線。

在南方，鄧鵬的水師更多的是對登臨勃州進行一些騷擾性的攻擊，在解決了勃州水師，斬斷寧王水師一臂之後，李清不準備得寸進尺，進一步去挑戰寧王的底線，雙方在暗底裡動手動腳雖然不可避免，但大規模的水上作戰不會發生，相信寧王雖然吃了大虧，在目前的形勢下，仍然會捏著鼻子將這口氣咽下去。

李清水師的作戰重點仍然是支持曾氏，曾氏控制下的東方雖然只有一個可以停靠大型戰艦的不凍港，但境內江河縱橫，主河道上三千料戰船可以進入，其他一些支道，千料戰船更是可以大規模地開進，**李清準備讓復州水師在進入這些江河支援曾氏作戰的同時，暗地裡逐漸控制住這些沿江城市及艦載兵力能覆蓋到的地區。**

與大楚其他地方一樣，這些沿江城市也是曾氏的經濟命脈，**控制了這些地方，便等於拿下曾氏的罩門**。等到徹底擊敗呂氏，曾氏在精疲力竭的同時，將無力反擊定州的侵蝕，即便不願意，也只能承認曾氏將成為定州的附庸。

計畫制定的完美無缺，但在執行過程中會出什麼意外，誰也不知道，像這次鄭之元艦隊居然順利消滅了勃州水師，就大大出乎李清的預料，以致於他很擔心寧王會惱羞成怒，會不顧一切地與定州開戰。好在寧王相當冷靜，對這一事件完全採取了冷處理，私下裡派龐軍去對付復州水師是肯定的，但在明面上，雙方除了外交人員脣槍舌劍外，並沒有太大的舉動。

謀事在人，成事在天，李清不願為這些不可預料的事而束手束腳，兵來將擋，水來土淹，任何事情發生了，總是會有解決的辦法。

北方是目前李清眼中的重點，姜奎的常勝師彙集了定州戰力最強的部隊，常勝營、旋風營兩大主力騎兵師，光是作戰騎兵便有一萬二千人，加上輔兵，不下兩萬餘人，從啟年師調去的兩支步營更是身經百戰，雖然不如啟年師的老班底天雷營那麼強悍，但這兩個步營在定州軍系中，是不折不扣的強軍，李清準備將陳澤岳的步兵營也調入到姜奎麾下。

陳澤岳原是雞鳴澤總教官，對於自己親自指揮的這個作戰營，私下裡當然是做了不少小動作，這個營雖然只上了一次戰場，但他的作戰能力卻相當驚人，以至於李清私下裡將陳澤岳叫來，就他以權謀私的小動作狠狠地訓斥了一番。

將雞鳴澤訓練營裡的精兵強將彙集到一個營裡，代價當然是其他作戰營戰力下降的結果，得了實惠的陳澤岳表面上心悅誠服，暗自裡心底卻樂開了花，李大帥雖然嚴厲地地教訓了他，卻沒有將這個營拆散的打算，這讓他一直擔心的事有了一個出乎意料的結果，殊不知要不是李清準備在北線大動干戈，需要在北線加強力量，這個步兵營絕對會被拆散，分置到其他各營去。

十月。

姜奎部已集結了三萬餘精兵強將，田豐的到達更是讓北線萬事俱備，**只等時局成熟，便欲揮戈北進，攻取盧州，全面進攻呂氏地盤了。**

作為一個新興的勢力集團，李清麾下的一眾官員們沒有老官僚體系那麼臃腫和拖遝，新興官僚階層為了更遠大的前程，熱情高漲，辦事效率始終保持在一個相當高效的程度，當然，這也讓李清的工作量大大增加，案頭上永遠堆滿了批閱不完的文件，大小會議一個接著一個，一天的日程從凌晨安排到深夜，有時連吃飯的時間也被擠占，日子過得是相當的辛苦。

但看到自己控制的地盤，實力每一日都在增長，除了軍事，經濟民生也是蒸蒸日上，境內百姓安居樂業，李清便很是滿足。

以前以定州一州之力供養十萬大軍，財政上捉襟見肘，不得不借貸度日，但拿下了復州並州之後，日子便好過多了，復州商業發達，鹽業足以影響整個大楚的價格，而並州是產糧大州，有了它，三州的糧食基本上可以做到自給自足。

而且李清在定州新擴展的地盤上大力墾荒，開拓新的糧源，連原先以牧業為主的蠻族都有一部分人開始了定居種植，如今從撫遠要塞到上林里之間，原先數百里戰鬥頻頻發生的荒原區域，已是良田萬頃，站在要塞頂上看過去，金黃的麥浪猶如黑水洋裡那無盡的波濤，隨著風一起一伏，讓人不由得不心花怒放。

即便如此，李清還是不遺餘力地在貯備糧食，在他看來，整個大楚的戰爭還僅僅是開端，隨著戰事的深入，中原腹地大量的良田將會荒蕪，農民將被強制入伍，人禍已是可以肯定的了，如果運氣不好，再碰上一個旱災水澇的，糧食價格將會飛漲，定州必須有備無患，提前做好準備。

付正清負責的定州債券發行司仍在運作，這個原先為了應付財政危機而臨時成立的機構已正式化，一年的債券到期後，定州果然如約返還本息，這讓原先被迫購賣的商賈官員們大喜過望，而一些本著支持當時平蠻戰爭，本就沒有打算收回這點銀子的老百姓更是歡天喜地，居然意外地小小發了一筆財。

像龍四海之流的人物，在拿到銀票後，當場便表示願意繼續加碼購買定州的債券，龍四海當年購買債券本就是一種政治投資，錢收不收回來根本不在乎，反正這兩年，他跟著李清，已不知賺了多少錢回來，眼下看來，當年的這點投資完全拿不上檯面來。

而像文金這樣有把柄被統計調查司捏著的大商，只要清風不去找他的麻煩，用這些錢買個平安，也沒有什麼大不了的，於是有期債券會不會再行發售，便成了定復兩州討論的話題，連剛剛歸附的並州百姓士紳也開始關注這個話題。

對於繼續發行債券，定州高層一連商量了幾天，決定將這個政策延續下來，債券司這個臨時衙門便順勢轉正了。

對李清而言，他很樂見於此，在民間，士紳商人們手中握有大量的現銀，這些人賺了銀子，許多並不是拿來擴大生產，擴大經營，而是將其私藏起來，放在地窖中令其發黴，在李清看來，簡直就是浪費，**錢只有流通起來，才能體現它的價值**。

百姓們發現官府信守承諾，原本只能私藏在家的銀子還可以每年穩穩地賺回一筆利息，也是興高采烈，爭相走告，當然，這也是對李清本人和他控制下的政權的一種信任，換了別的統治者，大家便不免擔心要被他私吞了。

由於李清這些年在定復兩州積累了極高的聲望，既然有大帥出面擔保，大家的擔心一掃而空，債券在李清控制的區域一時成了最熱門的東西。

債券司從原來的冷清衙門一躍而成炙手可熱的部門，原因無他，因為定州發行的債券分為三種，一年期，三年期，五年期，而且數量都有著嚴格的規定，這是李清與他的高級幕僚們通過仔細研究，反覆論證，確認無論發生什麼情況，這些債券到期後都有能力歸還本息的情況下制定出來的，否則到時出現了爛帳，就會導致信用破產，這對李清當然是不可接受的。

數量有限，但購買的人多，這便形成了僧多粥少的局面，付正清的這個債券司當然便成了大腕了。

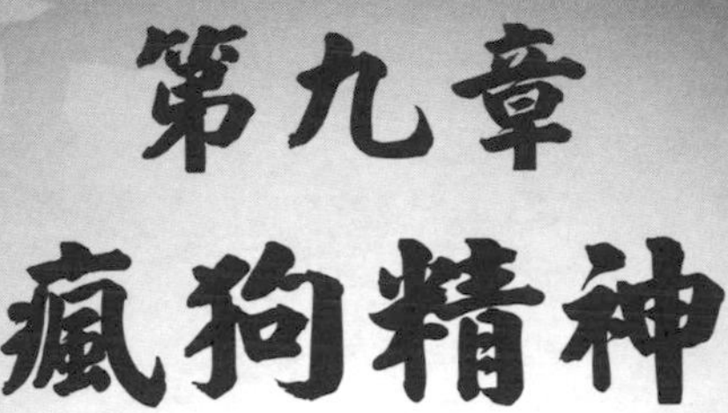

第九章 瘋狗精神

袁方笑道：「屈兄，不要忘了，李清還有一種瘋狗精神，不將這種精神灌輸給你的士兵，他們仍算不得強軍，就我看來，李清軍隊之所以強，除了訓練得法，戰場紀律森嚴外，更重要的是他的軍隊打起仗來捨生忘死，無絲毫後顧之憂！」

龍四海坐在鎮西侯府的內廳裡，一邊品著茶，一邊等著李清的接見。

他很是得意，如今李大帥日理萬機，多少官員都難輕易見到大帥，但自己每次求見，都能得到滿意的答覆，即便大帥實在抽不出時間，也會在其他時間預約出一個時段接見他，這讓龍四海的虛榮心得到了極大的滿足，更讓他的地位在定州，特別是在他所處的靜安縣，得到了極大的提高，連靜安縣令有時也拜託他在見大帥的時候稍稍提及一下靜安。

特別是他的兒子龍嘯天就任崇縣縣令後，他的地位更是水漲船高，定州官員士商都知道，誰就任崇縣縣令，基本上就意味著要飛黃騰達了。

龍四海在這幾年中，家業也是快速累積著，對軍中業務的壟斷，讓他也開始插足其他行業，如今，他是定州商貿司商人們選出的副司長之一，對定州商業政策有相當的發言權。

今天他來，是專門就棉花問題來向李清彙報的。

棉花被李清發現並引入之後，沒有人敢冒險大面積種植這種完全沒有任何栽種經驗的新作物，結果又是龍四海捷足先登，倒不是他慧眼識珠，而是他體認到一定要抱緊李清的大腿，管他這種作物是成功還是失敗呢，重要的是讓大帥看到自己對他的一片赤膽忠心，即便在這上面賠了本，大帥手稍微鬆一點兒，在其他方面就又賺回來了。

他在靜安縣一口氣買了數萬畝土地，找了一批擅於培養作物的老農，憑著從李清那裡聽到的一知半解的說明，居然讓他一擊成功，今年棉花大豐收，每畝產量達到驚人的四百斤，看著倉庫中白花花剛採下來的棉花，龍四海心花怒放，立即屁顛屁顛地來給李清報喜，李清一聽說是關於棉花的問題，立即便決定在百忙之中抽出時間來見他。

雖然在偏廳等了快一個時辰，杯子裡的茶也早已喝成了白水，但龍四海一點也不焦急，四平八穩地坐在哪裡，在侯府內呆的時間越長，在外人眼裡便越能證明自己在大帥眼裡的重要性。

從午後一直等到太陽偏西，龍四海再有耐心，也是昏昏欲睡了，直到這時候，才聽到內堂傳來腳步聲。

聽到李清說話的聲音，龍四海立刻精神百倍起來，揉揉眼睛，拍拍臉龐，儘量讓自己看起來精神煥發。

「龍先生，久等了！」看到向自己行禮的龍四海，李清笑著虛扶了一下，道：「坐，坐下說，今天會議稍微長了些，讓龍先生枯坐半日，實在抱歉。」

龍四海趕忙道：「小人等大帥，別說只等半日，便是等上一日，那也是應當的，大帥日理萬機，能撥冗見我，便是小人的福分了。」邊說邊向李清側後的路一鳴也行了一禮。

路一鳴亦是拱手回禮，如今龍四海在大帥眼裡地位頗高，龍嘯天亦是前程看漲，路一鳴自然不會托大。

見李清在主位就坐後，龍四海道：「大帥，小人這要恭喜大帥了，今年棉花大豐收，如今小人的倉庫裡都堆滿了棉花。」

「哦，真的嗎？」李清直起身子，欣喜地道，原本以為這種新作物沒有種植經驗，恐怕要幾年摸索才能成功，想不到龍四海居然這麼快就種成了。

「產量有多少？」

見到李清高興的模樣，龍四海開心地道：「大帥，每畝產量足足有四百斤。」

「太好了！」李清鼓掌大笑，在後世，科技條件如此發達的情況下，棉花的畝產量也不過六七百斤，最好的時候不超過一千斤，以現有的條件，每畝能有四百斤的產量讓他不禁喜出望外了。

「棉花能有如此好的收成，看來龍先生是下了大功夫，如此實心辦事，李某甚是欣慰啊！」李清仰天笑道。

「這也是靠大帥的蔭澤啊，小人不過順勢而為罷了！」龍四海恭維道。

李清一笑，懶得理會對方的溜鬚拍馬，仔細詢問了在種植過程中的各項事宜，有了第一次的成功，以後大面積推廣便有了可循的經驗，那就容易多了。

「大帥，如今棉花豐收，堆在倉庫裡，後期怎麼做，還需要請大帥示下啊！」龍四海道。

「棉花採收下來，接下來便是紡紗織布，將其推向市場了，龍先生是生意人，這還需要我來說，想必心中早有定見了吧？」李清笑道。

「棉花的用途範圍十分廣泛，做出來的產品怎麼定位的問題，小人還需要大帥明示。」龍四海小心翼翼地問道。

李清若有所思，點點頭說：「嗯，你能想到這一點，足見你很用心，棉花是新作物，目前種植範圍也不廣，我的意思是，除了軍隊採購外，用棉花織出來的布匹，可作為一種高檔的奢侈品推向市場，龍先生想必已經做出樣品來了，感覺如何？」

「感覺實在不錯！」龍四海興奮地道：「質地柔軟，貼身，吸汗，比絲麻好太多，完全不在一個檔次上，大帥知道，像絲綢衣料，我們雖然有錢，但也是沒有資格穿的，不怕大帥笑話，我以前都是將絲綢做成內衣，貼身穿著，雖然比麻好，但也沒有這種棉布舒服！」

李清笑道：「你說得不錯，棉布做成的內衣的確是很舒服，便是做成外袍，只要染色這一關做得好，那也很不錯，嗯，你將這種內衣給我送幾套來，回頭我讓人把尺寸給你。」

龍四海大喜，大帥這等於是在給自己做活廣告咧，只要大帥一穿上，自己以後推出的產品必然立馬成為定復並幾州的搶手貨。

「好的，小的回去後讓他們連夜趕工，一定以最快的速度給大帥送來。」龍四海喜笑顏開。

路一鳴在一邊打趣道：「大帥將這種衣服定位成高檔貨，那我今天借大帥的光，也來打龍先生一個秋風，給我也來幾套如何？」

「求之不得，求之不得！」龍四海嘴笑到了耳根後。

李清岔開話題，「說起這棉布，我倒有幾個問題問你。」

「請大帥垂詢！」

「你是如何讓棉花與棉皮棉籽分離的？」李清好奇地問道，這應當是個不小的問題，後世有脫籽機，現在可沒有啊。

說起這個，龍四海興致勃勃地道：「開始時，的確是大問題，非常麻煩，一時想不出別的辦法，只能用人工一個一個地做，耗時耗力，而且效率極低。後來有一個工匠想出了好辦法，用人力驅動兩根帶著鋸齒狀的木條從棉包上碾過，棉皮與棉籽便自然分離出來，棉花則掛在這些鋸齒狀的木條上，比以前的效率何止高上十倍百倍啊！」

李清驚嘆出聲，古人的智慧當真不可低估，棉花這種作物才剛剛出現，便有了這樣的發明，雖然簡單，但卻實用之極。

「好，妙！」李清拍手讚道：「這是個了不起的發明，龍先生應當重賞這個工匠！」

龍四海點頭道：「大帥說得極是，當時我便賞了這個工匠一百兩銀子。」

「嗯，的確應重賞，這一百兩你出的不虧！那你紡線是如何做的呢？」李清又問。

「紡線這些活計都是現成的手藝，倒不用多費功夫，我將這些棉花分到各家各戶，每天定時去收取。」龍四海道。

李清微微皺起眉頭，過去的單人紡機都是以一家一戶為單位，以手搖驅動，效率也很低，而且這種以家庭為單位的操作方式，在如今的定州已算是落後了，便是龍四海自己的作坊，也是專門聘請了工匠。

看到李清的臉色，龍四海立即便知道大帥不太滿意，但又不知道哪裡出錯了，只能將求助的眼光看向路一鳴，路一鳴微微搖頭，表示他也不清楚。

李清這才道：「我知道有一種紡紗機，比手搖式紡車效率要高多了。」

「真的嗎？」龍四海大喜，「還請大帥告知！」

一邊的路一鳴也悚然動容，不可思議地看著李清，心中駭異；大帥出身高門大戶，怎麼可能知道這些東西？而且這種手搖式紡車已用了不知多少年了，從沒有聽說過還有比它效率更高的東西啊！

李清吩咐唐虎拿來筆紙，垂頭用力回憶了一下前世在博物館見過的紡紗機，將其畫在紙上，畫好圖，點點圖紙道：「其實只要將這些紗錠立起來，便可以大大提高效率，至於怎麼做，我就不知道了，你下去慢慢摸索吧！」

龍四海兩手像捧著什麼寶貝一樣，小心拿著紙樣，口中一迭連聲道：「多謝大帥，多謝大帥！」

李清又道：「這種東西一旦製造出來，家庭式的單人紡車便要受到很大的衝擊，也許有人因此失去生計，你這方面的善後要做好，儘量地多招這些人家的子弟去做工，明白嗎？」

「小人知道，小人知道！」龍四海連連點頭。

「你將圖收好，我還有事要問你！」李清抬抬下巴，示意他道。

「你這幾年賺了不少錢吧？聽債券司付大人說，你這次光是五年期債券就一口氣買了一百兩銀子？」李清淡淡地問道。

龍四海心中一跳，偷偷地瞄了眼李清，但對方臉上古井不波，著實看不出什麼喜怒，於是小心地回道：「這幾年承蒙大帥關照，小人的確賺了不少錢，但小人賺了錢不敢忘本，知道小人有今天全是因為大帥的照顧，所以便多買了些債券，好能對大人的大業稍盡綿薄之力！」

李清端起茶杯，輕啜了一口茶，似笑非笑道：「如果這也是綿薄之力的話，那其他購買債券的人不知如何自處？路大人，聽說你也買了債券？」

路一鳴呵呵笑道：「與龍先生比起來，我那點錢簡直不用提了，卑職我幾年積攢，才有不到一萬兩銀子，這次全拿出來購買了五年期債券，現在我是身無分文了，全指著大帥發餉，以支用度呢！」

龍四海聽了，心道李清這是在責怪他炫富了嗎？趕忙哆嗦地道：「是是，小人不是綿薄之力，小人買多了，小人下次一定少買！」

話一出口，又覺得不太對，修正說：「不不，小人不是這個意思，小人我，小人我……」一時怔在那裡，不知話該怎麼說了。

見龍四海臉色慘白，身體有些發抖，李清蓋上茶蓋，輕聲道：「龍先生不必擔心，我不是這個意思，你賺了錢，多買債券，支持定州，我李清心裡是很感動的。」

「不敢當，這是小人該做的！」龍四海驚魂未定，不知李清到底是什麼意思。

李清道：「這幾年你賺了不少錢，身分與當初也不可同日而語，但我聽到一些抱怨，你幾乎所有的行業都要去插上一腳，四處參股，更在很多商行占了絕大股份，是不是有這麼一回事？」

龍四海額頭上滲出汗珠，**敢情大帥不悅的根腳在這兒，原來是嫌自己的手伸得太長了。**

「有錢投資，讓錢流動起來，當然是好事，可是你想過沒有，有很多商家並不喜歡你參與，但迫於你現在的身分又不敢不從，在外人看來，你龍先生可是我李清的御用商人啊，龍先生一開口，心中即便一萬個不願意，也不敢說不，只能捏著鼻子認了。」李清拖長聲調道。

「小人不敢了，再也不敢了。」龍四海噗通一聲跪倒在李清面前，磕頭告饒道：「大帥，雖然我入了股份，但說實話，我並沒有強逼他們啊，小人回去後馬上退股。」

李清道：「起來吧，知道錯了就好，回去後好好處理這件事，龍先生，做事業不在廣而在精，世上生意千萬種，每一行你都插手，你有這個精力嗎？再說了，這樣對嘯天的聲譽也是大大不利啊！」

龍四海此時已是大汗淋漓，驚惶地道：「大帥教導的是，小人回去後馬上便處理此事。」

「起來吧！」李清柔聲道：「這次你摸索出棉花種植經驗，不要敝帚自珍，要大方地向世人公開你的種植技術，讓更多的人參與，使棉花產量大大提高，至於我給你畫的這種紡紗機，也不要藏私，可以聯合更多的人一起來做這件事。人多力量大，人多好辦事。這種紡紗作坊可以讓更多的人來辦，你不妨做這些作坊的領頭人，負責推廣銷售，有錢大家賺才是正理，否則，這種紡紗技術並不是什麼了不得的東西，行家看幾眼就能仿製，到時候別人一哄而上，形成惡性競爭，反而都賺不到錢了！」

龍四海重重地在地上叩了幾個頭，「大帥說得是，小人都記下了。」

「行了行了，不要作磕頭蟲了，嘯天如今也是有身分的官員了，要給他要留幾分體面，起來吧，回去多想想我說的話！」李清笑道。

「多謝大帥！」龍四海又磕了好幾個頭，這才站起來，滿頭大汗地向李清辭行。

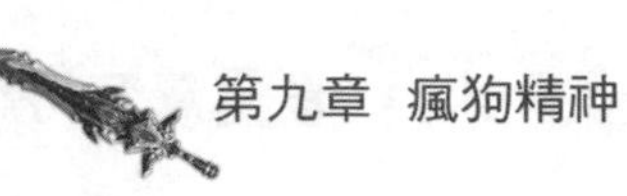

看到龍四海踉踉蹌蹌地走出偏廳，路一鳴笑道：「大帥今日這一番敲打，龍四海應該知道其中的利害了。」

李清語重心長地道：「我扶植他，是為了扼制以前那些大商戶，那些商戶與門閥有著說不清的聯繫，龍四海崛起，可以有效地制衡他們，但我可不想形成一個新的財富寡頭，你看他現在一次便可以拿出上百萬兩銀子來買債券，就知道他這幾年積累了多少財富，一個人錢太多了可不是什麼好事，**均衡才符合我們的長期利益！**」

路一鳴心領神會地道：「大帥說得是，龍四海積累大量財富，大帥又在大力扶植龍嘯天，如果不加以扼制，也許只需數十年，又是一個新的世家崛起。這對大帥今後的大業可是不利的。」

李清笑而不言，這些話路一鳴可以說，他卻不便公開承認，哪怕是在私下，他也不願太直白地告訴屬下。

「對了，大帥，您是怎麼想出這種紡紗機的？」路一鳴腦子裡一直盤旋著這個疑問，此時趁機提了出來。

李清笑道：「如果我說是在夢中為神人所授，你相信麼？」

「我相信！」路一鳴毫不猶豫地說。

「子不語怪亂力神！」李清大笑，「路大人，你可是讀聖賢書的人！」

兩人相視而笑。

路一鳴不再探根究底，他很清楚，李清作為最高領導，當然要在下屬面前保持一定的神秘感。

李清道：「今天我還要去桃花小築，就不留你晚飯了。」

一聽李清又要去桃花小築，路一鳴猶豫了一下，道：「大帥，這段時間您經常去桃花小築霽月夫人那兒，不免有些冷落了傾城公主，公主現在也是有身子的人，大帥不多多陪陪公主，公主難免會不開心，這會對腹中胎兒不利的。」

李清詫異地看了眼路一鳴，如果這段話是尚海波所說，他毫不意外，路一鳴一向慎言謹行，對自己的家事向來是敬而遠之，自己不問，他絕對不發一言，但今日卻說了出來，這一方面說明路一鳴對自己的確忠心有加，另一方面，是不是自己這段時間真的有些冷落了傾城公主呢？李清反思道。

傾城自從得知天啟皇帝死訊後，便宛如換了一個人，以前的火爆性子大加收斂，倒是真有些賢內助的意思了，雖然偶露猙獰，但整體說起來，真是改變很多。

看到傾城這個樣子，李清不免有些愧意，要知道江山易改，本性難移，以她公主之尊，金枝玉葉之身，一向是驕嬌慣了的，能做到現在這般，內心裡不知受了多少委屈。

「這是你一個人的意思？」李清問道。

路一鳴道：「大帥，卑職一向是不願意摻合大帥的家事的，但兩位夫人都有了身孕，手心手背都是肉，傾城公主畢竟要尊貴一些，大帥不妨多陪陪公主。」

李清點點頭，路一鳴都這樣說了，可見自己這一向的確去霽月那裡多了些，不禁自我辯解道：「我這段時間多去霽月那邊，是因為霽月身體反應很厲害，整個人虛腫許多，連走路都有些困難，霽月身子本就虛弱，再加上年齡小，我很是擔心，有我陪在身邊，她感覺便好一些。反觀傾城是習武之人，身子一向強健，雖然也有身孕，但反應不大，我因而有些忽略了。嗯，既然你這麼說了，今天我便去陪陪傾城吧，說起來，這幾天我一直都在書房歇息，倒還真沒有去瞧過她呢！」

路一鳴欣喜地道：「大帥明見，既然如此，卑職我就先告辭了！」

侯府內院，早已點燃了燭火，傾城正在燈下獨自吃著晚飯。

懷孕之後，食量大增，每頓都比以前要多吃上一碗飯，方桌上，擺著四菜一湯，二葷兩素。

與霽月只撿些清淡的吃，吃肉還要李清哄騙不同，傾城卻更偏愛吃肉，每頓飯必有紅燒肉這道菜。

李清這段時間來得少，不是去桃花小築那邊，就是在書房辦公到深夜，傾城沒想到李清今天竟會出現在這裡，身邊的宮女不是去打聽過，說大帥今天要去桃花小築麼？怎麼來這裡了？

「侯爺來了？」傾城臉上是怎麼也掩飾不住的喜色。

李清笑道：「什麼侯爺不侯爺的，一家人，不用叫得這麼生分，啊，聞著飯菜的香味，我才感到餓了，來人啊，拿一副碗筷來！」

傾城忙道：「侯爺且慢，這都是我吃剩下的，你怎麼可以再用，我馬上叫廚房再弄些菜來！」

李清擺擺手，「無妨，自己老婆吃過的怕什麼，我餓得很，等不及了。」

宮女滿滿地盛上一碗飯過來，李清就著剩菜，狼吞虎嚥，連吃了幾碗飯，這才撫著肚子，打著飽嗝，滿足地道：「吃飽了！」

傾城坐在一邊，要是以前，她一定會斥責李清不講儀容，但現在，看著李清的模樣，心裡反而泛起一股幸福的感覺，興許那千千萬萬的小戶人家，日子就是這麼過的吧？傾城在心裡想道。

統計調查司。

院內的合歡花樹正值花期，粉紅色的合歡花開遍枝頭，時有微風吹至，花瓣隨風而落，飄飄灑灑，微香撲鼻。

鍾靜穿過樹林，來到清風辦公的廂房，推開微掩的大門，輕手輕腳地走了進去，清風正托腮沉思，鍾靜進來腳步極輕，她竟然沒有發現。

看到清風眉頭微皺，顯然是碰上了為難之事，鍾靜便屏身凝氣，悄無聲息地站在一側，靜候著清風呼喚。

半晌，屋裡的油燈啪的一聲，炸開了一朵燈花，清風身體微微一震，從沉思中清醒過來，抬眼看到鍾靜，驚道：「阿靜，你什麼時候來的？」

鍾靜笑道：「來了有一會兒了，見小姐正在想心事，不敢打擾！」

清風點點頭，「我的確是碰上了難事，咦，今天不是讓你休息嗎，怎麼又回來了？」

鍾靜道：「虎子今天回家早，跟我說大帥原本是準備要去桃花小築的，但聽了路一鳴一番話，便轉身去了傾城公主那兒。」

清風嗯了聲，臉上表情卻沒有絲毫變化。

鍾靜道：「小姐，路大人一向不摻合大帥家務事的，現在這樣，是不是他也偏向傾城公主那頭啦？」鍾靜有些著急。

「尚先生一向對我持有偏見，偏向傾城那是毫無疑問的，再說了，傾城公主畢竟出身高貴，哪是我們姐妹這等人能比的？」清風自嘲道：「至於路大人，他一向小心謹慎，對我也不錯，從沒有刻意為難過我，以他的為人，也不可能偏向任何一頭。嗯，我明白了，很可能是將軍這段時間去霽月那裡太勤，有些冷落傾城公主，對於持中的路一鳴來說，當然要向大帥進言一番了，沒有關係，路大人我是很瞭解他的性格的。」

鍾靜有些不平地道：「出身高貴又有什麼用，能當飯吃嗎？能為大帥的大業做出貢獻麼？倒是小姐，為了大帥的大業嘔心瀝血，尚先生明明看在眼裡卻視而不見，反而刻意為難，當真令人氣憤。」

清風搖搖頭，「阿靜，尚先生不是沒有看到，也不是不明白，但是他……算了，這些事跟你說了，你也一時不會明白的。對了，我託恆秋給霽月帶去的那些補品，霽月吃了麼？」

鍾靜臉色微變，期期艾艾半晌才道：「小姐，您知道，恆秋是個醫呆子，說起醫術頭頭是道，但做起事來卻有些木訥，您給霽月小姐送東西，又不能讓霽月小姐知道，恆秋將東西帶進去後，霽月小姐一問，他閃爍其詞，立即便被霽月小姐看出了問題，一加盤問，恆秋哪裡能應付霽月小姐這樣冰雪聰明的人，當即便露了餡兒。」

「霽月沒有吃？」清風變色道。

鍾靜低下頭：「恆秋回來說，霽月小姐非但沒有吃，還要恆秋將這些東西帶回來，恆秋不肯，霽月小姐便當著恆秋的面將這些補品全都倒掉了！」

清風臉色先是變白，再轉紅，然後又變白，如此數次，看得鍾靜提心吊膽，生怕清風怒急攻心。

直見清風幽幽地嘆了口氣，「不吃便罷了！」微微側轉身子，細心的鍾靜看到清風似乎是在擦拭眼淚。

「霽月小姐也太不懂事了！」鍾靜低聲道：「小姐為了她，不惜犧牲自己在大帥眼裡的形象，她卻絲毫不領情。」

清風轉過身來，強笑道：「這不正是我想要的麼？阿靜，不談這個了，說說你吧，虎子對你怎麼樣？」

鍾靜臉一下子紅了，道：「那個呆子敢對我不好麼？倒是整日將我當菩薩般供著，小心呵護，照顧備至，弄得我一時很不習慣。」

「這樣就好！」清風很是羡慕，「阿靜，你嫁給唐虎，倒真是你的福氣，像唐虎這般的性子，認準了的事絕不回頭，他呀，會一輩子對你這樣好的。」

「還要多謝小姐與大帥的成全！」鍾靜臉上洋溢著幸福的笑容。

清風微微一笑，自己只有霽月一個親人，霽月卻與自己這般模樣，不知不覺間，自己將對妹妹的愛轉移了一部分到鍾靜身上，將她當成了妹妹的替身。看到鍾靜幸福，她心裡也很是高興。

「對了小姐，剛剛我進來的時候，您似乎有什麼疑難問題解不開？」鍾靜問道：「不妨說出來，讓我幫您參詳參詳？」

清風伸手從案上拿起一疊文案，遞給鍾靜，道：「我在為興州屈勇傑傷腦筋呢。」

「屈勇傑？」鍾靜怪道：「他有什麼可讓小姐您頭痛的，一州之地，這些年還被打得半殘，他能在兩大勢力之間生存下來，已經是奇蹟了！」

「**這個世道沒有什麼奇蹟，任何事情都是有因有果！**」清風斷然道：「如你所說，屈勇傑在被打得半殘的興州混得風生水起，本身就是很奇怪的事情。」

粗粗流覽了一下手裡的文件，鍾靜也看出了問題，奇怪地道：「屈勇傑在興州又擴兵了，興州現在的模樣，如何能支撐得起他養五萬兵，而且還裝備極好，訓練有素？」

「你也看出來了吧？」清風道：「這就是我傷腦筋的地方，**他的軍餉從哪裡來的？他的裝備又是從哪裡來的？**興州可不像將軍治下的定州施實新政，有多方財源，即便如此，平蠻戰爭我們仍是靠著大量的借貸才挺過來的，**屈勇傑不是神仙，從哪裡弄來這麼多錢？**」

「興州分部怎麼說的？」鍾靜道。

「那裡的負責人費盡心機，也沒有搞明白是怎麼回事！」清風煩惱地道。

鍾靜一時也有些茫然，清風都搞不懂的事，她自然也無計可施。

「不止如此，還有一些情況，我到現在才覺得奇怪！」清風又道：「袁方此人一向負責職方司，與屈勇傑並沒有特別好的交情，為什麼他被李國公救出來後，傷一養好，便迫不及待地去興州投奔了屈勇傑？要知道，論起當年在朝廷中的地位，他可比屈勇傑要高上一籌啊，如今卻心甘情願地為其效力，因為袁方，全國各地的職方司在旦夕間全投向了屈勇傑，現在洛陽的職方司指揮丁玉幾乎成了空架子，能指揮的人、能掌控的地方已是屈指可數了。」

「的確有可疑之處！」鍾靜也動容道。

「還有，屈勇傑現在的首席謀士，府內都稱呼他為龍先生，極得屈勇傑信任，不管任何事，屈勇傑都要向他徵詢意見，**但我們費盡心力，都查不出這個龍先生從何而來，這個人便彷彿是從天下掉下來似的**，以前的記錄完全是一片空白。而且此人極富謀略，有他相助，屈勇傑這大半年來不但扭轉了以前的頹勢，而且處境一天好過一天。像這樣的人，應當在大楚不會藉藉無名的。」

鍾靜沉吟道：「這個倒也不盡然，小姐，也許此人以前隱於山澤或者市井，不願拋頭露面，像這樣有才能的人，大楚如此之大，應當有不少，像尚先生和路大人，跟隨大帥以前，世人又有幾人知道他們，但現在只要一提起二人，誰不是如雷貫耳呢？」

清風笑道：「即便如此，但尚先生和路大人的根腳也是清清楚楚，一目了然，有心人一查便知，但這個龍先生未免也太神秘了些。這般的重要人物，我不瞭解清楚，當真是食不知味，睡不安枕。」

「小姐，不要太苦了自己，這些事，不妨跟大帥講講，大帥也許能想明白。」鍾靜建言道。

清風搖搖頭，「將軍日理萬機，每天有多少事等著他處理，而我專司其職，負責的就是這一塊，我苦思冥想都不得其果，將軍又哪裡有時間花在這個上面。鍾靜，這一點你要明白，**將軍將一件事交給了你，他要的是結果，而不是過程**。

如果每件事有了困難都去找他，那將軍要你何用？這事還是等我查出了眉目，再去告訴將軍吧，你不妨在這上面也花些心思，此事關係到將軍今後的大局布置，不能輕忽！」

鍾靜鄭重地道：「多謝小姐提點，我明白了。」

「好了，既然來了，就不急著回去，陪我吃飯吧，與你說了這會兒話，我倒是感到有些餓了！」清風順口道。

鍾靜一驚，「小姐，這都什麼時候了，您怎麼還沒有吃晚飯？這些廚子是怎麼回事，我不過休息一天，便讓小姐餓到這個時候？」

「不怪他們，是我自己吃不下，來，陪我小酌幾杯。」清風一把拉起鍾靜，向外走去。

院內，合歡花落在兩人髮梢肩頭，看著清風的側臉，鍾靜心裡不由一陣惻然，小姐也太可憐了些。

這一晚，雖然沒有喝幾杯酒，但清風卻醉了，鍾靜知道，霽月小姐今天讓小姐太傷心了，小姐這是在借酒澆愁啊。

服侍清風睡下，又在院內巡查一遍，這才返身回家，一路上卻在想，回去後要跟虎子吹吹枕頭風，讓他有意無意地在大帥面前多提提小姐，能讓大帥多來看看小姐，陪陪小姐，小姐便會快樂許多。

讓清風百思不得其解的興州城，一隊隊士卒正列隊從城下走過，激昂的口號聲震雲霄，這是屈勇傑花費數月時間訓練的新兵。打著保衛家園的口號，用充足的軍餉，很容易地便吸引了無數的興州男兒加入他的隊伍。

數年來，興州人頻遭戰亂，深知期望靠別人拯救自己，還不如自己拿起刀槍來保衛家園。恰恰此時，屈勇傑來到興州，他的顯赫身分對興州人有著非常大的吸引力，加上軍餉吸引，到十月，屈勇傑麾下已聚集了五萬精銳之士。

屈勇傑自從在洛陽與李清鬥兵完敗之後，便潛心研究李清練兵之法，後來袁方來到興州，更是動員了職方司的力量，四處搜集李清雞鳴澤新兵訓練營的情報，長時間搜集的一些零零碎碎資料集合起來，在屈勇傑這等大行家眼中，很容易便窺探出李清練兵的奧妙。

哪裡跌倒，便從哪裡爬起來，屈勇傑全盤照抄了李清的練兵之法，效果立竿見影，那些農夫走卒經過幾個月的嚴格訓練，竟化身為精銳之士，他們所欠缺的，只是最後一個環節，打上一仗，見見血，體會一下戰場的殘酷而已。

「**沒有上過戰場的精銳永遠不是真正的精銳，只是好看的儀仗隊！**」屈勇傑牢牢記著李清的這句話。

雙手撐在城牆上，屈勇傑臉色顯得有些激動，有了這些虎賁之士，自己才有大展拳腳的機會，他的一左一右，分別站著袁方和龍先生。

「李清的確大才，這練兵之法看似乏味，枯燥，但只要挺了過來，便立即能將一群烏合之眾變成強軍，真不知道他當初是如何想出來的。」屈勇傑感嘆道：「我只是偷窺其法，便得如此強軍，難怪現在世人都道定州軍方是天下第一強軍。」

袁方笑道：「屈兄，不要忘了，李清還有一種瘋狗精神，不將這種精神灌輸給你的士兵，他們仍算不得強軍，就我看來，李清軍隊之所以強，除了訓練得法，戰場紀律森嚴外，更重要的是，他的軍隊打起仗來捨生忘死，無絲毫後顧之憂，他在定州施行的新政，的確在最大程度上啟發了士兵的積極性。我的手下便曾聽過一些定州兵笑言，**死了我一個，幸福全家人，這才是定州兵真正強大的根本原因！**」

一邊的龍先生點點頭，「袁方說得不錯，這才是深層的原因，李清也曾說過，**有恆產者有恆心**，這些定州兵為了保護他們的勝利果實和利益，不惜捨生忘死，前仆後繼，東家，現在你已在興州站穩了腳跟，當地的世家門閥再也不能撼動你的地位，是時候大展拳腳了，李清在定州能實行的新政，我們在興州一樣能做，現在的興州與當初的定州何其相像，都是被亂兵肆虐，都是大量土地荒蕪，大批豪門被摧毀，當初李清曾對先皇說，在大楚全面推行他的新政不啻自取滅亡，但現在興州，卻沒有這種顧慮了。」

屈勇傑點點頭，此時，城下的士兵已列隊回到軍營，便道：「龍先生，袁兄，我們回府再詳談吧！」

剛剛返回府第，幾人還沒有坐穩，便有一封職方司的密件送到了袁方的手中，拆開一看，袁方臉上露出苦笑，久久沒有出聲。

「怎麼了？」屈勇傑不禁問道。

袁方將密件遞到龍先生手中，道：「剛剛得到消息，李清麾下復州水師深入黑水洋，繞行了大半個大楚後，在黑水洋深處將勃州鍾祥水師誘入圈套，一鼓而殲。勃州水師全軍覆滅，除了鍾祥拼死脫逃，再沒有一艘船能回來，勃州水師已不存在了。」

屈勇傑也是大吃一驚，勃州水師滿員兩萬餘人，是大楚赫赫有名的水師之一，就這樣被李清輕易滅了？

「李清這是何意？他當真實心與蕭浩然結盟，要助他打敗寧王麼？」

有些難以相信，「蕭浩然與寧王打得兩敗俱傷，豈不是更合他的心意？」

龍先生閉目久久不語，屈勇傑與袁方兩人的眼光都轉到他的身上。

良久，龍先生站起來，走到牆上掛著的大楚疆域圖前，用手沿著浩瀚的黑水洋畫了半個圓圈，回過身來，道：

「李清的真正目的，恐怕還是要東去援助曾氏，打勃州水師很可能只是順手為之，根據職方司的情報，復州水師在打鍾祥前，便開始在漣山島修建了大型基地，現在更在火山岩修建基地，李清這是要利用這些海島，最大程度地限制寧王水師的活動範圍，方便他的水師逕自東去支援曾氏。

「勃州水師一滅，寧王水師三去其一，再加上這些深海島鏈的封鎖，登州、臨州水師從此便被封鎖在近海了，再也無力去遠海與李清較量，李清肯定會集中精力支援曾氏，將呂氏拖入曠日持久的戰爭泥沼，待其精疲力竭之時，他的陸軍揮兵直進，以盧州為跳板，將呂氏之地納入他的掌控之中，說不定，在這個時候，他還同時打著曾氏的主意！」

屈勇傑被龍先生的推論震得有些發呆，「聯合曾氏擊垮呂氏，這個很容易想到，但同時打曾氏的主意，李清的胃口也未免太大了吧？」

袁方臉色陰沉地道：「沒有什麼不可能的，屈兄，不要忘了，當初李清聯全室韋人攻擊蠻族，在蠻族垂死掙扎，斷無生機的時候，李清卻又聯合蠻族反戈一擊，將室韋十萬大軍斷送在草原之上，正是憑著這一仗，奠定了李清無可動搖的地位和廣闊的戰略空間。

「**李清極有可能在支援曾氏的同時，也在盤算著如何將曾氏吞掉。**否則，他要支援曾氏的話，逕自陸軍出動，自西方攻擊呂氏便可達到目的，又何必勞師遠征，派出水師繞行大半個大楚，如此耗費之巨，是難以想像的，如果沒有更大的目的，何必如此？雖然我們現在想不到他如何圖謀曾氏，但這一點卻是確鑿無疑的。」

「李清，**真梟雄也！**」屈勇傑長嘆一口氣，「圖謀之深，布局之遠，讓人望而生畏，偏生卻又令人無可奈何。龍先生，我們現在所行之策，實在是有些行險，一個不好便是大廈傾覆，煙消雲散的下場。即便中原蕭浩然與寧王打得兩敗俱傷，打得一塌糊塗，我們從中漁利，重整河山，但到時候，卻要面臨一個比他們兩個加起來還要凶狠的李清集團，豈不得不償失？」

龍先生陰沉地笑了起來，「東家，你心怯了，未戰而先怯，兵家之大忌也，你是大將，如此心態，未戰已敗了。」

屈勇傑抬起頭，「不，我並不膽怯，只是擔心而已，我只怕我們費盡心機，布下這個局，到最後卻是為他人做了嫁衣。」

龍先生哈哈大笑起來，「那又如何，謀事在人，成事在天，至於結果如何，便是神仙下凡，恐怕也無法盡握人心，將所有事情都掌握在手中，我們只能克盡心力而已。而且，東家，你不覺得，即便我們不布下這個局，大楚天下又還能支撐一年，兩年或者更多？」

屈勇傑不由黯然。

「既然遲早要滅，不妨讓我們提前將他打碎，鳳凰涅磐，浴火重生，就讓那些野心勃勃的世家豪門，讓那些想要逐鹿中原的英雄們打個你死我活，打個玉石俱焚，而我們，要像一頭狼，悄悄地隱藏在黑暗中，瞧準時機，橫空出世，一擊致命！**這局棋，是一局死棋，要麼全勝，要麼全敗，沒有妥協的任何可能。**」

龍先生激昂的聲音在室內迴盪。

屈勇傑與袁方也激動起來，大聲道：「鳳凰涅磐，浴火重生，我等願為大楚的浴火重生鞠躬盡瘁，死而後已。」

龍先生縱聲大笑，「東家，你也無需如此悲壯，我們並不是孤軍作戰，**在黑暗中，還藏有我們的盟友**，只不過時機不到，他是決不會露出首尾的。**當他出現的時候，便是大局將定了。**」

屈勇傑臉上露出驚喜的神色，看著袁方，卻見他一臉瞭然，心知袁方必然知道其中的一些奧秘，作為大楚的頭號特務頭子，必然知道很多自己不瞭解的事。

「龍先生，話雖如此，但我還是擔心李清啊，龍先生請看，如果李清的戰略布局成功，他的勢力範圍橫跨西北東三方，將中原腹地團團圍住，到那時，他地盤上的丁口基本可以與中原持平，而李清所推行的新政又為他提供了強大的戰爭潛力，恐怕此人將成為我們最強的對手啊！」屈勇傑道。

龍先生笑道：「不用擔心李清，讓他去打吧，李清所到之處，世家豪門基本被摧毀，被削弱，與我們的目的大同小異。」

屈勇傑看向袁方，「袁兄，聽說公主在定州過得不太如意啊？」

袁方點點頭，「李清無比寵信白狐清風，清風的妹妹更是與公主一前一後懷上了李清的孩子，而且公主的頭號謀士燕南飛又被李清支到了千里之外的室韋，去為李清開疆拓土去了，剩下的人基本上不濟事，哪裡是定州那些老謀深算的傢伙的對手！唯一的好消息，便是秦明到了軍中，擔任一營主將，手下以一千宮衛軍為基礎，組建了一個騎兵營，目前駐紮在並州，歸呂大臨轄制。」

「我們可不可以悄悄接觸一下呂大臨，此人也算是大楚宿將……」

話還未說完，已被龍先生打斷，「萬萬不可，呂大臨此人與李清糾葛太深，根本不可能脫離李清集團。」

「我準備派人去定州見見公主！」袁方道。

龍先生瞧了袁方一眼，「你是想親自去吧？」

袁方微笑道：「總是瞞不過龍先生。」

龍先生哼了聲，道：「袁方，想想鍾子期吧，此人去了定州，九死一生，甚至被那清風生擒活捉過，要不是他與李清有一段恩情，李清也還念舊情的話，骨頭早就已經枯了，你去定州，想要去自投羅網麼？不要看你的職方司在定州重新開始活躍，你就小看了那頭白狐。」

袁方不由默然，鍾子期的能力並不在他之下，他在清風手下都吃了虧，自己此去，還真是沒有半分把握。

第十章 驚天大局

「他的目的是什麼，這便是我們下個階段的重點，我們先假定龍先生是天啟皇帝，然後去尋找他這麼做的目的。」清風道：「不管這個目的是什麼，能讓天啟這麼做，他的目的一定不小，說不定當真是一個驚天動地的大事件。」

日子轉眼便到了十二月，與逐漸惡劣的天氣一般，秦州的蕭遠山的處境也日益險惡起來，在秦州，他勉強維持著與胡澤全所統率南軍的均勢，但寧王再出重拳，著屬下重將藍山統本部精銳兩萬彙集蓋州軍馬，兵進金州。

並於十二月初，由許思宇統帶千餘死士，在一個大雨滂沱的夜晚偷襲蓋州與金州之間的要隘獅子關，一擊得手，藍山所部四萬餘人如滾滾洪流捲進金州，半月之內，席捲大半個金州，從側翼直接威脅到秦州，如果金州完全失守，秦州便會被三面包圍，而在它的另一側，興州屈勇傑則態度曖昧，是友是敵尚不能判斷。

忽然之間，形勢便如此險惡，坐鎮洛陽的蕭浩然勃然大怒，一紙命令連斬金州統帥、知州及獅子關守將三人，在急調兵馬支援金州的同時，他的眼光瞄向了金州一側的翼州，那是李氏的地盤。

蕭浩然知道，翼州的李氏如今擁有三萬餘精兵強將，更有李鋒統帥的五千曾在草原戰場上打磨過的精銳騎兵，如果李氏能出兵金州，則金州之危可解，但如何能讓李懷遠這個老狐狸同意出兵呢？蕭浩然突然牙痛得厲害，說不得自己又要大出血了。

自從天啟暴斃，昭慶登基，李懷遠便突然病倒不能起身了，無論是新登基的昭慶帝三請四催，還是監國的齊國公蕭浩然三顧茅廬，李懷遠反正是一句話，年老體弱，不堪大用，只想在家頤養天年，請天子與齊國公體諒他為國征戰半生，渾身是傷，便讓他在家安度餘生，安安靜靜地享上幾年福吧。顛來倒去都是那幾句話，反正就是不願踏上朝堂半步。

被李懷遠氣得七竅生煙的蕭浩然，最後決定不再理會這頭老狐狸，沒有張屠戶，還能吃帶毛豬，只是使人日夜監視著安國公府，注視著李懷遠的一舉一動。

傾城出嫁之後，李懷遠便將兩個兒子和家人都打發回翼州，自己孤身一人，帶著一群僕人丫環老媽子獨居在偌大的國公府內，安分得很。

在李懷遠那裡吃了幾次癟的蕭浩然，本不想再一次踏進安國公府，但現在，他不得不捏著鼻子再次上門了。

臨出門前，偏生又下起了雪，看著短短時間便籠罩在白霧之中的洛陽，蕭浩然的心裡更是添了一層陰霾。

昔日熱熱鬧鬧的安國公府現在冷清多了，不到一年的時間，居然顯出一副破敗景象，朱紅色的大門上汙垢重重，昔日擦得錚亮的銅環銅釘上都長了一層綠鏽。

輕車簡從來到安國公府的蕭浩然站在門洞裡，看著親隨蕭勇敲響了門環，說是輕車簡從，但其實在他到來之間，早有衛士將這條街洗了一遍，寬闊的街道上除了巡防的衛士，再也找不到什麼人影了。

門打開了一條縫，老門子顯然是認識蕭浩然的，一眼看見站在門洞裡的蕭浩然，登時吃了一驚，趕緊小跑幾步，來到蕭浩然面前，大聲道：「小的見過國公爺，小的馬上去回報老爺。」行了一個禮，站起來就待往回跑。

蕭浩然笑道：「不必回報了，我與老李是在一個鍋裡攪過馬勺的人，那有那麼多規矩，你家老爺現在在哪裡，直接帶我去見他就是了！」

老門子停下了腳步，訕訕地道：「國公爺，這不大好吧，老爺會責怪我不懂規矩的！」

蕭浩然哈哈一笑，「放心吧，有我在，安國公絕不會怪罪於你，走，前頭帶路，看你這樣子，雖然老得不成樣了，但顯然也是跟著安國公從過軍，打過仗的吧？」

老門子聽到這話，皺紋層疊的臉上一下子放出了光彩，得意地道：「國公爺明鑒，小人跟著我家老爺打了半輩子仗，從老爺的第一仗開始，便跟在老爺的馬邊，那些年，小人我可是一仗都沒有拉下過！」

說著話，手撫在腰間，略帶著痛楚道：「現在老了，不行了，當年小人我可是拿著數十斤的大刀當風車玩的，現在啊，當年拿刀的手卻只能柱拐杖了！」

蕭浩然點點頭，「是啊，我們都老了！」老門子的一席話似乎勾起了蕭浩然對當年年輕歲月的回憶。

一邊與老門子回憶著當年的英雄歲月，一邊隨著他穿房越廊，來到後花園，看見李懷遠的模樣，蕭浩然剛剛被老門子點燃的好心情一下子破壞殆盡，氣得七竅生煙，這老不死的！居然敢說自己爬不起床，走不得路，簡直就是蒙著眼睛說瞎話，看他那樣子，壯實著呢。簡直比自己還要精神。

安國公李懷遠顯然沒有想到蕭浩然會這樣登堂入室，正和一群妙齡女子在雪中大跳軍舞，樂此不疲呢。

安國公李懷遠不上朝堂，但朝廷和皇帝卻不能無視這位老人家啊！隔三岔五便有賞賜下來，包括現在這群正在和他老人家嬉戲的宮女。

自言走不得路，連下床都很困難的安國公，此刻正用手中的拐棍當大刀，引領著一群身著勁裝的宮女們跳著曾在軍中流行過的軍舞，安國公揮舞拐棍，身後的宮女們卻是手執梅花枝條，這種陽剛氣十足的舞蹈愣是被他們跳出了陰柔之美，宮女們不時發出快樂的笑聲，顯然在宮裡被規矩束縛得死死的這些女子，很享受現在這樣的生活。

蕭浩然臉色很是不善，重重地咳了幾聲，李懷遠這才注意到院子門口，蕭浩然正大馬金刀地站在那裡，宮女們卻沒有看到蕭浩然，看到李懷遠停了下來，都湧上來嬌語連連，撫肩拉手，央求國公爺再跳上一會兒，都快要學會了，正是趁熱打鐵的時候，怎就停下來了呢！

李懷遠一臉尷尬，老門子一看惹禍了，舌頭一吐，已是一溜煙地跑了一個無影無蹤，他是跟了安國公數十年的老家人了，倒不擔心老爺子事後會收拾他。

尷尬的神色在老頭的臉上持續不過瞬間，便恢復了正常，拐棍在地上頓了頓，道：「姑娘們，老夫來客人了，明天再跳，明天再跳！」

這個時候，這群宮女才看到一臉不善的蕭國公爺正從院子門口大步走來，頓時花容失色，她們都是自宮中而來，對這位國公爺的手段那可是瞭解得很，當下便哄的一聲，立馬作鳥獸散。

姑娘們一走，李懷遠拐棍一著地，頓時腰也彎了，腿也軟了，手也有些哆嗦，一步三搖地迎到蕭浩然面前，看似虛弱地道：「蕭兄來我這陋居，也不提前打個招呼，讓我作些準備迎接才好啊，這個老李頭，年紀大了腦子也糊塗了，看我不收拾他！」

蕭浩然嘿然一笑，「要是提前打了招呼，蕭某人哪裡還看得到如此精彩的軍舞啊！」

李懷遠嘿嘿一笑，拐棍抬了起來，指著不遠處的一個小亭子，道：「蕭兄，我們去那裡吧！」說話間，已是挺直了腰，本應當支撐身體的拐棍在手裡轉得嗚嗚作響。

「李兄，好一個病得不能下床啊！」蕭浩然譏諷道。

李懷遠面不改色地道：「這得多謝蕭兄與皇帝陛下啊，賜了這些美人來，啊呀呀，一見到這些青春活潑，靚麗可人的小姑娘們，我便似年輕了很多歲，雖然人老了，只能看不能吃，但總是能讓我亢奮些嘛！這個病嘛，倒是好了很多！」

蕭浩然笑道：「不能吃嗎？看李兄跳軍舞的風彩，雖說是老牛啃嫩草，但總還是能吃上幾口的吧！」

李懷遠哈哈大笑，「借老兄的吉言，今晚我倒是想試上一試，就只怕傷了姑娘們的心啊！」

說話間，已來到了亭子裡，這裡顯然是早已布置妥當了，三面罩上布幔，一可擋風，二來也可擋雪，獨留正對院子的一面，既可賞梅，又可觀雪，亭子裡放置了好幾盆上好的炭火，石桌上，滾燙的熱水中泡著幾個酒壺，剛剛跳舞的姑娘們已換好了衣裳，正從內裡提來一個個食盒，將一碟碟精緻的點心放到石桌上。

「請！」李懷遠將拐棍靠在欄杆上，做出伸手狀。

「李兄請！」

兩人分賓主坐下，李懷遠指著水裡燙著的幾壺酒，道：「這酒是李清特地從定州給我捎來的，據說是用什麼特別工藝釀造的，叫什麼黃酒，醇而不烈，又有養身健體功效，外面可沒有賣的，只剩下這幾壺了，本來想偷偷一個人獨享，不想今日蕭兄撞上了，倒也可算是與它有緣，今日就與蕭兄將它解決了！」

蕭浩然眼孔微微一縮，**李懷遠這是在暗示自己什麼嗎？**提起李清，蕭浩然是又愛又恨，恨他以前與自己作對倒也罷了，現在居然又公然收留自己麾下叛將田豐，還堂而皇之地向自己索取對方的家眷；愛的是，**這傢伙總是出其不意，讓自己完全摸不著他的路數**，本來與他結盟，只是期望他在這段時間內不要跳出來與自己搗亂，為此，自己還付出了將並州給他的代價，但他居然派遣水師一戰而滅勃州鍾祥，將寧王的後院捅了一個大窟窿，直接地幫了自己一個大忙。

愛恨交加的蕭浩然對李清這個名字敏感得很。

「定州摸索出了釀造烈酒的工藝，但一直在軍中充作藥用，市面上罕見售賣，老夫也曾喝過，果然是性烈之極，入喉如火線，倒著實符合我等軍人脾性，但不曾聽說還有什麼黃酒，看來定是定州不傳之秘了，今日我倒是有口福了！」

蕭浩然笑道，自顧地倒了一杯，一仰脖子倒了下去，評道：「沒有烈酒過癮，有些綿軟，但這酒看來後勁足得很，如果貪杯，大有可能在不知不覺之中就醉倒！」

李懷遠拍手道：「說得不錯，那烈酒幾杯下肚，人便頭昏眼花，昏昏欲醉，但這黃酒卻令人在不知不覺之中醉倒，蕭兄，這兩種酒，你更喜歡哪一種？」

蕭浩然微笑道：「如果真要我說，倒是更喜歡這黃酒一些！」

李懷遠嘿嘿一笑，不再言語，提起酒杯，為兩人的杯子倒滿。舉杯向對方示意了一下，小口小口地品了起來。

「李兄可知我今日來意？」蕭浩然喝了一口酒，問道。

「老朽如今不問世事，待在府內，每日除了飲酒作樂，再無他事，蕭兄此來為了何事，還當真不知。」李懷遠兩根手指捏起一顆點心，放進了嘴裡。

蕭浩然搖搖頭，「李兄，如今這裡只我兩人，你又何需裝出這副模樣，有些東西做給不知你根底的人看便足夠了，所謂**明人面前不說暗話**，在我面前，無論你怎樣裝模作樣都是枉然，如果說你待在這院內，對外事全然不曉，你還會是今日的安國公？」

李懷遠哈哈一笑，「該知道的，我便知道，不該知道的，我便不知道，如此而已！」

蕭浩然展顏一笑，「不錯，這才是我瞭解的安國公。好吧，今兒你我哥倆便挑明了說吧，去年我一手策劃了洛陽之變，擁立新皇，掌控了朝政大權，其實最終的目的只有一個，想必你也明白。但現在，**我遇上了麻煩，寧王兵勢凶猛，前線連吃敗仗，今日我是來向你求援的。**」

李懷遠抬頭飲酒，譏誚地道：「蕭國公爺如今隨意便可以調集數十萬人馬，焉會向我求救，我李氏在翼州有多大本錢，你還不清楚？」

蕭浩然嘆了口氣，「說是幾十萬人馬，但真正能拉上前線去的又能有多少？目前我掌控之下的地盤如此之大，哪裡不需要兵馬彈壓，前些日子藍山突襲獅子關，輕騎猛進，旬日之內打敗了半個金州，如今，秦州的遠山隨時都有可能面臨絕境，你說我能不發愁麼？」

「所以你來找我，希望我翼州兵馬側擊藍山，救援金州？」李懷遠問道。

「正是如此，你翼州雖然只有三萬人馬，但都是精銳，特別是李鋒麾下的五千鐵騎，可是從草原戰場上歷經血戰而回，更是強悍，有了你翼州兵進擊金州，藍山必敗！」蕭浩然撫掌笑道。

李懷遠放下酒杯，怔怔地看著蕭浩然半晌，忽地放聲大笑，「蕭兄，你剛剛還跟我說明人面前不說暗話，如今可是你在瞎扯蛋了！」

「此言何出？」蕭浩然不悅地道：「我可是字字出自肺腑！而且，李兄，我是不會白白地讓你出兵的，在金州，只要是你們翼州兵打下的地盤，就歸你們了。」

「好大的一張餅！」李懷遠譏刺道：「沒有金剛鑽，不攬瓷器活，對翼州兵有幾斤幾兩，我可是清楚得很，讓他們守土有餘，但讓他們拓疆，嘿嘿，都不知他們會是怎麼一個死法！」

「李兄如此看輕自己的子孫？」蕭浩然冷笑一聲，「如果這話讓思之聽到，只怕會很不高興，難不成你李家便只有李清一個英雄豪傑麼？」李思之是李懷遠的大兒子，官封翼寧侯，正是翼州統帥。

李懷遠笑道：「如果是思之坐在我這個位置，你今天這番話倒真會讓他動心不已，甚至當場就會答應你，但我是誰，我可是與你蕭老兄並肩戰鬥了多年，又彼此鬥了半輩子的好朋友，你的這一點小心思，我還是摸得一清二楚的。」

「我有何心計，李兄不妨說來聽聽？」蕭浩然倒也不惱，慢吞吞地喝著酒，說著話。

「蕭兄，你謀劃多年，精心準備，但真打起來了，前線卻接二連三地吃敗仗，這倒讓我吃驚得很，我百思不得其解啊。」

「世上哪有常勝將軍？我們老了，但寧王卻正當壯年，比不上他是很正常的事！」蕭浩然笑意吟吟地道。

「好吧，秦州因為出了田豐這檔事，吃幾個敗仗倒也是情由可原，卻能力保秦州城不失，我便當這是遠山侄兒有獨到之處，這也罷了；但金州之事，卻讓我看到了你的破綻啊！你這個漏洞未免也太大了！換作是其他地方，我還真看不出來，但偏偏是金州，居然讓藍山旬日之內打成了這個樣子？」李懷遠冷笑著搖頭道。

「前線將士不爭氣，我能有什麼法子，現在不是正在想法子補救麼，要不然，我豈會來找你？」蕭浩然眼中閃過一絲異色，嘴裡卻反駁道。

「蕭兄，我將自己關在書房裡，苦思冥想了幾天，手指甲將地圖都劃破了好幾張，才瞧出來你的大計畫，大手筆啊，一箭數鵰，佩服佩服，不知這個計畫你想了多久？」李懷遠瞧著蕭浩然，眼裡第一次露出了佩服之色。

「李兄危言聳聽，將我說得也太高明了吧？」蕭浩然笑道。

李懷遠手在空中畫了一個大大的半圓，「寧王終究年輕了些，沒有看出你的用心，果然如你所願，**兵進金州**，**以秦州城為引**，蕭兄，**你下了好大一個圈**

套啊。」

「何出此言？」

「蕭兄，你掌控朝廷，控制中樞，現在的你不急，但寧王卻急啊，**你利用了他急於求戰的心理，步步退讓，慢慢地將寧王主力引進來**，為了讓寧王深信不疑，你居然讓蕭遠山坐鎮秦州，以秦州為餌，不惜讓秦州陷入重圍，讓金州淪陷，的確大手筆。

「今天你來，明著是想讓我翼州出兵，暗底裡卻是讓寧王更加相信你已陷入頹勢，不斷投入兵力，這一來，不僅將我翼州順利拖下了水，便連李清，你也算計在其中了吧？

「我翼州如出兵金州，在寧王重兵攻擊之下，莫說取勝，只怕連翼州本土也難逃戰火，如此一來，李清為了援救翼州，說不得要出兵了，不論是水路也好，還是陸路也好，總之會讓寧王感到著急，著急之下的寧王更迫切地想迅速擊敗你，便會越快地墜入你的圈套。想必你私下裡已經與興州屈勇傑達成交易了吧？」李懷遠緩緩道來。

蕭浩然盯著李懷遠半晌，嘆息一聲，「終是瞞不過你！」

李懷遠大笑，「你我相交數十年，**如果說在大楚還有一個人能看透你，這個**

人便一定是我，但這一次，你的確是將我驚著了。」

「與屈勇傑聯繫的是向氏，他們一向與屈勇傑交好，我們許下了屈勇傑一個世襲罔替的國公位子。」蕭浩然不避諱地說。

李懷遠點點頭，「這個位子，的確令屈勇傑難以拒絕，但**我李氏呢，在你的計畫之中，我翼州可是成了犧牲品！**」

蕭浩然點頭道：「不錯，既然李兄已看破，我也便直說，我當然不會讓翼州白白犧牲，事成之後，李兄你一個王爺的位子是跑不了的，而且，我還可讓李清永鎮西方，如果李清不滿意，那麼呂氏的地盤也給他，如何？」

「王爺的帽子太大，我李懷遠頭太小，只怕戴不上！」李懷遠冷笑道。

蕭浩然臉上終於現出怒色，「李兄，你不要忘了，當年助先皇奪取皇位驅逐寧王之時，你我二人可都是參與甚深，如果寧王獲勝，你李氏會有好下場？」

「如果以我翼州的犧牲來換取你的勝利，那我要這勝利何用？」李懷遠不甘示弱地瞪視著對方，「老蕭，這可是你先算計我的。」

「李兄，即便你翼州不出兵，難不成我就沒有法子讓寧王攻擊你翼州麼？」蕭浩然露出獰笑。

「那就要看寧王的頭腦到底怎樣了？」李懷遠道：「翼州兵不會出兵作戰，

但守土卻不甘示弱，如果寧王當真昏了頭來攻擊我翼州的話，我倒是不介意幫你一個忙！」

「如此甚好！」蕭浩然一口飲盡了杯中酒，「那就這樣說定了！」站起來，甩袖便走。走了數步，又回過頭來，將燙著的黃酒抓了一壺，揚了揚，「這瓶我拿走了！」

看著氣咻咻離去的蕭浩然，李懷遠哈的一聲笑，「總是不忘占我的便宜，年少時如此，老了老了，還是這般模樣！」

哧的一聲，旁邊也有人發出笑聲，卻是一直在一旁替二人照料炭火的一個宮女，此時那個宮女卻站了起來，走到李懷遠的身邊，道：「老爺子，你們兩人的關係，倒真是奇特得緊！」

李懷遠搖搖頭，「亦敵亦友，連我也說不清道不明啊，茗煙，委屈你作了半天丫頭了。」

扮作宮女的定州軍情司頭頭茗煙笑道：「今日茗煙卻是大開眼界，倒要多謝老爺子了。老爺子當真不願離開洛陽麼？」

「走不了的！」李懷遠搖搖頭，「蕭浩然可以放翼之、退之他們走，但絕不會放我走。今日之事，你回去後，細細說給李清聽，我們這些老頭子雖然老了，但腦子卻還沒有老呢！」

茗煙點點頭，「不錯，蕭浩然果然不愧是一代豪傑，行事出人意料，我們都沒有料想到他會有這一手，但他千算萬算，卻只怕是算錯了屈勇傑這一環！」

李懷遠臉上露出鄭重的神色，「屈勇傑的確有些詭異，不單是蕭浩然，我也萬萬想不到，他到底打的是什麼主意呢？」

「見怪不怪，其怪自敗！」茗煙笑道：「**他再詭異，總有露出馬腳的時候！**」

「你說得不錯，且讓我們拭目以待！」李懷遠站起來，走出亭子，揚起拐棍大笑道：「姑娘們，來跳舞了！」

臘月初八，正是家家熬臘八粥的日子。

定州城萬家燈火亮起的時候，從家家戶戶中飄出的臘八粥香味流溢在大街小巷，匆匆行走在街上的行人聞著這股香味，不由自主地便加快了腳步，急急向自家走去，從風雪籠罩的外頭回到溫暖如春的家中，再喝上一碗家人熬好的臘八粥，那是何等的愜意啊！

定州已有數年沒有遭受過戰火的侵襲，作為整個西部的中心城市，它的發展完全可以用日新月異來形容，定州大量吸引外來人口進入所轄區域，三年時間，定州城已擁有人丁近四十萬，不要說是西部，便是在中原，在大楚腹地，除了洛陽人口超過百萬外，能達到定州這種城市規模的，也是寥寥無幾。

如果你離開定州城有三年以上，現在回來，肯定對這座城市感到十分陌生，以前定州為了抵禦蠻族修建的雄偉城牆，如今已成了內城，居住在城裡的，大都是定州城的老居民，而在城牆之外，縱橫交錯的道路將原先的荒野畫成了一塊塊或正方形或長方形的範圍，一幢幢房屋按著一定的規格和樣式在這些區域裡豎立著，風格各異的建築群成了定州城一道亮麗的風景線。

與內城比起來，新規劃修建的外城更漂亮，寬闊的街道可供四輛馬車並行，被移植來的常青樹木高高聳立，如今正身披銀裝，有的枝間杈下甚至還垂下長長的冰稜，與屋簷底下的冰稜一起，在氣死風燈的燈光照射下，微微閃爍著光彩。

這種城市格局的規劃者，自然是出自李清的手筆，看到橫平豎直的街道，他恍然有一種夢回故鄉的錯覺。

外城再沒有修建雄偉的城牆，居住在外城的，也都是後來的移民。內城雖然破舊了些，街道窄了些，但內城居民自然有著他們的驕傲，正因為是有了他們這樣的老定州人一代接著一代的流血犧牲，才有了今天定州的繁榮富強，而且老定州城才是整個西部的權力中心，鎮西侯麾下，幾乎所有的重要衙門都在內城裡，

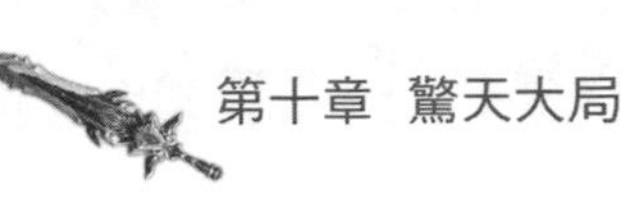

所以與外城比起來，內城的房屋雖然破舊得多，但房價卻是外城的一倍有餘。

隨著時間的推移，風雪越發大了些，街上行人已經很稀少了，幾乎所有的店鋪都關了門，老闆和夥計們也都急急地回到家裡，或圍著火爐，或盤坐在炕上，喝上一碗臘八粥。

就在這一片寂靜聲中，一輛馬車快速地通過街道，向著鎮西侯府飛速馳去。裝了減震簧的馬車雖然速度極快，但車內卻一點也不顯得顛簸，茗煙半躺在馬車內，居然睡得極為香甜，在她的對面，兩名懷裡抱著腰刀的女侍衛卻睜大著眼睛，小心戒備著。

馬車穿過廣場，逕自奔向鎮西侯府，此時，一名女侍鑽出了馬車，站在車夫背後，手裡高高地舉起一塊牌子，這塊牌子代表著車內之人的身分。

車夫是從軍中精選出來的好手，車技極佳，當他穩穩地將馬車停要鎮西侯府大門口的同時，車內的茗煙也立時睜開了眼睛，車內的另一名女侍衛立即遞上一塊溫熱的毛巾，茗煙接過來，在臉上擦了擦，伸手拍拍臉頰，使自己看起來更精神一些，這才彎腰鑽出馬車。

自從進入鎮西侯李清的地盤後，不需要再掩飾身分的茗煙便日夜不停地在趕路，從安國公李懷遠那裡知道的情報過於重大，她必須在第一時間將這個消息報告給大帥。

鎮西侯府大門打開，鐵豹大步走了出來，看到茗煙，趕緊抱拳道：「李司長，這大過節的晚上，您怎麼過來了？」

茗煙是李氏暗影從小買來的，原本的姓氏早就不記得了，便一直隨著李氏的姓。

茗煙點點頭，「大帥在家麼，我馬上要見大帥！」

鐵豹抱歉地看了她一眼，「李司長，李大帥今天不在府中，他去桃花小築那兒了！」

茗煙吃了一驚，「今天不是臘八節麼？大帥沒有在府內陪公主過節？」

鐵豹笑道：「霽月夫人一天前有些不舒服，大帥帶著恆神醫和恆秋大人去了桃花小築，到今天還沒有回來，這兩天重要的公文都是送到桃花小築那邊去的，李司長，如果事情很急的話，只怕您還得跑一趟桃花小築了！」

茗煙點點頭，「多謝鐵校尉了。」

馬車掉頭向著桃花小築奔去。

坐在馬車內的茗煙皺起了眉頭，大帥的確很寵愛霽月夫人啊，由著霽月夫人任意操弄，茗煙不由地想起了另一個女人，那是她的一個陰影。

「你說什麼，茗煙來了，她從洛陽回來了？一回來這麼急便要見我，是不是洛陽出了什麼大事？」李清聽到劉強的通報，不由一驚。不會啊，統計調查司沒有收到任何有關這方面的情報啊！

「快快請她進來！」李清道。

恆熙已在午後趕回家去過臘八節去了，恆秋卻還在園子裡，霽月只是稍稍動了些胎氣，有恆神醫開方子，恆秋又守候在這裡，又能出什麼事?!

此時，霽月正笑眯眯地從巧兒手裡接過臘八粥，放到李清和恆秋面前，恆秋趕緊站了起來，「多謝夫人！」

霽月笑道：「這些日子勞恆大人費心了，公務繁忙之餘，還要來為我辛勞！今天過節也不能回去，霽月心中甚是不安，這碗粥是妾身親手熬的，恆大人嘗嘗，不知味道如何？」

李清和恆秋兩人都端起粥來，味道著實不怎樣，但兩個男人都豎起了大拇指，叫一聲：「好味道！」眼巴巴地看著兩人的霽月頓時眉開眼笑，「好吃麼？那就多吃點，巧兒，再去多盛點來！」

說話間，茗煙已是走了進來。

「參見大帥！」茗煙向李清行了個軍禮。茗煙雖是女子，但軍情調查司是軍情機關，茗煙在冊也是軍人身分。

「辛苦了，剛剛回到定州？」李清問道。

茗煙點點頭，「是，剛回來，去侯府求見大帥，得知大帥在桃花小築這兒，就趕過來了！」

李清怔了一下，旋即道：「有什麼重要事情麼？洛陽那邊出了什麼事不成？」

他知道，如果不是特別重大的事情，茗煙不會追到桃花小築來。

茗煙沒有說話，一邊的恆秋立即明白了茗煙的意思，識趣地站起來道：「大帥，我下去看看給夫人熬的保胎藥怎麼樣了，這副藥火候非常重要。」

霽月見兩人有要要談，便也向茗煙點頭示意，「大哥，我先去休息了！」

李清道：「好，你先去休息吧，待會兒恆秋會讓人把藥送過來。」

看著巧兒扶著霽月走進了後堂，李清將目光轉向茗煙。

「事情是這樣的……」當房裡只剩下李清與茗煙兩人時，茗煙一五一十地將這趟洛陽之行所得，詳細地向李清彙報著。

「原來是這樣，**我還道寧王兵鋒如此銳利，原來是蕭浩然在示之以弱，真是好大一個套子**，蕭浩然真是大手筆啊，厲害，厲害，這一次卻是連我也沒有看出來，老爺子到底是久經風雨之人，單憑一些蛛絲馬跡便推斷出蕭浩然的整體計畫，我不如他！」李清慨嘆道。

茗煙笑道：「俗話說家有一老，如有一寶，安國公爺與蕭浩然打了數十年交道，對他知根知底，兩人倒是誰也瞞不過誰，大帥，您僅僅見過蕭浩然數次，根本不瞭解他，看不破這個圈套是很自然的事。」

「我還是太年輕了啊！」李清摸了摸修剪得整齊的鬍鬚，道：「知己知彼，百戰不殆，故人誠不欺我也，看來對這些老人家們的情報，我們還要大力搜集才是，否則以後與他們對起壘來，輸都不知道自己是怎麼輸的。」

「將軍百戰百勝，焉會輸給蕭老匹夫？」茗煙聽聞道。

李清搖搖頭：「從這個計畫便可以看出蕭浩然的老辣，寧王即便前期百戰百勝，但只要最後一仗輸了，就會輸個底朝天，這個計畫的確天衣無縫。」

「大帥，我們怎麼辦？」茗煙問道。

李清從書桌上抽出一張地圖，反覆地看了半晌，道：「寧王半隻腳已踏進了懸崖，我們拉他一把，讓他晚些跌下去，你找準時機，將這個情況秘密透給鍾子期，但時機一定要把握好，必須讓寧王大失元氣，但又不能讓他失血過多而喪失了與蕭浩然對決的本錢，他們的對決結束得太快，於我們大大不利。」

「可是大帥，我們與鍾子期沒有太多的交道，怎樣不動聲色地將情報透露給他啊？太過明顯便會引起他們的警覺，太晚了卻又不能起到應有的效果！」茗煙有些為難地道。軍情司成立不久，與寧王的情報機構相互間的滲透幾乎沒有。

李清點點頭，「這件事回頭你與清風商量一下，她應當有辦法。」

送走茗煙，已是二更時分，回到內室，霽月早已睡下了。

孕婦耐不得睏，強撐著熬了一會兒，終於還是睡了過去。坐在床沿邊上，李清側頭打量著沉睡中的霽月，精緻的小臉如今圓潤了不少，臉上微微閃著一層淡淡的光澤，許是懷了孩子的緣故，身子也豐滿了許多。

「大帥，奴婢服侍您洗浴吧！」巧兒低聲道。

李清搖搖頭，道：「不了，我略坐一會兒，便回城裡去。」

巧兒驚訝地道：「這麼晚了，還要回城裡去嗎！」

李清點點頭，「不錯，有重要的事情需要處理。你等要好好照顧夫人，不得稍有差池。」

巧兒點頭：「是，奴婢省得，請大帥放心。」

心眼靈動的巧兒趕緊從衣架上取過李清的外套和披風，服侍著李清穿上，整理好衣服，李清走到門邊，回過頭來，見沉睡中的霽月不知夢到了什麼，臉上露出花一般的笑容，居然格格地輕笑出聲，然後翻了個身，以手枕頭，又自沉沉睡去。

李清一笑轉身，大步離去。

李清沒有對巧兒說實話，他回城，並不是有什麼重要的事情要處理，而是茗煙的話讓他想起在侯府中還有他的元配夫人，如今也懷著身孕的傾城。

想起這幾日自己一直泡在霽月這邊，心裡不禁有些歉疚起來，大過節的，讓她一個人冷冷清清地待在侯府，著實有些說不過去。尚海波要是知道了，一定會到自己面前來抱怨一番的。

再說，傾城自從天啟死後，已有定州主母的風範了。聽說前幾日她在街上偶遇清風，居然還微笑著上前主動打招呼，讓清風有些瞠目結舌，不知所措呢。

回到侯府，一下馬車，李清詫異地看到唐虎和鐵豹一起大步迎了出來，今天是臘八節，李清給唐虎放了假，讓他回去和鍾靜好好地團聚一番，鍾靜是個大忙人，一年上頭難得在家中待上幾天，唐虎也整日在自己身邊，兩人雖然同在定州，竟是聚少離多。

「你怎麼又來了，不是讓你回家麼？」李清不滿地道。

唐虎大嘴一咧，笑道：「大帥，我一個人待在家裡有什麼意思，還不如在這裡和鐵豹，夥人熱熱鬧鬧地過節呢！有酒喝，有肉吃，不亦快哉！」

「鍾靜呢？不是兩口子又幹了一架，打輸了沒面子待在家中，才跑回來的吧？」李清打趣道，一邊的侍衛們都壓低聲音笑了起來。

唐參將娶了一個功夫比他高的娘子，兩人幹架，十打九輸，唯一贏的一場，還是夫人給面子，怕他輸急了上火，特意讓他保持一點小小的自信心而已。

唐虎黑臉微紅，爭辯道：「哪裡是，那婆娘再凶，有時候還不得任我擺佈！」

李清呃了一聲，旁邊的侍衛這下卻是哄的一聲大笑起來，李清敲敲唐虎的腦袋，「好小子，有長進了啊，這話要是讓鍾靜聽去，你可就慘了。」

唐虎嘿了一聲，這才反應過來，看著李清大步離去的背影，卻是有些慌神了，向身周的侍衛們抱拳作揖，頻頻拜託道：「弟兄們，這話你們可是左耳進去，右耳出來，萬萬不能露了一絲風聲。」

「這倒是沒問題，不過唐頭，你要咱們封口，也得有所表示吧？」鐵豹哈哈大笑道。

「沒問題，沒問題！」唐虎看著李清遠去，壓低聲音道：「找個時間，咱去弄點好酒，對，就是那種像火燒的好酒，咱弟兄們好好地喝上一頓如何？」

眾人都興奮起來，連連叫好，這種酒到目前為止，在定州仍然是屬於禁制售賣的，他們沒路子搞到這種酒，也只有唐虎才能弄上一點兒。

李清走進內院，看到傾城的房中仍然亮著燈火，一個腆著肚子的身影映在窗紙上，正在慢慢地走來走去。

統計調查司。

沒有陪唐虎過節的鍾靜此刻正陪在清風的身邊，今天過節，統計調查司除了值勤人員外，大都放了假回去過節，偌大的衙門內冷冷清清。

鍾靜知道清風沒有什麼朋友，也幾乎沒了親人，這種日子，對於別人來講是闔家團聚的好日子，但對她而言，卻是格外難捱，所以便放了唐虎的鴿子，來陪清風。

清風並沒有給自己放假，也許只有李清過來的時候，她才會停下手中的工作，其他時間，基本上都在忙碌著，今天也不例外。

鍾靜熬好了臘八粥，用一個托盤端著，推開房門走進來的時候，清風仍然垂著頭，面前堆積的文案幾乎將她手頭蓋住，因為衙門裡沒有什麼人，清風裝束也很隨意，一頭青絲沒有挽紮，任它如黑瀑一般傾瀉而下，看著清風緊緊皺起的眉頭，鍾靜不由心中一酸。

「小姐，先歇一歇，喝一碗粥吧？」鍾靜輕聲道。

唔！清風輕輕地嗯了一聲，伸出一隻手，從托盤上將碗端起來，放到嘴邊，眼睛卻仍然沒有離開文案，咦了一聲，這才抬起頭來，看了眼碗裡，笑道：「我差點忘了，今天是臘八節呢！阿靜，你不去陪虎子，巴巴地跑到我這裡給我熬什麼粥啊！不要以為虎子老實，就欺負他喲！」

鍾靜嘴一扁，「什麼呀，他一聽說我要來陪小姐，倒是高興的不得了，我走，他正好去找他那幫狐朋狗友去胡吃海喝。」

「男人嘛，都是這樣的！」清風一副過來人的樣子，勸道：「你不要將他管得太緊了！」

「我哪有時間管他！」鍾靜笑道：「小姐，您又碰上了什麼難題了？」

清風將文案一推，「還不是興州的事，這件事我不搞清楚，總是不放心。」

「您不是將紀思塵也召回來一起參詳了麼？他有什麼發現？」鍾靜道。

清風搖搖頭，「也是不得其解。」

正說著話，房門卻被敲響，紀思塵的聲音響了起來：「清風司長！」兩人一聽這聲音，都笑了起來，說曹操，曹操便到。

「進來吧，思塵！」清風道。

紀思塵提了一個大食盒，夾帶著一股冷風走進了房門，「喲，鍾大人也在這裡？」紀思塵訝道。

鍾靜微笑著向他點頭示意，紀思塵雖然是後來加入統計調查司的，卻極得清風看重，他也的確是一個有才能的，加入統計調查司後，便慢慢地嶄露頭角，現在不僅是本部策劃分析署的署長，更兼著並州分部首領的差使，而他也不負清風重望，去並州不過數月，便將並州分部整理得井井有條，效率相當的高。

將食盒放在桌上，紀思塵笑道：「我就知道清風司長肯定又在熬夜，我夫人在家裡做了一些臘八粥，臘八飯，我嘗著味道著實不錯，便給司長帶了一點過來，想不到鍾大人卻已捷足先登了。」

「臘八飯？」鍾靜不解地道。

「是這樣的，我那夫人是南方人！」紀思塵解釋道：「南方與我們這裡不同，時興臘八飯，所以她便一樣做了一些！」邊說邊將一碗粥一碗飯放在桌上，又掏出幾樣精緻的小菜，一齊擺放好，「司長，鍾大人，一起來嘗嘗我夫人的手藝吧！」

清風與鍾靜興致勃勃地坐下，一樣嘗了一點兒，鍾靜已是叫了起來，「紀大人，你真是好福氣啊，你夫人的手藝實在不錯，比我高明太多了，小姐，將我那碗粥倒掉吧，太讓我丟臉了！」

一席話說得清風與紀思塵都大笑起來，屋裡的氣氛頓時活躍起來。

一邊小口吃著八寶飯，清風一邊問道：「思塵，興州那件事，你有什麼新想法嗎？」

一提起這事，紀思塵的臉色頓時暗了下來，搖頭道：「仍是毫無頭緒，我設想了各種可能，但都又一一否決了，屈勇傑之事，我的確沒有看懂。」

「他到底想幹什麼呢？」清風一邊往嘴裡扒飯，一邊道。

「**除非那個勞什子天啟皇帝還活著，就在屈勇傑那兒，這些事倒是有個說法**了，但這怎麼可能呢？」紀思塵惱火地隨口說道，天啟皇帝死了快一年，估計骨頭都快朽了。

啪的一聲，清風手裡的碗掉在地上，跌得粉碎，兩眼直愣愣地盯著前方，整個人如同一座石雕瞬間石化了一樣。

「司長！」

「小姐！」

看到清風失手，鍾靜與紀思塵大驚，脫口叫了起來。

「小姐，您怎麼了？」鍾靜扔掉手裡的碗筷，一躍而起，到清風的背後，手掌貼到清風的背上。

「沒事！」清風又恢復了常態。

「思塵，你剛剛說什麼？」清風雙眼炯炯地盯著紀思塵。

「我說什麼了？」紀思塵茫然道。

「剛剛的第一句話！」清風道。

「哦，我說，除非那勞什子天啟皇帝還活著……」

紀思塵轟的一聲站了起來，身後的凳子一絆，身子向後便仰，要不是鍾靜眼疾手快，一把拉住他，準要跌個四腳朝天。

「這怎麼可能？」紀思塵尖叫起來，聲音都變了調。

紀思塵面如土色，鍾靜臉色蒼白，清風雖然沒有明說，但意思已經很清楚了，**天啟皇帝沒有死，而且就潛伏在屈勇傑的身邊**，如此一來，所有的難解之謎倒是有了一個可以過得去的說法。

「這不可能，不可能！」紀思塵失魂落魄地道：「去年新年時，皇宮裡的一把大火可是盡人皆知，天啟皇帝是死在蕭浩然面前的，以蕭浩然對皇帝的熟悉，怎麼可能出這麼大的漏子，而且不論是我們，還是其他勢力的諜探們，都一致認為天啟已經死了。」

鍾靜也反對道：「小姐，這的確不太可能，如果說天啟早有預感，備有替身，那他怎麼可能如此縱容蕭氏放逐屈勇傑，讓蕭遠山上位擔任御林軍大統領，這等於把自己身家性命交給了對方，如果天啟早知有那一天，又怎麼會這麼做？」

清風雙眼閃閃發亮，「那是放逐麼，不，不是放逐，你看看屈勇傑今天，坐擁興州，擁兵數萬，而且兵馬還在不斷地增加，**與其說是放逐，不如說是預先便埋好了退路！**」

「為什麼？他這是為了什麼？」

紀思塵此時緩過勁來，敏銳地抓住事情的重點，「不管是什麼人，做事總有他的動機，天啟皇帝是大楚的最高統治者，雖然大楚搖搖欲墜，但在名義上，他仍然是大楚的皇帝，**他為什麼要來這一齣？將自己假裝弄死，然後藏起來攪風攪雨？**」

「是啊，這對大楚皇室、對他都沒有任何好處啊？」鍾靜也不解地道。

清風笑道：「這個，是我們下一步要搞清楚的問題，好了，我們一起來分析看看，假如天啟真的還活著，真的藏在屈勇傑身邊，那麼屈勇傑府內哪一個人最可能是他呢？」

「龍先生！」這回，鍾靜與紀思塵不約而同地道。

「不錯！」清風點頭道：「這個龍先生，來歷不明，我們費了偌大心機去調查他，居然一無所獲，而且，為此還折了不少人在職方司手中，你們說，如果這個龍先生真的是個大隱於野的賢人，袁方這麼著急地對我們的人下手幹什麼，此其一也！

「其二，便是袁方。袁方何等老辣之人，副指揮使丁玉雖然也不差，但比起他來可不在一個檔次上，只需瞧瞧袁方一旦重新出現，幾乎所有的地方職方司全都倒戈投向了他，試問這樣一個人會莫名其妙地栽倒在丁玉手中麼？恐怕這也是他們計畫中的一環吧！」清風笑道。

「據傳當初袁方要不是安國公命令暗影出手相救，就要翹辮子了，不大可能是假裝吧？」紀思塵道。

「我想，就算安國公不出手，袁方也有脫身之法，安國公出手，雖然在意料之外，但卻讓這件事情更加真實可信了，可以說，安國公大大地幫了他一個忙。」清風道。

「其三，便是屈勇傑那源源不斷、來路可疑的軍餉，我們一直找不到其來源，但如果龍先生真是天啟皇帝，那就可以解釋得通了，如果這是天啟某個大計畫中的一環的話，那麼，他應當早就儲備了大量的財富來應付現在的時局。也只有一國之帝才能做到這一點，不動聲色地私藏大量的財富。」

紀思塵撓撓頭道：「司長，您這一分析，我也覺得很有道理，但我還是搞不清楚，天啟真這麼做，他的目的到底是什麼呢？難道眼下打得個稀巴爛的大楚，就是他這個皇帝願意看到的麼？」

「對，**他的目的是什麼**，這便是我們下個階段的工作重點，我們先假定龍先生是天啟皇帝，然後去尋找他這麼做的目的。」清風道：「不管這個目的是什麼，**能讓天啟這麼做，他的目的一定不小，說不定當真是一個驚天動地的大事件**。」

「那我們要怎麼做？」鍾靜一下子精神抖擻起來。

「把精力集中在這上面！」清風笑道：「現在戰事有軍情司負責，我們不必多操什麼心，抽調所有精兵強將，著力對準興州，查他們所有的人，查我們覺得可疑的，哪怕是微不足道的一點線索。翻開他們的老底，我倒想瞧瞧他們到底想幹什麼？」

「這件事要向大帥稟告麼？」紀思塵道。

清風搖搖頭，「暫時不要說，大帥現在與傾城公主關係緩和，傾城公主又懷了孩子，要是大帥不小心在傾城公主面前說漏了嘴，就是大麻煩。現在想起來，當初天啟將傾城嫁給大帥，只怕也是計畫中的一環吧，只是天啟沒有想到如今的大帥實力發展如此之快，實力如此之強，僅憑一個公主和幾個謀士豈能左右大帥布局？不過，**如果傾城公主也是這個計畫中的一環的話，那麼，在某個時間點上，一定會有人來聯繫她的**，派人盯緊傾城公主！盯緊秦明，盯緊燕南飛。」

鍾靜吃驚地道：「盯傾城公主？小姐，一旦露了餡，大帥會震怒的。」

清風嫣然一笑，「你怕什麼，就算露了餡，我就跟大帥說我妒忌她，我恨上她了，我恨她搶了我的男人，我就想找著她的把柄然後收拾她，大帥又能說些什麼？」

鍾靜一凜，清風這幾句話既像在開玩笑，又像是發自內腑的心裡話。她沒有作聲。

紀思塵可是七竅玲瓏心，這時候只會裝聾作啞，又哪裡會發表什麼意見?!

「思塵，你把並州的事務交代一下，回來主持此事！」清風吩咐道。

「是，司長，不過並州的事務讓誰去呢，司長心中可有人選？」紀思塵小心地問道。

「說了讓你自己去挑一個，這點小事也來煩我！」清風不滿地道。

紀思塵心中一愣，臉上卻是不動聲色，負責一州分部的人員已經算是統計調查司內的高層核心了，這樣的人選應當是司長任命自己的心腹，怎麼會讓自己來挑一個，**難道司長對自己還有疑心，特地用這件事來測試自己麼？**

「是，司長，我一定挑一個能力出眾，又對司長忠心耿耿的人去主持並州事務！」紀思塵腦子裡將統計調查司內的一眾中高層人員在腦子裡過了一遍，心中已有了定論，既然清風將這個事情交給了自己，自己當然要辦好，讓清風滿意，同時也要讓對方知道如果沒有自己，他也不可能上這一步。

三人開始討論詳細的行動步驟和方案，清風和紀思塵都是擅長謀劃全域的高手，鍾靜則是典型的行動派，對於所有的行動過程是熟練至極，三人湊在一起，一個龐大的計畫在一夜之間便已出爐。

不知不覺，一夜時間已是過去，看著窗外透進來的曙光，聽著城內司晨公雞的打鳴聲，遠處警備軍營中的號角也適時響起，三人終於完善了所有細節，抬起頭來，眼裡都是充滿了血絲，一片通紅。

「想不到時間過得如此快，一夜就這樣過去了！」清風笑道：「多謝你們二人陪我過臘八節，只是回去後，你們免不了要受家人抱怨了！」

鍾靜扁扁嘴，「虎子敢說二話，我便打得他滿地找牙！」

聽到鍾靜如此惡霸，紀思塵不由臉上肌肉抽動，下意識地便離她坐遠了些，笑道：「我大人卻很是通情達理，絕不會抱怨我的。」

鍾靜聽著這味不對，偏過頭：「紀大人，你好像在說我不通情達理？」

紀思塵臉色微變，趕緊澄清道：「非也非也，我只是說我夫人，鍾大人通情達理得很，通情達理得很啊！」

噗哧一聲，清風與鍾靜二人都笑出了聲。

外面傳來了人聲，那是昨天放假的人員今天回來上班了，清風長長地伸了個懶腰，打了一個呵欠，卻不提防她穿著太隨意，這一伸懶腰，驚人的曲線便暴露無疑，鼓鼓的胸脯幾欲破衣而出，紀思塵站在她對面，不由看得眼睛發直，口乾舌燥，猛的反應過來後，趕緊低下頭，身上卻滲出一些細汗來。

「這些日子吃不好，睡不香，都是這件事情攪的，現在總算有了一個說得過去的理由，很好，我總算可以安逸一段時間了，有了新目標，就有了新動力！」清風笑道：「你們也回去好好休息一下吧，養足精神，全力以赴，將這件事情給我弄個水落石出。」

「遵命。」紀思塵拱手道。

「小姐，你要好好休息啊，看你這段時間都瘦成什麼樣了？」鍾靜心疼地道。

清風笑笑，「瘦點好啊，阿靜，你瞧你，成婚後可是有些胖了，看來唐虎還真是會疼人啊！」

鍾靜不由害羞地低下頭去。

兩人正欲離去，一名內勤卻走了進來，向清風施了一禮，道：「司長，軍情司李司長求見！」

「茗煙？」清風詫異地道：「她這麼早來見我幹什麼？思塵，阿靜，你們乾脆再待一會兒，一起聽聽茗煙有什麼事這麼早便來見我，她可是難得到我們這裡來一趟的。」

一身官服的茗煙略帶拘謹地走進了清風的房間。

對於清風，茗煙始終有一份不滿，又有一份敬仰，這個女人，不僅顏色無雙，心計更是高人一籌，數年時間，便讓定州諜報系統從無到有，從小到大，直到名震大楚，現在，只要一提起定州密諜，同行們下意識地便只想到統計調查司。軍情司自然而然地被無視了。

作為同行，茗煙對清風是高山仰止，她無論如何也想不出，一個出身高貴的女子為什麼會在歷經滄桑之後，陡然間便發生了質變，也許，她當真天生便是幹這一行的材料。

作為清風的競爭對手，特別是軍情司是專為削弱清風權力而設立的一個機構，茗煙下意識地對她保持著一份警戒。

尚海波一直在提防著清風，茗煙自從成為軍情司司長的那一刻，她就知道，無論自己願不願意，在定州內部的派系中，她不得不站在尚海波這條船上，因為清風是絕不會將她視為是朋友的。

看著坐在清風身側的鍾靜和紀思塵，茗煙不由有些感慨，如果當初在統計調查司初立之時，清風不將自己一腳踢開，也許現在坐在她身邊的，應當便是自己了。

茗煙在心裡不禁搖頭，她知道那是不可能的，當初的清風，還是諜探界的一個雛兒，自己卻已廝混很久，不將自己踢開，她如何能獨掌大權？

「茗煙見過清風司長。」茗煙向著清風恭敬地行了一禮。

「李司長太客氣，請坐！」清風坐在位子上，略微欠了欠身子，便算是還了禮，「阿靜，為李司長泡一杯茶來。」

看到鍾靜沖好香茶，雙手遞到自己面前，茗煙趕緊站了起來，連道：「得罪了！」

真是開玩笑，鍾靜一個堂堂的參將，在清風面前就像個被使喚的丫頭般，清風這是在向自己暗示什麼嗎？茗煙不由心裡暗生不滿。鍾靜是你的下屬，我可不是，軍情司與統計調查司可是風牛馬不相及，互不統屬的。

清風卻不知道茗煙心中還有這些想法，她使喚鍾靜那是習慣了，隨口吩咐，鍾靜也是習慣成自然，兩人都沒有意識到這些小動作對茗煙的衝擊。

「李司長一大早地便來我這裡，是有什麼要緊事麼？」清風開門見山，直接問道。

茗煙瞄了一眼清風，再看看一左一右的鍾靜和紀思塵，見他們三人都是一臉倦色，雙眼通紅，很顯然是又熬夜一個通霄，心中不由又驚又佩，昨天可是臘八節啊，他們居然也忙了一個晚上，統計調查司名震天下，果然不是幸致。光鮮的背後，藏著的是無盡的辛苦啊，看來自己還是太懈怠了，像昨天，自己的軍情司除了幾個值班的士兵，已是空無一人了。

「清風司長，我剛從洛陽回來，得到一些情報，向大帥彙報之後，大帥讓我來向清風司長通報，其中有一件極重要的事，需要請清風司長大力協助才能辦成。」茗煙道。

看到茗煙的神態，清風就知道事情少不了，紀思塵更是八面玲瓏的角色，聽茗煙轉彎抹角，立刻就明白茗煙只想說給清風一個人聽，便站起來道：「司長，昨兒一晚上沒有休息，思塵可是耐不住了，想先下去眯一會兒，養養精神。」

紀思塵這一表態，鍾靜也明白過來，站起來正想說話，清風擺擺手道：「你們兩人，一個男子漢大丈夫，一個武功高強，難不成還不如我，坐下，茗煙司長的情報你們正好也聽一聽，與我一齊參詳參詳這其中的關竅，既然是大帥交代下來的，那就一定要認真對待。」

鍾靜無所謂，清風這樣說，她便坐了下來，紀思塵卻很是感動，清風這是將他作為真正的心腹在看待了，笑著看看茗煙，重新坐了下來。

清風如此，茗煙自然不好再說什麼，當下便將自己在洛陽得到的情報一五一十地重新說了一遍，最後將李清的決定轉述給清風。

「居然還有這樣的事？」清風驚嘆出聲。

紀思塵和鍾靜也是目瞪口呆，匆匆從案上翻出一張地圖，清風的手沿著地圖畫了一個圈，臉色十分難看，這麼重要的事，自己居然沒有看出來。

都說自己心計過人，看了蕭浩然的布置，清風方知這些人才真正是老謀深算，陰險到了極致，陰謀陽謀配合無間，與他們比起來，自己還是差了點火候啊！

特別是安國公李懷遠，居然憑著一點蛛絲馬跡，便硬生生地推斷出蕭浩然多年的謀略，這份心思，清風算是高山仰止了。

「我知道了，在合適的時間，會巧妙地將消息透露給鍾子期，讓寧王保留一份元氣，好讓他繼續與蕭浩然鬥下去，為我們定州爭取至關重要的時間，我會用心辦此事的。」清風承諾道。

「既然如此，那我就告辭了，司長你忙了一個晚上，就不打擾司長休息了。」茗煙站了起來，向清風行了一禮。

「習慣了！」清風淡淡地道：「阿靜，替我送送李司長！」

看著鍾靜與茗煙消失，清風的臉色慢慢地嚴峻起來，砰的一聲，一掌擊在案桌上，粉臉陡變，一股莫名的壓迫感讓紀思塵感到有些喘不過氣來，看著清風，心裡也有些莫名，不知道清風為什麼突然生起氣來。

「這麼大的事，我們在洛陽的情報網居然一無所知，真正是瀆職！」清風怒道。

紀思塵恍然大悟，原來清風司長惱的是這個，勸解道：「司長，這其實也怪不得洛陽的弟兄，這件事完全是軍事布署，我們自從退出軍情領域，在這個方面力量大大削弱，大家的重點都沒有放在這上面，有所疏忽也是可以理解的。」

清風冷笑，「軍政不分家，縱然我們退出軍情領域，但也不能一無所知，特別是謝科，我們費了偌大功夫才將他一路護送到洛陽兵部給事中的位置，這些兵力調動的情報，他應當一清二楚，居然也沒有看出端倪來，真令我失望透頂。」

紀思塵替他開脫道：「司長，謝科以前只是個秀才，在定州時，也不過是個中層官員，像這種大戰略上的謀劃，他看不出來也是很正常的。」

「人是需要學習的，他既然到了這個位置，就應當學習如何在這個位置上發揮作用，否則我們付出如此大的代價將他拱上去，能得到什麼回報，傳我的命令給他，就說我非常不高興，讓他看著辦吧！」清風餘怒未消。

請續看《馬踏天下》10 縱論天下

馬踏天下 卷9 驚天大局

作者：槍手一號
發行人：陳曉林
出版所：風雲時代出版股份有限公司
地址：10576台北市民生東路五段178號7樓之3
電話：(02) 2756-0949
傳真：(02) 2765-3799
執行主編：朱墨菲
美術設計：吳宗潔
行銷企劃：林安莉
業務總監：張瑋鳳

初版日期：2021年3月
版權授權：閱文集團
ISBN：978-986-352-949-1

風雲書網：http://www.eastbooks.com.tw
官方部落格：http://eastbooks.pixnet.net/blog
Facebook：http://www.facebook.com/h7560949
E-mail：h7560949@ms15.hinet.net
劃撥帳號：12043291
戶名：風雲時代出版股份有限公司

風雲發行所：33373桃園市龜山區公西村2鄰復興街304巷96號
電話：(03) 318-1378
傳真：(03) 318-1378
法律顧問：永然法律事務所 李永然律師
北辰著作權事務所 蕭雄淋律師

行政院新聞局局版台業字第3595號 營利事業統一編號22759935
©2021 by Storm & Stress Publishing Co.Printed in Taiwan
◎ 如有缺頁或裝訂錯誤，請退回本社更換

定價：270元 **版權所有 翻印必究**

國家圖書館出版品預行編目資料

馬踏天下 / 槍手一號著. -- 初版. -- 臺北市：風雲時代出版股份有限公司, 2021.01- 冊； 公分

ISBN 978-986-352-949-1 (第9冊：平裝). --

857.7 109020730

風雲時代 風雲時代 風雲時代 風雲時代 風雲時代 風雲時代 風雲時代

風雲時代 風雲時代 風雲時代 風雲時代 風雲時代 風雲時代 風雲時代
雲時代 風雲時代 風雲時代 風雲時代 風雲時代 風雲時代 風雲時代 風
風雲時代 風雲時代 風雲時代 風雲時代 風雲時代 風雲時代 風雲時代
雲時代 風雲時代 風雲時代 風雲時代 風雲時代 風雲時代 風雲時代 風
風雲時代 風雲時代 風雲時代 風雲時代 風雲時代 風雲時代 風雲時代
雲時代 風雲時代 風雲時代 風雲時代 風雲時代 風雲時代 風雲時代 風
風雲時代 風雲時代 風雲時代 風雲時代 風雲時代 風雲時代 風雲時代
雲時代 風雲時代 風雲時代 風雲時代 風雲時代 風雲時代 風雲時代 風
風雲時代 風雲時代 風雲時代 風雲時代 風雲時代 風雲時代 風雲時代
雲時代 風雲時代 風雲時代 風雲時代 風雲時代 風雲時代 風雲時代 風
風雲時代 風雲時代 風雲時代 風雲時代 風雲時代 風雲時代 風雲時代
雲時代 風雲時代 風雲時代 風雲時代 風雲時代 風雲時代 風雲時代 風
風雲時代 風雲時代 風雲時代 風雲時代 風雲時代 風雲時代 風雲時代
雲時代 風雲時代 風雲時代 風雲時代 風雲時代 風雲時代 風雲時代 風
風雲時代 風雲時代 風雲時代 風雲時代 風雲時代 風雲時代 風雲時代
雲時代 風雲時代 風雲時代 風雲時代 風雲時代 風雲時代 風雲時代 風
風雲時代 風雲時代 風雲時代 風雲時代 風雲時代 風雲時代 風雲時代
雲時代 風雲時代 風雲時代 風雲時代 風雲時代 風雲時代 風雲時代 風
風雲時代 風雲時代 風雲時代 風雲時代 風雲時代 風雲時代 風雲時代
雲時代 風雲時代 風雲時代 風雲時代 風雲時代 風雲時代 風雲時代 風
風雲時代 風雲時代 風雲時代 風雲時代 風雲時代 風雲時代 風雲時代
雲時代 風雲時代 風雲時代 風雲時代 風雲時代 風雲時代 風雲時代 風
風雲時代 風雲時代 風雲時代 風雲時代 風雲時代 風雲時代 風雲時代
雲時代 風雲時代 風雲時代 風雲時代 風雲時代 風雲時代 風雲時代 風
風雲時代 風雲時代 風雲時代 風雲時代 風雲時代 風雲時代 風雲時代
雲時代 風雲時代 風雲時代 風雲時代 風雲時代 風雲時代 風雲時代 風
風雲時代 風雲時代 風雲時代 風雲時代 風雲時代 風雲時代 風雲時代
雲時代 風雲時代 風雲時代 風雲時代 風雲時代 風雲時代 風雲時代 風
風雲時代 風雲時代 風雲時代 風雲時代 風雲時代 風雲時代 風雲時代
雲時代 風雲時代 風雲時代 風雲時代 風雲時代 風雲時代 風雲時代 風
風雲時代 風雲時代 風雲時代 風雲時代 風雲時代 風雲時代 風雲時代
雲時代 風雲時代 風雲時代 風雲時代 風雲時代 風雲時代 風雲時代 風
風雲時代 風雲時代 風雲時代 風雲時代 風雲時代 風雲時代 風雲時代
雲時代 風雲時代 風雲時代 風雲時代 風雲時代 風雲時代 風雲時代 風
風雲時代 風雲時代 風雲時代 風雲時代 風雲時代 風雲時代 風雲時代
雲時代 風雲時代 風雲時代 風雲時代 風雲時代 風雲時代 風雲時代 風
風雲時代 風雲時代 風雲時代 風雲時代 風雲時代 風雲時代 風雲時代
雲時代 風雲時代 風雲時代 風雲時代 風雲時代 風雲時代 風雲時代 風
風雲時代 風雲時代 風雲時代 風雲時代 風雲時代 風雲時代 風雲時代
雲時代 風雲時代 風雲時代 風雲時代 風雲時代 風雲時代 風雲時代 風
風雲時代 風雲時代 風雲時代 風雲時代 風雲時代 風雲時代 風雲時代
雲時代 風雲時代 風雲時代 風雲時代 風雲時代 風雲時代 風雲時代 風
風雲時代 風雲時代 風雲時代 風雲時代 風雲時代 風雲時代 風雲時代